KB137196

버섯들의 합창

Chorus of Mushrooms

C h o r u s   o f   M u s h r o o m s

버섯들의 합창

Hiromi Goto 지음

황남엽 · 유경화 옮김

도서출판 동인

감사의 글

번역 작업을 마무리하며 뒤돌아보니 예상보다 훨씬 많은 시간과 노력이 들어갔다. 문화적 차이로 인한 어려움도 있었지만, 무엇보다 이 소설 전반에 걸쳐 전개된 주인공의 다층적인 심리를 언어라는 제한된 틀에서 묘사한다는 것 자체가 어려웠기 때문이다. 작가 히로미 고토는 일본계-캐나다인으로 살아야 했던 자신의 이산적 정체성에 대한 문제, 나아가 그녀가 뼈저리게 경험한 인종차별의 문제를 주인공 무라사키의 상상을 통해 유쾌하게 풀어간다. 판타지, 즉 가상공간에서 할머니와 소통하는 주인공의 환상을 차용하여 일본계 이주민들의 경계인으로서의 목소리를 내도록 한 것이다. 과거의 파편적인 기억과 상상의 세계를 넘나드는 다양한 이야기들은 주인공의 이중적 목소리, 화자와 청자의 혼용, 이야기의 병렬구조 등 까다로운 서술기법과 더불어 과거에서 현재로, 영어에서 일본어로, 나이 든 할머니에서 젊은 여성으로 방향을 바꾸어감에 따라 더욱 복잡해지고 이로 인해 독자는 이 작품의 의미를 제대로 파악하지 못하는 한계에 부딪히게 된다. 한 마디로 이 소설을 단선적으로 접근한다고 하면 이 소설 읽기는 시작조차 할 수 없는 것이다. 이러한 이유에서 우리는 작가의 문학적 상상력으로 탄생한 여러 이야기들을 단순히 번역하는 것에 그치지 않고 그 이면에 숨겨진 동양계 이민자들의 삶의 애환을 그들의 목소리로 재해석해서 표현하는, 또 다른 차원의 번역 작업을 해야 했다. 그 과정에서 불거진 오역에 대한 관대함을 바라며 이러한 다양한 문학적 장치 안에 숨어있는 이민자들의 조용한 항거, 그들의 가슴의 응어리가 전달되기를 진심으로 바란다. 마지막으로 멀리 떨어진 캐나다에서 많은 도움을 준 Winnie Mah에게 특별히 감사의 마음을 전한다.

Thank you, Winnie Mah!

Your patience and efforts to help us with this translation have been invaluable!

황남엽 · 유경화

차 례

키요카와 나오에 할머니에게 바칩니다. 사랑해요, 할머니.

우리는 침대에 누워 덜컹거리는 블라인드 소리를 들으며, 먼지 낀 거미집의 한 가닥 줄이 보이지 않는 공기를 타고 앞뒤로 흔들리는 것을 보고 있다.[1] 침대 끝에는 담요와 시트가 쌓여있고 우리의 살과 살이 맞닿은 곳만이 따스하다. 내 한쪽 어깨, 팔, 불룩한 엉덩이, 굴곡진 허벅지. 살며시 너[2]에게 기대어 본다. 내 손가락 끝은 차갑지만 나는 너무 편하다 못해 푹 퍼져서 움직이지도 못하겠다. 일부러 일어나 담요를 가지런히 놓지도 못하겠다. 살과 살이 닿아서 흐르는 정적을 만끽하고 싶을 뿐이다. 우리 피부 바로 밑에서 피의 웅얼거림을 느낀다. 우리의 호흡은 무의식적으로 하나의 패턴이 되어 머리 위에서 흔들리는 거미줄의 움직임과 함께 한다. 너는 내 가슴 밑으로 네 손바닥을 거칠게 놓는다.

"이야기 하나 해줄래?" 너는 묻고 있다. 네 두 눈이 줄무늬처럼 보이는 먼지 뒤에 있다.

"그래."

"할머니에 관한 이야기 해줄 거지?"

"맞아." 나는 눈을 감고 깊게 숨을 쉰다. 천천히.

"사실 그대로 말해 줄 거지?" 너는 무의식적으로 갈망하듯이 묻고 있다.

"많은 사람들이 그것을 원해. 너도 알고 있지?" 나는 옆으로 몸을 굴린다. 나는 팔꿈치를 바닥에 놓고 턱과 뺨을 손바닥에 괸다. "사람들

---

[1] 이 소설에서 이탤릭체로 편집된 페이지는 무라사키가 처한 현실, 즉 무라사키의 현재 진행형 이야기이다.

[2] 주인공 무라사키의 현재 남자친구

은 이야기를 듣고 싶어 하는 것 같아. 그런데 사람들은 이야기를 다 듣고 나면 곧잘 그 의미를 잊어버리기도 해. 알고 있지?"

"꼭 그런 것만은 아니야." 너는 말하면서 좀 더 아래로 미끄러져 내려와 머리를 내 턱 밑에 놓는다. 내 목덜미에 너의 얼굴이 있다. "그래도 내게 이야기해줄 거지?"

"물론이야. 하지만 내 일본어가 형편없어도 봐줘야만 해, 알았지? 내가 구사하는 일본어는 영어처럼 능숙하진 않거든. 그래서 넌 내가 말하는 것을 다 이해하지 못할지도 몰라. 그렇다고 이야기 자체를 이해할 수 없다는 뜻은 아니야. 와캇떼 쿠레루 카시라?3) 건성으로 듣지 말고 귀를 기울여서 들어줄 거지?"

"믿으라니까", 너는 말한다.

나는 잠시 말을 멈춘다. 깊게 들이마신 호흡은 나선형을 그리다 소리가 된다.

"이것은 실화야."

무카시, 무카시, 오무카시4). . .

---

3) 나를 이해해 주겠지?
4) 옛날에, 옛날에, 아주 먼 옛날에...

1부

나오에

아, 먼지를 계속 몰고 오는 이 바람, 이 건조한 바람은 사람들의 손가락을 갈라지게 하고 내 지혜도 말려 없애는 것이 분명하다. 내가 생각하고 숨을 쉬는 한 이 바람은 끊임없이 불겠지.—하! 내 폐에는 숨 쉴 공기가 있는 것이 아니라 씽씽 불어대는 바람만이 있다. 불어라, 불어라, 또 불어라. 곧 미라가 될 내 시체 위로 먼지바람이 불어 댈 거고 그러면 딱정벌레들은 부드러운 내 살을 한 점도 갉아먹지 못하겠지. 거참 고소한 일이겠구나. 관절 안에 낀 먼지들은 녹처럼 메말라 내 몸은 삐걱거린다. 난 너무 늙었다. 기력이 쇠진했다고. 방 모퉁이에서 빙빙 도는 먼지를 쓸기 위해 몸을 굽힐 수도 없으니 말이야. 먼지는 부풀어 올라 소용돌이치고, 티끌은 꾸물거리며 내 코와 입을 바싹 마르게 한다.

힘들여서 먼지를 청소하지 마. 먼지는 반드시 돌아오니까. 먼지 더미를 커지게 하고 쌓아서 *다이콘*5)과 가지 씨를 심을 거야. 이렇게 매일 반복되는 독설에서 무언가 자라나게 하자. 하지만 이런. 케이코는 나를 흘겨보기만 한다. 알겠다. 알겠어. 신경 쓰지 마. 상관없어. 누가 오고 가는지 볼 수 있도록 이 할머니를 복도에 있는 이 의자에 앉게만 해 다오. 내 등 뒤에 계단이 있으면 누가 현관문으로 들어오는지 볼 수 있거든. 사람들이 이 집 안으로 들어오기 위해서는 나를 지나쳐가야만 하니까. 살금살금 지나가려고 하지 마. 내가 발을 내밀지도 몰라. 앞을 똑바로 보면 난 거실 한가운데에서 무슨 일이 일어나는지 볼 수 있다. 머리를 오른쪽으로 돌리면 부엌에서 세탁실을 지나 욕실 문에 이르는 모든 것을 볼 수도 있다. 머리를 치켜들면 누가 삐거덕거리며 계단을 내려오려고 하는지까지 다 볼 수 있다. 누군가 이 집에서 움직일 때마다 내 눈을 마주쳐야만 하는 거야. 내 목소리를 듣지 않을 수 없다고. 못 본 척해, 난 말한다. 그러면 나도 보려고 하지 않을 거야. 난 고개를 끄덕이며 웃어줄 거야. 환영합니다! 환영합니다! 이 먼지 구덩이6) 속으로 들어온 것을. 열기로 가득 찬 이곳7)에 들어온 것을. *오하이리 쿠다사이! 도조 오하이리 쿠다사이.*8) 큰 소리로 말하고 명-확-하-게 말해봐. 난 귀가 잘 안 들리고 멍청할지도 모르니까. 한 사람이 이십 년 동안

---

5) 무

6) 캐나다 앨버타의 지형이라 할 수 있는 로키산맥 동쪽의 푹 꺼진, 저지대 대평원을 말한다.

7) 앨버타의 건조하고 더운 여름 날씨를 말한다.

8) 들어오세요! 어서 들어오세요.

이 나라에 살면서 영어를 습득하지 않은 것에 대해 사람들은 어떻게 생각할까? 하지만 내가 영어를 못 한다고 생각하라지. 사람들이 원하는 대로 생각하도록 놔두자. 왜냐하면 사람들은 그렇게 생각할 테니까. 쏘리, 할머니는 잉글리슈 노스피규입니다. 바보 같구나. 그러나 나는 고집쟁이고 앞으로도 고집불통일 거다. 요즘 들어 케이코는 더 자주 나를 힐끗힐끗 쳐다본다. 마치 시큼한 두부 덩어리를 입에 물고 있는 것처럼 인상을 쓰며 나를 흘겨보고 있다. 나, 눈 안 멀었단다. 나는 이러한 이야기도 들었다. "우리는 호-오-움(h-o-m-e)⁹⁾을 구해야 해요", 마치 내가 홈이라는 스펠링을 모르는 것처럼 말한다. 내 나이가 여든다섯인데 집에서 버림을 받다니. 아, 적어도 여기 먼지는 친숙하다. 모든 먼지 알갱이와 티끌이 내 몸에서 나는 냄새만큼이나 친숙하거든. 지금 이사 가서 새 먼지를 알아갈 시간은 없다. 내가 여기에 앉아 있도록 내버려 둬. 현관문 옆에 있는 이 통로에 앉게 해달라고 이곳에는 날 괴롭히는 창문이 없단 말이야. 나는 거친 바람이 방음벽을 통과하며 내는 나지막한 바람 소리를 들을 수 있고 먼지 부스러기의 끊임없는 소용돌이 소리를 내 몇 마디 말로 들리지 않도록 할 수도 있다. 약간의 노래와 흥얼거림으로 말이야.

　나는 중얼거리고 또 중얼거리지만 그 누구도 듣지 않는다. 나는 일본어로 말을 하지만 내 딸은 들으려고도 하지 않는다. 우리의 귀와 입에서 오가는 말들이 우리 사이에 있는 공간에서 충돌하고 있다.

　"할머니! 제발, 그만 중얼거리세요. 평온함과 고요함을 요구하는 것

---

9) 요양원

이 너무 과한 건가요? 일부러 그러시는 거지요? 그렇죠? 단지 평화로움을 원할 뿐이에요. 멈추시라고요! 제발 멈춰주세요!"

"*고멘나사이. 와루이네, 오바짱와. 솔리. 솔리.*"10)

아! 케이코야, 나의 광기에는 어떤 방식이 있단다. 나는 물구나무서서 코피가 날 때까지 셰익스피어 작품을 읊조릴 수 있지만 허무하게도 아무도 내 말을 들어주지 않는구나. 그래서 나는 여기 앉아서 말을 하는 것이고 바람이나 나, 둘 중 하나가 사라지는 날까지 앉아서 말을 할거다. 누군가가, 무언가가 이 바람에 맞서야 하는데 내가 할 거야. 지금 내가 맞서고 있단다.

난 그렇게 졸아서는 안 돼. 조는 것을 경계해야 해. 안 돼, 바람이 여전히 저쪽에서 불고 있잖아. 제기랄. 이 바람은 언제부터 나를 괴롭히기 시작했을까? 바람은 저쪽에서 항상 불었고 지금도 분다. 하지만 분명히 아주 오래전에는 바람이 나를 괴롭히지는 않았다. 그 당시 내 머리카락은 검은색이었고 바람에 나부끼는 깃발처럼 세차게 펄럭일 만큼 아주 길었지. 그런데 지금은? 지금 내 머리는 짧은 은발에다 양처럼 뽀글뽀글한 곱슬머리야. 여기 집 안에서는 바람이 불지 않아. 내가 머리를 아주 재빨리 옆으로 돌리면 그 은발의 곱슬머리가 작은 종처럼 서로 부딪쳐 잘그락거린다. 밖에서는 바람이 윙윙 불고 있고 나는 더 이상 침묵하지 않는다. 설익어서 떫은 홍시. 내가 그렇게 떫은가? 그렇지 않아. 난 나이 먹은 할머니고 말을 해야 한다.

---

10) 미안해. 내가 잘못했어. 할머니가. 미안해. 미안해.

물론 일본에도 바람이 있었다. 나는 부드러운 봄바람이 *미도리*11) 초록 대나무 잎에서 바스락거리던 것을 또렷이 기억하고 있다. *사라 사라 사라*12). 바라던 대로, 생각한 대로 기분 좋은 소리여서 내가 봄바람을 향해 소리 지를 필요가 없었다. 나뭇잎들의 숨소리. 어린 시절 땀에 젖은 내 발은 새로 낀 지푸라기 길은 향긋한 *타타미*13)를 *바타 바타*14) 밟아댔다. 남동생과 나는 윤이 나는 검은 그릇에 담긴 *미소시루*15)를 마셨고 피클 통에 남아 있는 *다이콘*을 오도독 씹어 먹었다. 물이 고인 웅덩이처럼 우리는 조용히 기다리고 있었다. 어머니가 쌀을 가지고 오시고 아버지가 집에 오시기를 기다렸다. 그리고 매미가 *츠쿠 츠쿠 보쉬 츠쿠 츠쿠 보쉬*16)하며 울어대기를 기다렸고 고양이가 베란다 위로 펄쩍 뛰어 올라가기를 기다렸다. 우리는 어린아이처럼 기다리고 있었다. 모든 것을 기다리고 있었다.

시게와 나는 부드러운 흰 천과 끈, 그리고 크레용을 챙겨왔다. 우리는 공처럼 생긴 천 뭉치 안에 솜을 쑤셔 넣어 채운 후, 그 천 뭉치를 한 바퀴 비틀어 꼬아 그것을 끈으로 묶어서 부드러운 둥근 얼굴과 치마라고 할 수 있는 몸통을 만들었다. 자그마한 흰색 귀신 인형과 흡사했다. 우리가 두 개의 눈썹과 두 눈을 그려 넣었으니 아마도 그 인형은 앞을

---

11) 비취색
12) 사악, 사악, 사악
13) 다다미방
14) 쿵쿵
15) 된장국
16) 맴 맴 매에 맴 맴 매에

볼 수 있었을 거다. 우리의 *테루 테루 보즈*[17])는 집 밖에 있는 서까래에서 거의 움직이지도 않았고 흔들거리지도 않았다. 여름비가 내리는 무덥고 습한 날에는 그랬다.

> *테루 테루 보즈*
> *테루 보즈*
> *아시타 텡키니 시떼 오쿠레*[18])

*테루 테루 보즈*가 마법을 걸어 비를 내쫓으면 어머니는 우리를 공원에 데려다주실 거야. 내일이 오기를 기다리고 있었다. 산들바람은 어머니 손길처럼 내 얼굴에 부드럽게 불었다. 엄마의 손끝처럼 부드러웠다. 산들바람은 그저께 심은 땅콩의 싱그러운 흙 내음과 아버지 면 셔츠 다릴 때 나는 그을린 냄새가 났다. 그 당시 시게와 나는 기다리는 것이 마냥 행복했다. 서까래에서 여름 빗물이 뚝뚝 떨어지고 있노라면 나는 나무로 된 *엔가와*[19])에 앉아 *코이*[20])가 연못에서 살랑대는 것을 쳐다보면

---

17) 일본 애니메이션에 자주 등장하는 맑은 날씨를 기원하는 인형이다. 이 인형을 흰 천이나 종이 등으로 만들어 처마 밑에 걸어두면 다음 날 날씨는 맑아진다고 한다.

18) 테루 테루 보즈야
    테루 보즈야,
    내일 아침 날씨 좋게 해다오
19) 쪽마루

서 며칠 동안 미동도 하지 않고 기다릴 수 있었다. 결국 비는 그다음 날까지 계속해서 내렸다.

　우리는 작은 흰 부적21)을 태워야만 했다. 관습이었다. *테루 테루 보즈*가 비를 그치게 할 수 없다면 그것을 태워야만 하는 거야.

*피치 피치 차푸차푸.*22) 이곳은 비가 거의 내리지 않는다. 어린아이였을 때는 비를 너무나 싫어했는데 지금에 와서 비를 몹시도 그리워하다니 너무 우습다. 육체가 말라비틀어져서 바스라지는 것도 아닌데 말이야. 이야기가 입에서 나오기 전에 혀로 핥아 침에 젖어 축축해지면 이야기 가 계속 흘러나오기는 어려울 텐데. 늘 기다리기만 하던 우리의 어린 시절에 오랫동안 쉬지 않고 비가 내리던 습한 날들이 있었다. 그러면 어머니는 우리에게 옛날이야기를 해주시곤 했다.

　무카시, 무카시, 오무카시. . .

기다림으로 가득했던 어린 시절, 어머니는 우리에게 이야기를 해주셨지 만 그 이야기들은 우리를 구원해 줄 힘이 없었다. 부모가 교훈적인 이 야기를 하면서 자신들이 했던 말들을 굳이 돌이켜 생각하지 않는 것은 정말 우습다. 부모님의 말씀은 꿀과 과즙으로 덮여 있지만 속은 빈약하

---

20) 비단잉어
21) 테루 테루 보즈를 의미한다.
22) 첨벙첨벙, 후두둑 후두둑

고 텅 비어있다. 다른 이야기를 해보자.

무카시, 무카시, 내가 아주 어린 소녀였을 때, 매우 부유하고 행복한 가족이 살았는데 그 가족의 수많은 창고에는 지난해에 거둔 쌀, 말랑말랑한 곶감, 달콤하고 부드러운 최상품 *사케* 통들이 천장 기둥에 닿을 만큼 가득 채워져 있었다. 싱싱한 생선, 소금에 절인 생선, *쇼유*23), *미소*24)로 가득 찬 아주 큰 항아리들도 있었다. 단지 음식만 풍족했던 것이 아니라 집안에는 아름다운 물건들이 많이 있었다. 방도 많이 있었고 가족 모두가 실크 안감으로 된 개인용 누비이불도 가지고 있었다. 나는 실크가 어디에서 나오는 건지 생각해 본 적이 없었다. 실크가 누에고치에서 만들어진다는 것만 알았다. 게다가 난 염색된 실크의 멋들어진 색감에 대한 환상에 젖어 그 외의 것들에 대해서는 단 한 번도 생각해 본 적이 없었다.

나에겐 아름다운 인형들이 있었고 밖으로 놀러 나갈 때 손을 잡아주는 유모도 있었다. 남동생 시게가 항상 나를 따라다녔어도 난 개의치 않았다. 동생은 조용한 소년이었고 항상 내 말을 잘 들었으니까. 집 옆에 있는 샘물에서 발로 물장난을 치기도 했고, 발가락에 묻어있는 물을 핥아먹으면 유모가 우리를 붙잡아서 어머니에게 이르곤 했다. 다른 사람들이 생계 수단으로 동물을 키울 때 우리 가족은 애완동물을 기를 정도로 아주 부자였다. 아버지가 서양 문물을 좋아하셨기 때문에 우리에게는 잭이라는 이름의 강아지도 있었다. 게다가 우리 가족은 존경을 받

---

23) 간장

24) 된장

기까지 했다. 마을 사람들은 우리를 볼 때마다 항상 웃어주었다. 마을 사람들은 입가에 미소를 띠었고 그때 나는 너무 어려서 마을 사람들이 말하지 않은 것을 그들의 눈가에서 읽어낼 수 없었다. 움푹 들어간 목덜미에서도 읽어낼 수 없었다. 사람들은 우리 아버지에게 허리 숙여 절을 했고 심지어 어린아이였던 시게와 나에게도 머리 숙여 인사했기에, 난 내가 매우 중요한 사람이라고 느꼈다. 그 당시 내가 특별한 사람이라는 것은 중요했다. 나도 아버지처럼 되고 싶었으니까.

아주 특별한 어느 날, 아버지는 사무실에서 서둘러 집으로 돌아오셨고, 정말 행복해 보였다. "여보, 가장 좋은 정장과 넥타이를 챙겨주구려. 또 신발도 손질해주고. 마을 사람들이 나에 대한 존경의 표시로 파티를 열어 준다고 하네." 아버지는 차분하고 진중해지려고 하셨지만 우리는 그가 정말 행복해한다는 것을 알았다. 아버지는 친구가 많지는 않았다. 알다시피 아버지는 너무 부자였고 땅도 아주 많았기 때문에 아버지의 친구가 될 정도로 영향력 있는 사람은 별로 없었다. 마을에서 그 누구도 우리 아버지처럼 옷을 근사하게 입을 수 없었다. 아버지는 도쿄에서 멋진 신사복을 주문했고 신사 모자를 쓴 우리 *무라*25)의 유일한 남자이기도 했다. 어머니는 남편이 매우 행복해하는 것을 보고 기뻐서 얼굴이 살짝 상기되었고 아버지의 옷을 준비하느라 분주했다. 나는 아버지를 따라 침실로 들어가서 아버지가 옷 입는 것을 보았다.

아버지가 말씀하셨다. "나오에야, 지위가 높은 남자는 집을 나설 때 항상 *한코*26)를 가지고 간단다. 서명할 서류, 도장 찍을 문서가 언제 생

---

25) 마을

길지 알 수 없거든. 만약 어떤 사람이 네게 추천서에 서명해 달라고 부탁하는데 *한코*가 없다면 14대에 걸쳐 대물림되어 온, *한코*에 새겨진 가문의 이름에 수치를 안겨주는 것이란다." 아버지는 안방에서 전신거울에 비친 자신의 모습을 바라보면서 밑에서부터 셔츠 단추를 잠갔다. "아버지, 내 *한코*는 어디에 있나요? 제가 어른이 되면 14대에 걸쳐 전해진 아버지의 *한코*를 물려받나요?" 나는 물었다.

"아니란다. 엉뚱하기는. 너는 크면 귀부인이 되어 남편의 *한코*를 사용하게 될 거다." 아버지는 우아한 손가락으로 그의 실크 넥타이를 매만지셨다.

"그러면 14대 동안 이어진, 우리 가문의 이름이 새겨진 *한코*는 누가 사용하게 되나요?"

"물론 네 남동생 시게란다."

"하지만 그 아이는 저보다 훨씬 어리잖아요."

"그렇지. 하지만 시게도 언젠가 어른이 되잖니."

"저도 크면 남자가 될래요, 아버지. 저도 우리 가문의 *한코*를 찍고 신사 모자를 쓰고 싶어요", 나는 말했다.

"네 엄마와 할 말이 있단다. 그런 엉뚱한 말은 어린아이나 하는 거야. 자. 나가거라! 어서! 아버지 파티 준비하게 놔두려무나."

아버지는 값비싼 남성 정장을 입으시고 자부심으로 빛나는 구두를 신으시고는 멋진 자신을 사람들이 볼 수 있도록 파티 장소로 걸어가기로 하셨다. 우리, 시게와 나는, 너무 자랑스러워서 아버지가 나가신 후

---

26) 도장

에 파티에 가는 소꿉놀이를 했다. 가장 비싼 옷을 입고 상상의 컵에 *사케*27)를 붓고 *사시미*28)와 달콤하게 요리한 부드러운 장어를 먹는 척 했다. 어머니가 그만 자러 가라고 잔소리해서 우리는 가문의 *한코*와 신사 모자를 꿈꾸기 위해 *타타미*로 *바타 바타* 뛰어갔다.

　　아이는 쉽게 부모의 능력을 믿는다. 먹을 음식과 노래, 그리고 늦은 밤까지 들려주는 행복한 신화 이야기가 있을 때 더더욱 그렇다. 실크 담요를 덮고 잘 때도 그렇다. 나는 우리 집에서 알고 있던 것에 대해서 만 믿을 수 있었다. 나는 우리 가족이 특권을 누리고 있다는 것을 알 수 없었다. 마을 사람들은 우리의 부와 권력 때문에 우리를 미워했다. 나는 상실감과 고통이 빨간 인주를 묻힌 *한코*를 한 번 찍는 것만큼이나 쉽게 다가올 수 있다는 것을 알지 못했다. 법률 문서에 찍힌 날인 하나 로 말이다.

　　"쉬, *시즈카니*29). 나오에야. 네 면 기모노를 챙겨라. 아니다. 실크 기모 노는 놔두고, 그건 너무 사치스럽잖아. 서둘러, 지금. 어서 서두르라니 까!" 어머니가 너무 이상했다. 아침도 아니었고 아직 동이 트지도 않아 서 어둑어둑했고 추웠다. 어머니의 눈은 아주 이상했고 반짝이기까지 했다. "어머니, 뭐라고요—" 어머니는 나를 찰싹 때렸다. 내 인생에서 딱 한 번, 어머니가 나를 때렸다. "네 옷을 싸거라. 조용히 하고." 나는

---

27) 쌀을 누룩으로 발효시켜 맑게 걸러 낸 일본의 전통술

28) 회

29) 조용히 해라

울지 않았고 어머니가 *후톤*30) 위에 쌓아둔 옷들만 챙겨서 어머니가 말씀하신 곳에 서 있었다. "우리는 떠나야만 해", 어머니는 말했다. 그리고 그 말은 돌덩이처럼 느껴졌다.

한코. 가문의 직인. 키요카와. 우리 가문의 글자, 키요카와는 상아에 새겨져 14대에 걸쳐 전해진 우리 집이고, 우리 산이고, 우리 땅이자, 동시에 하나의 도장이기도 했다. 키요카와. 맑은 강이라는 뜻이다. 하! 가장 깨끗한 강도 오염될 수 있으니 그 강은 오염되고야 말겠지. 그 강은 오염되어 버렸다. 마을 사람들은 우리 아버지에게 달콤한 말을 건네며 그보다 더 달콤한 *사케*를 계속 권했다. 마을 사람들은 아버지의 비위를 맞추어 가며 아버지에게 노래를 불러달라고 했고 그의 지혜를 나누어달라고 청했다. 그리고 아버지가 만취 상태에서 제대로 볼 수 없었던 서류에 서명하도록 속였다. 나는 억울하지 않다. 집, 산, 땅, 도장으로 결정되는 아버지의 모든 재산. 대를 이어가며 일을 했으나 그 노동에도 불구하고 결코 땅 주인이 되지 못했던, 그래서 소작농으로 살아야 했던 마을 사람들의 고통과 고난. 나는 골고루 분배되지 않은 그 무언가를 잃었다는 것에 대해 비통해하지 않는다. 내가 그리워하는 것들, 영원히 사라진 것들은 어머니 얼굴에 피어난 환한 미소였고 아버지가 나를 위해 지어낸 재미난 옛날이야기였다.

"아버지, 산들바람은 어디에서 오나요?"

"산들바람은 하늘에서 온단다. 하늘이 파란 상태로 있는 것에 너무 싫증이 나서 불만의 표시로 한숨을 쉬는 거지."

---

30) 요

"아버지, 바람은 어디에서 오지요?"

"바람은 구름에서 온단다. 구름들이 우스꽝스러운 얼굴을 만들어서 서로 불어대는 거야."

"아버지, 폭풍은 어디에서 오나요?"

"폭풍은 악마에게서 나온단다. 악마들이 함께 먹을 콩떡이 부족해지자 그 떡을 누구에게 줄지 결정하려고 방귀 뀌기 대회를 하는 거야."
아버지는 진지한 얼굴로 말씀하셨고 나는 진짜로 믿었다. 어머니는 *유카타*31)를 바느질하다 손으로 얌전히 입을 가리면서 계속 웃는 바람에 여름용 얇은 천을 떨어뜨리셨다. 아기 동생 시게도 어머니를 따라 웃었다. 시게가 그 이유를 알기에는 너무 어렸다.

한코. 빨간 잉크로 찍힌 도장. 쌀로 만든 술에 정신이 혼미해져서. 하나의 *한코*로. 모든 것은 사라졌다.

스크린 도어를 누가 잠그지 않았을까? 바람은 이 집에서, 우리의 집에서 욕설을 퍼부으며 문틀에다 고함을 지르고 있다. 탁, 꽝, 탁, 꽝. *토마레*32) 내 손 안에 있는 컵. 내가 항상 쥐고 있던 컵이 문에 내동댕이쳐진다. 박살이 난다. 케이코야. 내가 집이라고 부르는 이곳에서 내 말은 소음일 뿐이구나.

---

31) 면 기모노

32) 멈춰라

"네가 다 커서 일본어 회화를 배웠다고 생각했어", 입술에 자신의 손가락을 살짝 대며 너는 말한다.

"맞아", 나는 대답한다. 나는 블라인드 줄을 당기고 손잡이를 돌려서 창문을 연다. 우리가 잠잘 때 내뿜었던 호흡, 사랑의 행위에서 나온 땀으로, 시큼한 냄새가 방에 꽉 차 있다.

"그럼 넌 할머니가 말씀하신 것을 어떻게 이해한 거야? 난 네가 낸튼에서 성장할 때 할머니와 의사소통을 하지 못했을 거라고 생각했는데. 내가 잘못 알고 있는 거야?" 넌 내가 입을 만한 옷가지를 찾기 위해 빨래 바구니를 뒤적이는 것을 보고 있다. 나는 네 청바지를 뒤집어 눈 깜짝할 사이에 입는다. 바짓단을 접는다.

"아니, 네 말이 맞아." 나는 순백의 티셔츠를 머리 위로 끌어당겨 입는다. "그렇다면 넌 할머니께서 말씀하신 것을 이해하지도 못하면서 어떻게 사실이라고 말할 수 있는 거야?" 너는 물어본다. 배를 담요로 덮은 채, 넌 여전히 침대에 누워있다. 나는 네 입에서 쏟아져 나오는 의구심을 가라앉히기 위해 침대 모서리에 앉는다. 몸을 숙이고 네 입술 사이로 내 혀를 넣는다.

"나는 이야기를 하면서 사실을 만들어 내는 거야."

나오에

케이코가 먼지를 털고 있다. 문고리를 닦고 문틀을 박박 문질러대는 바람에 먼지가 흩어져 사방에 가라앉는다. 뭐 하러 닦는 거니? 그럴 필요 없는데, 난 말한다. 사막에 산다면 먼지를 터는 것만큼 어리석은 일은 없다. 하지만 케이코는 내 말을 무시한다. 케이코. 자신의 정체성을 저 버린 내 딸이다. 버린다는 말! 그 말은 성경에 자주 나오긴 하지만 국적을 바꾼 내 딸에게나 어울린다. 쌀과 *다이콘*을 버리고 비엔나소시지와 콩을 먹었잖아. 지겨운 치킨구이, 꿀 바른 훈제 햄, 푹 익은 소 우둔살 구이가 저녁 밤마다 계속되었지. 딸아, 너는 어묵과 매실장아찌를 먹고 자랐단다. 이 서양 음식이 널 바꾸어놓았고 네 마음이 냉담해지면서 넌 더욱 이해할 수 없는 사람이 되었구나. 날카롭고 종잇장처럼 속이 얄팍한 사람으로 말이야. 난 너를 여전히 사랑한단다. 어쨌든 너는 내 딸이고 이 사실을 네가 바꿀 수는 없잖아. 비록 네가 나를 할머니라고 부르고 아이처럼 대할지라도 말이야. 난 너의 할머니가 아니야. 난 네 엄마야.

"할머니! 제발요! 현관 청소를 하고 싶어요. 제가 현관을 청소하도록 위층으로 올라가 주실래요?" 케이코는 눈동자를 뒤로 굴려 케첩으로 꽉 찬 자신의 뇌 속[33]을 쳐다보고 있다.

"*나니오 윳떼루 카 와카리마셍. 니혼고 데 하나시떼 쿠다사이*"[34]

---

[33] 서구화된 케이코를 은유적으로 비꼬는 표현
[34] 무슨 말을 하는지 모르겠어. 일본어로 말해줘

라고 내가 말하면 케이코는 이를 갈면서 20년 전에 사용했던 일본어로 알아듣는 것을 완강히 거부한다. 내가 좋아하던 아이였는데. 우리는 완전히 함께 갇힌 채 서로를 밀어내지만, 서로 꿈쩍도 하지 않는다. 우리는 똥고집이고 틀림없이 앞으로도 그럴 것이다. 딸은 벽장에서 진공청소기를 확 잡아당겨 꺼내고는 더 많은 먼지를 풀풀 날리면서 통로에 있는 모든 것을 빨아들이려고 한다. 케이코가 의자 다리 사이로 청소기 머리를 억지로 밀어 넣어 내 발에 부딪히면 나는 딸아이의 청소하는 동작을 피해 발을 치운다. 내가 그렇게 고집불통이 아니라면 웃을 수도 있겠지. 케이코야, 너와 내게 남은 희망은 거의 없단다. 우리는 자신이 선택한 말을 생각할 겨를도 없이 내뱉는구나. 알아. 안다니까.

"엄마는 바보 같은 노친네예요", 케이코는 혼자 중얼거리면서 자신의 노쇠해가는 뻣뻣한 척추처럼, 덜그럭거리는 소리를 내며 청소기를 밀어댄다. 나는 고개를 끄덕이며 웃는다. *오나지다 요*[35], *케이코 오나지*[36]. 우리는 똑같다고.

아, 의자가 우리 몸의 확장된 일부가 될 때는 며칠인지, 몇 년도인지 헤아리기가 어렵다. 난 이 의자에서 태어나지 않았고, 틀림없이, 난 이 의자에서 죽지 않을 거다. 하지만 이곳에는 생각할 충분한 공간이 있고 그 어떤 것도 내 눈을 피해갈 수 없다. 늙었다고는 하지만 그렇다고 눈이 먼 건 아니니까. 이 의자에서 온 식구들의 모습을 볼 수 있으니 난

---

35) 똑같아요
36) 똑같아

여기서 움직일 필요가 없다. 내가 지껄이는 말들은 내 주변에서 소리를 내며 맴돌 것이다. 나는 이야기하고, 또 이야기하고, 모든 이야기를 크게 소리 내어 말한다. 난 내 권좌에서 소리치고 노래하고 중얼거리고 눈물을 흘린다.

오늘은 바람이 강하지 않아서 난 큰 소리로 말할 필요가 없다. 그저 중얼거리기만 하면 된다. 바람을 막는 것이 아무것도 없다면 계속해서 바람 소리를 듣게 되는 될까? 궁금하다. 내 주머니에 있는 마른오징어 한 조각을 조금 찢는다. 계속 씹어야만 한다. 소고기 육포 같지만 그보다는 훨씬 더 질기니 말이야. 나는 씹는다. 오징어 즙이 입 안 가득 배어 나온다. 이 오징어는 내게 에너지를 준다. 씹을수록 더 맛있네.

"그 오징어 어디서 난 거예요?" 케이코는 매우 화가 나 있다. 케이코의 강단 있어 보이는 윗입술은 늘 그랬던 것처럼 뾰로통해진다. 난 고개를 끄덕이며 웃는다.

"*케이코 모 도조 이타다이떼 쿠다사이.*"[37] 나는 쪼글쪼글한 오징어 다리를 들어서 케이코의 집게손가락에 쥐여준다. 케이코는 입술이 하얗게 질린 채로 부엌 뒷문을 세차게 닫는다. 이 그칠 줄 모르는 바람은 문을 꽝 하고 닫을 만큼 강력하다. 물론 내게 오징어 소포를 보낸 것은 시게와 그의 아내이다. 그래 맞아, 가난하지만 정이 많은 동생네 부부는 이따금 소포를 보내곤 한다. 내가 바보 같은 할머니일 수는 있지만 멍청하다고? 절대 안 그래. 내가 우체국 사서함을 가지고 있는 것을 케이코, 넌 모르고 있잖아. 나는 날이 어두워진 후에, 소파 틈 사이에 끼

---

[37] 케이코야, 너도 먹어봐.

어있는 동전들을 모아 사서함 이용료를 내고 있단다.

　나오에 키요카와
　사서함 2909
　낸톤, 앨버타주
　TOL 1RO 캐나다

이 먼지 구덩이. 이 열기로 가득 찬 장소. 마른오징어. 시게와 그의 아내는 내게 마른오징어를 보낸다. 오징어가 너무 비싸기 때문에 항상 보내는 건 아니고 *오센베이*38)를 보낼 때도 있다. 간장이 가미된 바삭바삭한 쌀과자인데, 난 새벽 4시에 침대에서 그 과자를 아작아작 씹어 먹는다. 모두가 잠들어 있을 때 내 방까지 소포 상자를 몰래 가져다주는 것은 뮤리엘이다. 내 손녀이자, 네 딸이란다, 케이코. 네가 딸에게 일본어를 가르쳐주지 않아서 그 아이와 일본어로 소통할 수는 없지만 그래도 네 딸이 나를 오바상이라고 부르며 웃어준단다. 네 딸이 소포 상자를 가지고 오면 우리는 내 좁은 침대에서 함께 *오센베이*를 오물오물 먹곤 하지. 케이코야, 뮤리엘이라는 이름은 네 딸에게 어울리지 않아. 나는 그 아이를 무라사키라고 부르지. 보라색이란 뜻이야. 네 딸은 내가 말하는 이야기를 이해할 수는 없지만 내 이마의 주름살, 입가의 쪼글쪼글한 주름이 의미하는 것을 이해한단다. 내가 무라사키에게 다른 언어로 말할 수도 있지만 내 입술이 완강히 거부하고 내 혀도 반항을 하며

---

38) 일본 쌀과자

부풀어버리니 말이야. 누군가 내 말을 들어주길 간절히 원하지만 반드시 내 언어로 들어야만 하는 거야. 너무 고집스럽게 입을 악물어서 얼굴이 아플 지경이다. 제기랄, 바람아, 바람아. 윙윙 불어라! 윙윙 불어라!

무라사키가 뼈만 남은 내 앙상한 무릎을 베고 누우면 난 이야기를 하기 시작한다.

무카시, 무카시, 오무카시. . .

• • •

한 소녀가 한쪽 팔에 갈색 종이 소포를 힘겹게 들고 문을 열었다. 나이든 할머니가 침대에 앉아 있다. 할머니는 큼지막한 베개에 몸을 기대고 있지만 머리는 그녀의 푹 꺼진 가슴까지 축 처져 있고, 나이가 많은 탓에 쌕쌕 소리를 내며 힘겹게 숨을 쉬었다. 어린 소녀는 침대 옆 마룻바닥에 소포 상자를 놓고, 손을 아래로 뻗어 두 손가락으로 할머니의 뺨을 어루만졌다. 할머니는 고개를 끄덕였다. 그리고 천천히 눈을 떴다. 할머니는 미소를 지으며 손녀딸의 손을 쓰다듬었고 소포를 향해 손짓하며 말한다. *"아케떼 쵸다이!"*39) 소녀는 먼지로 얼룩진 마룻바닥에 무릎을 꿇고 소포 위에 붙은 테이프를 조용히 떼어냈다.

---

39) 열어봐

바깥은 바람이 쌩쌩 불었고 벽과 벽의 이음새에서 먼지가 소용돌이
치며 점점 더 부풀어 올랐다. 소녀는 마스킹 테이프의 주름진 곳을 따
라 엄지손톱을 살짝 밀어넣었다. 뜯어지는 소리가 났다. 할머니는 오래
전에 잠에서 깨어난 것처럼 말똥말똥한 눈으로 바라보았다. 어린 소녀
는 판지 뚜껑 네 귀퉁이를 모두 뒤로 젖히고 박스 안으로 손을 집어넣
었다. 쭈글쭈글한 비닐 포장 안에는 오도독 씹히는, 살짝 튀긴, 간장 맛
이 나는 과자와 바짝 말린 오징어가 있었다. 마른오징어는 다리가 꼬여
있고 쪼글쪼글 건조되어 씹으면 턱관절이 아플 만큼 너무 질기지만, 오
징어 즙은 소금과 바다의 맛을 머금고 있다. 작은 항아리에 담긴 매실
장아찌는 소금기가 너무 강해서 잠시 생각하고 보는 것만으로도 입에
침이 고이게 했다. 병 하나가 비닐과 종이, 비닐과 종이로 겹겹이 포장
되어 있었고 라벨에 검정 글자가 쓰여 있었다. 할머니는 입맛을 다셨다.
*사케*다! 소녀는 할머니의 입맛 다시는 모습을 올려다보았고, 할머니의
얼굴만 보아도 그 *사케*가 얼마나 달콤한 맛인지를 알 수 있었기에 미소
지었다.

· · ·

무라사키

난 여전히 입 안에 남아 있는 *사케*를 맛볼 수 있었다. 마지막 남은 *사
케* 방울의 흔적을 찾으러 다시 내 입술을 핥았다. 할머니는 혀로 입맛
을 다셨다. 엄마는 할머니에게 쩝쩝거리며 먹는 것은 너무 무식한 거라

고 항상 나무라셨지만, 쩝쩝거리며 입맛을 다시는 것은 자연스러운 행동이다. 그것은 먹은 음식에 대한 존중을 표하는 상징적인 몸짓 같은 거니까. 입에다 *사케*를 붓고 혓바닥에서 굴린 후 간절히 원하는 목구멍으로 한 방울, 한 방울 떨어뜨리는 것은 정말 멋진 거다. 쩝, 쩝. 아아. 좋다.

쩝, 쩝! (할머니)

쩝, 쩝! (나)

쩝! 쩝! (할머니)

쩝! 쩝! (나)

"할머니, 그 소리 좀 그만 내세요! 우리는 이제 자야 한다고요!" 엄마가 침실에서 소리쳤다. 엄마가 아빠 얼굴을 정면에 대고 소리쳤기 때문에 아빠는 불현듯 잠에서 깨어나 신음소리를 냈다. 할머니와 나는 서로 쳐다보면서 깔깔대며 웃기 시작했다. 할머니는 우리의 머리 위로 담요를 푹 뒤집어쓰었고, 우리는 과자 가루로 가득한 할머니의 침대 시트에 코를 대고 공기가 부족할 때까지 킁킁거렸다.

"할머니, 우리 이제 할머니 침대에서 쌀과자를 먹지 말아야겠어요."

"*손나 코토 카마우카? 코잇떼 무라사키 토 잇쇼니 이루 코토 가 우레시이 노요.*"40)

"할머니, 왜 저를 무라사키라고 부르세요?"

"*아나타 가 지분 데 이미 오 사가시떼 쵸다이.*"41) 할머니는 미소를

---

40) 그런 것에 왜 신경 쓰니? 이렇게 무라사키와 같이 있는 것이 좋은데.

41) 네 스스로 그 이유를 찾아 보거라.

지으셨다. 그리고 손을 뻗어 사케 병을 잡아 머리를 뒤로 젖힌 후, 입에다 마지막 방울까지 탈탈 털어 넣었다. 과음하셨다. 나는 소포 상자에 있는 오징어 한 조각을 찢어서 입에 넣었다. 오징어를 씹는 방법은 두 가지가 있다. 오징어를 질겅질겅 계속 씹으면서 오징어 살로부터 즙을 짜내는 방법과 입에 오징어를 계속 물고 있다가 오징어가 침에 젖어 불어서 부드러워지게 하는 방법이 있다. 할머니는 항상 오징어를 미친 듯이 질겅질겅 씹으셨고 오징어를 씹을 때마다 이야기가 쏟아져 나왔다. 나는 오징어가 불어서 부드러워질 때까지 말을 하지 않았다.

우리는 할머니의 향연의 침대에서 먹고 마셨다. 난 나른해졌고, 과자 부스러기로 가득한 할머니 이불은 너무 따뜻하고, 편안했다. 나는 할머니의 앙상한 무릎에 머리를 묻고는 눈을 감고 들었다. 난 할머니가 하신 말씀을 이해할 수 없었지만, 이것이 내가 들은 내용이다.

무카시, 무카시, 오무카시. . .

들어봐. 무라사키야, 들어봐. 바람이 왜 상처받은 여자처럼 울부짖는지 알고 싶니? 왜 이따금 비에서 피 맛이 나는지 알고 싶니? *치!* 그리스 신화. 그리스 신화는 집어치워! 그리고 애야, 내게 성경 구절은 인용하지 말거라. 이브가 여자를 대신하여 무화과 열매를 따 먹기 훨씬 이전에도 이야기들이 있었단다. 그래, 풀잎 하나, 벌레의 몸, 똥 덩어리에 얽힌 이야기들. 그 이야기들은 좀처럼 사라지지 않고 더 자라서 유독 여자들만이 그 이야기들을 이해한단다. 그 이야기가 네 젖을 빨게 해봐,

그러면 그 이야기들은 너의 내면의 아픔을 줄어들게 할 거야. 애야, 대답을 구하러 내게 오지는 말거라. 대답은 단지 말이잖아. 한 할머니가 전해야 하는 어떤 이야기라도 이렇게 먼지 많고 건조한 바람에서는 그리 중요하지 않단다. 이야기는 점차 사그라져 시들어 버리거든. 하지만 난 여전히 말을 하고 있고, 이를 악물고 저항하듯 입술을 꼭 다문다고 해도 내 말은, 내 언어는 계속 뿜어져 나올 거다. 그러나 이런 이야기들은 내 앞에 있는 너만을 위한 것이 아니라 앞으로 내 이야기를 들어 줄 모든 이들을 위한 거란다. 내가 여기 있잖아. 이리 와서, 내 침대에서 과자 부스러기를 털고 내 옆에 누워봐. 거기, 그곳이 좋겠다. 두 사람이 함께 있으면 훨씬 따뜻한 법이거든. 그리고 나면 이야기들은 우리를 친구로 만들어 줄 거야. 누군가 노크를 한다면 우리가 그들을 이야기로 가득한 우리의 침대로 반갑게 맞이해주자.

물론 나도 암울하고 침묵할 때가 있었다. 그때는 정말로 비참해져서 숨 쉬는 것 이외에는 할 말이 없었다.

바람이 여자처럼 서글프게 울고 비에서 피 맛이 날 때, 이제는 허물을 벗고 알몸이 되어 육체로부터 나올 때이다. 이 바람. 바람이 미동도 하지 않고 건조할 때 비는 거의 내리지 않는다. 내가 슬리퍼를 찍찍 끌면서 몸을 숙이고 느릿느릿 걸을 때, 내 전선 같은 몸에 전기가 생겨서 머리카락이 붕 뜨며 흰색 아우라를 만들어서, 나는 만지는 게 두렵다. 밖에 나가면 번개가 내 머리 주변에 모일 것이고 천둥 구름은 내 발치에 모일 테니까. 그래서 나는 먼지로 가득한 이 집을 결코 떠난 적이 없었고 또한 떠날 기회도 없었다.

(무라사키: 할머니, 우리가 얼마나 오래 침대에 있었던 거예요?

나오에: 모르겠구나.

무라사키: 할머니, 우리가 얼마나 더 침대에 있을 건가요?

나오에: 애야, 모르겠구나.)

넌 누가 나에게 이 소포들을 보내는지 알고 싶어 한다. 넌 이 소포를 "미스터리한 소포"라고 부르지. 넌 소포에 적힌 일본어 문자를 읽을 수 없어서 단지 손가락으로 글자 모양을 따라 써보는구나. 내 어린 시절 애인이 보냈다고 생각할까. 아니면 늙어가는 내 애인이 보냈다고 생각할까. 아니. 기차 플랫폼에서 몸을 던진 어떤 여자의 코트 뒷자락을 내가 붙잡았고, 기차가 요란한 소리를 내며 바로 코앞에서 지나가는 바람에 간신히 목숨을 구한 그 여자가 보냈다고 생각할까. 아니야, 애야. 그렇지 않단다. 이 소포들은, 이 선물들은 네 삼촌 할아버지, 다시 말해 내 남동생과 그의 아내 푸미코가 내게 보낸 것들이란다. 그래, 내가 아이였고 내 남동생도 아기였던 때가 있었지. 지금 네 삼촌 할아버지는 내가 늙은 것처럼 쇠약하고, 그의 아내 푸미코도 더 이상 정원에 *다이콘*과 가지 씨앗을 심지는 않는단다. 내 남동생과 푸미코는 손가락으로 거미집을 잡아 뜯어서 그 거미집 실로 작은 태피스트리42)를 만드는데,

---

42) 여러 가지 색실로 그림을 짜 넣은 직물

태피스트리는 숨 쉬는 것이나 생각하는 것만큼 무게가 없고 가볍단다. 그들 부부는 함께 실을 모으면서 서로에게 이야기해주지. 굽은 척추와 흙먼지로 노르스름해진 은발의 그들은 방 모퉁이에서 조용한 미라처럼 움직이며 일을 한단다. 내 남동생 부부는 운이 너무 좋은 거야. 둘이니까. 한 사람이 말을 하면 다른 사람은 들어주고, 말하는 사람이 피곤하면 다른 사람이 이야기를 끝내지. 그 둘은 서로에게 전설이나 신화를 말해준단다. 이야기를 새롭게 재창조하는 거지.

　　무카시, 무카시, 오무카시. 아루토코로니, 오지상토 오바상가 이마시타. 코노 오지상토 오바상와 타이소 빈보닷따소나—43)
　　(나오에: 넌 내가 말하는 것을 듣고 있는 거니, 네가 듣고 싶은 것만 듣고 있는 거니?)

　　무카시, 무카시, 치이사나 무라니 이지와루나 보즈 가 이마시타—44)
　　(나오에: 열린 귀로 듣기만 하고 눈은 감고 생각만 할래?)

　　무카시, 와타시아—45)
　　(나오에: 말해봐, 뭐 해?)

---

43) 옛날, 옛날, 아주 먼 옛날에 할아버지와 할머니가 살았어요. 할아버지와 할머니는 꽤나 가난했는데—
44) 옛날, 옛날, 조그마한 시골에 심술쟁이 아이가 있었어요—
45) 옛날에, 나는—

나는 말 할 수 없었다. 나는 말 할 수 없었다. 난말할수없었다. 난말할 수없었다. 난말할수없었다. 난말할수없었다난말할수없었다난말할수없었다.

나는 말을 멈추었다.

난 올이 뜯겨 나가 옷감이 거칠게 느껴지는 할머니의 무릎에서 천천히 머리를 돌렸다. 먼지와 할머니의 시적인 이야기를 들이마셨다. 할머니는 손바닥으로 이마를 쓰다듬어 주셨고 할머니의 이야기들은 물 흐르듯 흘러내렸다. 나는 할머니 품으로 파고들어 다리를 웅크렸고 이해하는 척하는 것을 그만뒀다. 그저 듣기만 했다. 계속 듣기만 했다. 그랬더니 내 입이 저절로 열렸고 보물과도 같은 내 혀로부터 이야기들이 쏟아져 나왔다. 난 멈출 수가 없었다. 멈추려고도 하지 않았다. 그 이야기들은 빙빙 돌아 솟아오르더니 점점 커져서 소용돌이쳤다. 그러더니 휘몰아치듯 밖으로 빠져나가 대평원의 거대한 바람에 의해 잡아 당겨지고 내던져졌다. 일련의 씨앗처럼 이야기들은 바람을 타고 올라가 사방으로 흩어졌다. 할머니와 나, 우리의 목소리는 맴돌다가 속이 텅 빈 벽에서 울려 퍼졌고 색색의 실크 끈에 묶여서 평야를 가로지르며 뻗어나갔다.

나오에

이야기, 이야기, 이야기, **이야기**. 아, 이야기는 바싹 마른 내 등에서 날마다 더 무거워지고 있다. 내 몸은 그 무게에 짓눌려 굽어진다. 내 등이 신음하고 있다, *아키라메떼*46). 포기해라. 입에서 나오고 내장으로부터 내던져진 돌멩이들은 쪼그라든 척추를 으스러뜨린다. 구부러진 바늘로 내 입술을 꿰매어 보지만 내 이야기들은 내 콧구멍과 내 귀에서 스며나오고, 심지어 종이같이 건조한 내 눈에서도 새어 나온다.

"그곳에 앉아 중얼거리며 작심한 듯 일본어로 나를 비웃고 있잖아", 케이코는 부엌문과 문틀 사이의 벌어진 틈을 통해 한쪽 눈으로 나를 찌를 듯이 쳐다보면서 씩씩거리며 말하고 있다. 그런 게 아니란다, 케이코. 하지만 내가 설명을 채 하기도 전에 문은 찰칵 소리를 내며 닫혔다. 왜 그럴까. 때로는 나조차도 이유를 모르겠다. 할머니의 말은 이 세상에서 바꿀 수 있는 게 거의 없어서 과거의 어떤 것도 바꾸지 못했다. 그런데도 이렇게 봇물 터지듯 터져 나오는 말, 쏟아지는 소리는 왜 고함을 지르고, 휘몰아치고, 큰소리치고, 탄식하고 있는 걸까? 흐음음음음. 단지 난 말해야 한다는 것을 알 뿐이다.

가와 가와 가와 가와
오토오 타테떼
아레 아레 모리 노 무코 카라,

---

46) 포기해

소로 소로 데떼쿠루 히코센.

마루쿠떼 안나니 호소나가쿠

바나나 노 요 니 후쿠란다

후쿠로 노 나카 니 와 나니 가 아루47)

우리는 유치원에서 이 노래를 배웠다. 맞아. 80년 전에 일본에는 유치원이 있었지. 나는 유치원에서 처음으로 소형 비행선을 보았다. 체펠린 비행선이었다. 날아다니는 거대한 물체. 비행선을 기념하는 노래였다. 가열된 공기로 굉음을 내며 머리 위를 나르는 아주 거대하고, 아주 단단한 물체를 보며 우리는 경이로움으로 가득 차 있었다. 우리는 박수를 치면서 그 우스운 갈색 풍선을 쫓아가며 와 하고 함성을 내지르며 달렸고 선생님도 우리를 따라다녔다. 나는 선생님에게 노래 가사에 관해 물었다.

"*센세이,*48) 비행기는 노랗지 않아요", 난 말했다.

"맞아, 그건 진한 갈색이지." 선생님도 맞장구치셨다.

"그런데 왜 그 노래에는 비행기가 바나나처럼 봉긋하게 부풀어 있

---

47) 위잉 위잉 위잉 위잉
   소리를 내면서
   어라 어라 숲 저편에서
   살금살금 나오는 비행선.
   둥글둥글 하면서 이렇게 길고 가느다란
   바나나처럼 봉긋 부풀어 있는
   주머니 안에는 무엇이 있을까.

48) 선생님

다고 쓰여 있을까요? 비행선은 갈색이고 심지어 바나나처럼 생기지도 않았잖아요."

"나오에, 그것은 단지 노래란다. 가사가 그렇게 중요한 건 아니잖니. 우리가 비행선을 보아서 행복한 거고 그래서 즐거운 노래를 부르는 거야." 선생님은 미소를 지으셨다.

"하지만 그건 사실이 아니잖아요. 우리가 노래를 부르고 있지만 그 가사는 사실이 아니에요."

"바나나를 햇볕에 오랫동안 놔두면 결국 갈색으로 변하잖니. 너도 알잖아, 나오에."

가와 가와 가와 가와[49)

나는 학교에 계속 다닐 수 있을 만큼 돈이 충분하지 않았다. 선생님들이 말씀하셨다. 너무 안 됐구나, 너는 정말 똑똑한 아이인데. 걱정하지 마, 너는 잘될 거야, 아주 똑똑한 여자애니까. 그러나 내게는 책을 살 돈이 없었다.

나는 실크 농장에 일하러 갔다. 일꾼들은 내 손, 내 등, 내 다리 크기를 확인하고 나서야 나를 양잠실로 보냈다. 그곳에서 누에들은 아주 아주 작은 알에서 부화했다. 우리는 누에 양잠사였다. 누에들에게 먹이를 주고, 깔아놓은 뽕나무 잎을 바꿔주고, 먹이를 주고, 누에를 분류하고, 또 먹이를 주었다. 누에들이 작을 때, 속눈썹보다 더 작고 호흡보다

---

49) 위잉 위잉 위잉 위잉

더 미미한 존재일 때, 우리는 뽕잎을 커다란 칼로 다져주어야만 했다. 우리들의 손은 뽕잎의 달콤한 녹색으로 물들었다. 이 사치품을 만드는 양잠소에서는 그 누구도 말하는 법이 없었다. 제각기 성인 여자들과 어린 소녀들은 불문율이 된 침묵을 지켰고, 층층이 쌓인 수천 마리 누에들의 작은 턱들이 엄청난 식욕으로 사각사각 먹어대는 소리만이 들렸을 뿐이다. 매일 밤 나는 내 몸이 꿈틀대고, 먹어대며, 똥을 싸는 벌레들로 뒤덮이는 꿈을 꾸었는데 꿈속에서 그 벌레들은 내 코와 내 귀, 내 눈, 그리고 내 입으로 꿈틀거리며 들어왔다. 비명을 질렀다. 그러면 어머니가 오셔서 시원한 손으로 얼굴을 만져주셨다. 그 꿈은 오래 가지 않았다. 내 몸은 누에들의 리듬이라 할 수 있는 일주일을 자고 난 후, 이틀이 지나 허물을 벗고, 계속 성장하는 과정에 맞추어져 버렸다. 심지어 나는 누에처럼 털이 없고 아기의 목 피부처럼 하얀 크림색의 부드러운 피부를 가진 사람으로 성장했다. 이따금 나는 손가락 두께만큼 다 자란 누에들을 손바닥으로 한 움큼 집어 담아 뺨까지 들어 올렸다. 피부에서 뽕나무 이파리 냄새가 났다. 아기 돼지들과 새끼 토끼들 같다고 생각했다. 누에들이 자신의 소중한 실로 몸을 돌돌 말 때 우리의 일은 끝이 났다. 우리는 그 누에들을 쟁반에 쌓았는데, 퀼트 천으로 만든 알들이 아주 많이 쌓여 있는 것처럼 보였다. 누군가 그 누에들을 가져가면 우리의 작업은 완전히 끝났다.

주머니 안에 있는 한 마리 누에고치.
　　나는 케이코의 진공청소기에서 겨울 나방들을 구해준다. 나는 개켜

둔 내 옷들 사이로 나방들을 숨겨 넣고, 모두가 잠들었을 때 설탕과 물을 섞어 그 물을 내 손바닥에 담아 나방들에게 먹인다.

침묵하는 시기도 있고 큰 소리로 말하는 시기도 있다. 젊고 아름다웠을 때 내 입술은 얼굴의 장식품이었다. 지금 내 얼굴은 근심과 걱정으로 너무 쭈글쭈글해져서 주름살이 내 두 뺨을 장식하고 있다. 내 입이 활짝 열리고 이야기들이 물밀듯이 쏟아져 나와 빗발치는 소음이 되었다가 흩어져 버린다. 나무 의자에 앉아있는 이 할머니가 볼품은 없겠지만, 그녀의 소리가 들리는 궤도 안으로 들어가 회오리바람에 휩쓸려봐라.

예전에 나는 한 남자와 결혼하고 이혼했다. 오십 년 전, 일본에서는 거의 전례 없는 일이었다. 이혼서류에 도장을 찍었을 때 마코토는 울었다. 마코토가 너무나 어리고 여리여리한 성직자의 딸에게서 평안을 찾고자 했을 때, 그녀는 남편의 얼굴에 숨겨진 연약함을 알아보지 못했고 결국 되돌릴 수 없는 결과를 낳았다. 물론 남편에게 모든 잘못이 있다는 건 아니다. 나는 지금 열기로 가득 찬 이곳에 앉아 서늘한 손가락으로 그 기억을 어루만질 수 있다. 나는 한 어린 소녀가 사랑에 빠진 것을 알 수 있었다. 어린 소녀의 사모하는 마음 말이다. 팔, 다리가 너무 가늘었고 어린 소녀의 젖가슴이라 혀에 대면 녹을 것만 같았다. 남자들의 나약함을 알기에는 경험이 너무 부족한 그런 어린 소녀였다. 나는 그 여자의 젊음이나 아름다움을 질투하지는 않았다. 다만 그 여자에게 못되게 굴었을 뿐이다. 왜냐하면 내가 선택하지 않았던 결혼에 그 여자가 종지부를 찍게 할 이유를 제공했기 때문이다. 얼마 안 있어 그 여자는 케이코와 내가 떠난 빈자리에 들어왔다.

남편은 속삭였다. "나오에, 이리 와." 나는 편안한 *후톤*에서 일어나 굳은 얼굴을 하고, 등이 경직된 채로 남편의 이불 밑으로 기어갔다. 그는 무정한 사람은 아니었다. 남편의 손은 따뜻하고 부드러웠다. 아마도, 그가 내 입술에 그의 입술을 대고 내 입을 그의 입으로 덮어서 혀뿌리 안으로 체액을 넣어 주었다고 해도, 그건 키스하려는 열정은 아니었고 나 역시 기꺼이 입술을 벌리려고도 하지 않았다. 그는 조심스러운 손길로 내 *네마키*[50]를 벗겨서 내 가슴과 내 허벅지를 만졌다. 그렇게 하는 것이 불쾌하지는 않았다. 그의 몸이 내 몸을 덮칠 때 난 항상 준비가 된 상태였으나 결코 남편을 만지려고도 하지 않았고 말하지도 않았다. 단지 내 관자놀이에서 박동치는 혈액만이 소리치고 있었다. "난 결혼하고 싶지 않았어요. 결혼하고 싶지 않았다고요."

선택한 것은 바뀌지 않은 채로 있고 그것이 다르게 되기를 바란다는 것은 부질없는 일이다. 지금이라도 선택해! 난 소리친다, 지금이라도 선택하라고! 바람은 윙윙 불어 벽 틈새로 먼지를 몰고 와서는, 내 가까이에 있는 말라버린 거미집을 빙빙 돌리고 있다. 빨리 선택하란 말이야! 나는 고함을 지르고 먼지는 내 목구멍에서 진흙으로 변한다. 하지만 그것이 나를 멈출 수는 없다. 나는 혀 뒤쪽에서 진흙을 둥글게 말아 말하는 힘으로 그것을 내뱉는다.

---

50) 잠옷

"하, 나오에. 아직도 결혼을 안 하겠다고? 오, 이런. 노처녀 나오에야. 너는 노처녀일 뿐이야. 체액이 모두 말라 젊은 기운은 하나도 없잖아. 넌 퇴물이야. 가게가 문을 닫아서 쭈글쭈글한 매실과 말라비틀어진 사과 말고는 아무것도 남아 있는 게 없잖아. 나오에야, 서두르는 게 좋겠다. 그렇지 않으면 네 아버지가 우실 일이 또 생기겠다. 불쌍한 것. 결혼이 너무 늦어졌어."

나는 관심이 없었다. 난 정말 관심이 없었다.

나이 든 바보였다. 물론 관심은 있었으나 그렇게 많은 건 아니었다. 결국 난 결혼을 했다. 결혼을 거부하고 내 집에서 계속 살면서 서까래에 걸린 긴 실크 천 그네를 탈 수도 있었는데. 할 수도 있었다는 말—그것은 내가 할 수 있었던 모든 것들에 대해 생각은 했으나 생각은 생각으로만 그쳤다는 뜻이다. 나는 아무것도 행동으로 옮기지 못했고, 케이코가 내 몸에서 멋진 발차기로 태동을 할 때 난 비명을 지르기 위해 단지 입술을 벌리기만 했다.

  "아버지, 고통은 어디에서 오나요?"

케이코와 나, 여전히 우리의 다른 점이 존재한다. 그러나 우리 사이를 갈라놓는 언어를 뛰어넘어 서로를 만지는 때도 있다. 내 몸에서 나온 딸이지 입에서 나온 딸은 아니니까. 우리가 하는 말은 피부에 작은 상처를 남기지만, 딸의 입에서 나오는 말이 항상 그녀의 진심은 아니다.

때로는 부드러운 생각과 더 부드러운 손길로 우리는 서로를 어루만지기도 한다. 여전히 우리에게는 '머리 감는 날'이 있고 딸은 아직도 내게 귀를 파달라고 한다. 자신의 귀를 다른 사람이 파도록 하는 것은 매우 섬세하면서도 상대방에 대한 믿음을 필요로 하는 일이다. 귀 청소를 해달라고 하는 것이 누구에게나 부탁할 수 있는 일은 아니거든. 귀를 파달라고 하는 것은 한 여자의 신체를 접촉하는 그 이상의 일이고 남자아이들은 커 가면서 하지 않는 일이다. 그러나 할머니들은 그들의 딸들에게 몸을 맡기고는 자신의 머리를 감겨달라고 하겠지. 딸들은 성인이 되어서도 나이 든 그들의 어머니에게 계속 의지하면서 귀를 파 달라고 할 것이고. 케이코가 내게 귀 청소를 해달라고 하는 한 그 아이는 나를 믿고 있다는 뜻이야.

나는 노인이고 고집도 세다. 하지만 그것이 내가 어리석고 냉소적이라는 것을 의미하지는 않는다. 나는 어린 시절에 너무 오랜 시간 말을 하지 않고 지내서, 먼지 많고 나방 많은 이 집에서 그동안 내가 말하지 않은 것들을 보상받아야만 한다.

올해에는 나방이 너무 많다. 그것은 다 올봄에 내린 비 때문이라고 누군가 말한다. 나는 밤마다 나방들이 내가 접어놓은 옷들 사이에서 날갯짓하며 날아가기를 기다린다. 사람들은 나방에게 어이없는 행동을 한다. 케이코는 그녀의 머리 주변에서 날아다니는 나방을 손으로 잡거나 크리넥스 휴지를 둘둘 말아 나방을 눌러 진공청소기로 빨아들인다. "더럽고 불결한 곤충이야", 케이코는 말하지. 무라사키는 빈 컵으로 나방을 덮어 컵 아래에 종이 한 장을 밀어 넣고는 극도로 흥분해서 퍼덕이는 나방의 날개가 자신의 피부에 닿지 않도록 한다. 무라사키는 나방을 밖으로 던지지만 그런데도 나방은 다시 빛을 향해 날아온다. 나는 나방을 두 손바닥으로 감싸서 쳐다본다. 나방은 털로 덮인, 먼지 쌓인 날개를 가진 쥐 같다. 나방의 몸에 있는 털을 쓰다듬고 싶지만 내 떨리는 손은 어설프기만 하다. 그래서 나는 나방을 잡고 쳐다만 본다. 속삭인다. 나방은 잠시 머물며 속삭이는 소리를 듣다가 요란한 날갯짓을 하며 어디론가 날아간다.

너는 차고에서 식료품을 가지고 들어오면서 문을 닫는 것보다 더 빠른 속도로 따스한 부엌을 뚫고 들어오는, 섭씨 영하 37도의 극심한 추위도 함께 몰고 온다. 나는 식기 건조대에다 마지막으로 사용한 냄비를 올려놓고 손을 닦는다.

"차고 문 닫았어?" 나는 물어보고 너는 고개를 절레절레 젓는다. 나는 너의 큰 스노우 부츠에 발을 찔러 넣고 엉거주춤한 자세로 터벅터벅 걸어 나간다. 날씨가 너무 추워서 차고의 자동문이 자동으로 움직이는 것은 불가능하다. 나는 버튼을 누른 후, 손을 위로 뻗어서 문 끝을 잡고 차고 문을 끌어내리려야 한다. 난 바보다. 너무 바보다. 장갑을 끼지 않아서 설거지를 막 끝낸 내 손에는 여전히 물기가 있다. 나는 머리 위에 손을 올린 채로 차고 문에 달라붙어 버렸고, 마치 칼처럼 내 등을 도려내듯이 바람이 불고 있다.

"도와줘!" 나는 추위와 고통으로 울면서, 내 어리석음을 비웃으면서, 문에 달라붙은 채로 고함친다. "도, 도, 도와줘!" 나는 웃으면서 울고 있고 너는 저 모퉁이에서 머리를 삐쭉 내민다.

"무슨 일이야?"

"차고 문에 달라붙었어. 내 손가락들이 문에 얼어붙었다고." 나는 따뜻한 눈물이 차디찬 얼굴 아래로 흘러내리는 내내 침을 꿀꺽 삼켰고 헐떡이는 것처럼 웃음이 입에서 터져 나왔다. 넌 놀란다. 인간이 정말로 얼어서 어떤 것에 붙어버린 것을 본 적이 없기 때문이다. 너는 걱정하는 마음에 숨도 쉬지 않고 한걸음에 내게 달려온다. 네가 입을 벌려 혀를 내밀고 문에 붙은 내 손가락들을 떨어지게 하려고 핥고 있을 때,

나는 공포와 황홀함으로 말을 잃은 채 널 지켜본다. 네 따뜻한 입에서 뿜어져 나오는 증기로 인해 수분이 생겨나지만 그 온기는 앨버타 겨울의 얼어버릴 듯한 위력과 비교했을 때는 아무것도 아니다. 너의 혀도 얼어서 차고에 들러붙는다. 내 손가락 바로 위에서.

너무 어처구니가 없어서 난 계속 웃음을 멈출 수가 없다. 너 역시 웃기 시작하지만 차고에 붙어버린 네 혀를 더욱 잡아당기는 바람에 네 눈에서는 눈물이 난다. 뜨겁고 짭짤한 눈물이 얼굴 아래로 흘러내려 네 혀와 내 손가락들로 떨어진다. 너는 웃지만 웃는 것은 너에게 고통만을 줄 뿐이다. 그리고 결국 그 고통은 너를 오래도록 울게 만들어 우리를 들러붙게 한 얼음을 녹여낸다.

너는 내 손가락 끝에 연고를 발라주어 통증을 가라앉혀 주지만, 나는 네 혀에다 알로에 베라의 끈적한 과육을 바르는 것 말고는 딱히 할 게 없다.

"좀 쓰라리네." 너는 입안이 아프기도 하고 끈적거리기도 해서 혼란스러워한다.

"내가 키스해서 혀를 좀 나아지게 할까?" 난 물어본다.

"고맙지만 됐어! 이야기나 계속해줘. 그러면 내 혀가 얼마나 아픈지 생각하지 않을 테니까."

난 내 손가락을 호호 불면서 네 따뜻한 허벅지 사이에 머리를 묻는다.

무라사키

할머니의 이야기보따리 침대는 꿈꾸기에 좋은 장소였다. 할머니의 말씀은 때로는 해독해야 할 기호라기보다는 악보의 음표였다. 할머니의 앙상한 무릎을 베고 난 할머니의 이야기를 받아 삼킨다. 13세의 어린 소녀에게 할머니 침대는 더할 나위 없이 좋은 장소. 물론 때로는 엄마와 대화를 나누던 때도 있었다. 그러나 우리가 나누었던 이야기는 내 마음이나, 내 머리에 오래도록 깊숙이 남아 있지 않았다. 엄마는 내가 정말 원하는 말을 하지 않았고 난 어떻게 요구해야 하는지도 몰랐다.

이야기보따리 침대를 타고 날아가면 먼 거리를 여행하는 것은 쉽다. 엄마는 상상 속의 이야기를 결코 하지 않았다. 엄마가 유일하게 꿈꾸는 것은 자신이 이웃 사람처럼 하얀 피부를 가진 백인이라고 생각하는 것이었다. 나는 잠잘 때 들려주는 이야기를 듣고 싶었고 꾸며낸 거짓과 진실도 듣고 싶었다. 나는 그 공허함을 소리와 고통으로 채우고 싶었다. 대평원에서 부는 바람처럼, 온 세상이 떠들썩해지도록 큰 소리로 말해보세요. 큰 소리로 말해보란 말이에요, 할머니처럼요.

(나오에: 얘야, 너에게 들려줄 이야기가 있단다. 여기서 이야기를 시작해보자꾸나.)

무카시, 무카시, 오무카시. . .

아득한 옛날 개울만 있던 시절, 이자나미와 이자나기는 하늘에 있던 집을 떠나 무지개 징검다리를 건너고 있었어요.

"우리 어디로 가는 거야?" 이자나기는 앞서 걸어가던 누나에게 큰 소리로 물었어요.

"땅으로 가지", 이자나미가 대답했어요. 이자나미의 기다란 가운의 끝자락이 징검다리에서 나오는 파란색과 녹색, 그리고 보라색으로 물들어가고 있었어요.

"하지만 저 밑에는 기름 낀 물만 있잖아", 이자나기는 한참 뒤처져서 걷다가 소리쳤어요.

"서둘러! 그렇지 않으면 징검다리가 네 발밑에서 사라진단 말이야."

이자나기가 뒤를 돌아보자 정말, 징검다리는 마치 안개처럼 색을 잃어가며 서서히 사라지고 있었어요.

"우리, 어떻게 집에 가지?" 소년은 숨을 헐떡이며 누나를 따라잡기 위해 달리기 시작했어요. 소년은 누나의 손을 잡은 뒤 뒤를 돌아보면서 다시 손을 꽉 잡았고, 그 아이들은 빛처럼 빨리 뛰면서 강렬한 하늘의 빛으로부터 벗어났어요.

"새집을 지을 때가 된 거야." 이자나미는 입가에 미소를 짓기 시작했어요.

"어떻게 누나가 새집을 지을 수 있어? 여기 아래에는 구정물만 있는데", 이자나기가 이자나미의 차가운 손아귀 안에서 손을 비틀며 화난 목소리로 말했어요. 편안한 집에서 자신을 데리고 나온 누나에게 화가 났던 거예요. 이자나기는 집에서 은행나무 열매를 먹고 있었는데 그 열매를 하나도 가져오지 않은 것을 못내 아쉬워했어요. 왜냐하면 이곳에는 고추기름에 담그지 않고서는 도저히 먹을 수가 없는, 아주 흉한 해 파리 몇 마리를 제외하고는 먹을 것이 하나도 없었기 때문이에요.

"우리는 신이니까 세상을 만들 수 있어", 이자나미가 남동생의 손을 놓으며 말했어요. 이자나기는 어리둥절해 했어요. "방법이 뭔데?"

"방법 따위는 없어." 이자나미가 큰 소리로 외치자 말한 대로 이루어졌어요.

그들은 다리 밑으로 갔어요. 그런데 그곳에서는 보랏빛이 도는 푸릇푸릇한 잔물결과 함께 구정물이 뿜어 나오고 있었어요.

"이 물이 너무 싫어. 하늘을 반영할 만큼 깨끗한 물이었으면 좋겠어", 이자나미가 말을 하자 그 물은 잔물결을 일으키며 그녀가 서 있는 곳에서 퍼져나갔고, 그 원이 밖을 향해 점점 커져 가면서 졸졸 흐르는 맑은 시냇물로 변했어요.

"잘했어", 이자나기가 안도의 숨을 내쉬며 말했어요.

"이제 네 차례야", 누나 이자나미가 말했어요.

"빛이 있어라!"

"안 돼! 안 돼!" 누나 이자나미가 소리쳤어요. "그렇게 하면 안 돼. 어서 취소해!"

"방법이 없다고 했잖아!" 이자나미의 남동생은 차분한 목소리로 불평했지요.

"내가 방법이 없다고 말은 했지만 좋은 취향과 절제된 아름다움과 같은 것도 있는 거야. 이 *밋또모나이*51) 빛을 사라지게 하라고", 이자

---

51) 보기 흉한

나미가 말했어요. "그뿐만이 아니야, 하늘과 물은 더 이상 파랗지도 않잖아. 네가 그 끔찍한 빛으로 그것들을 탁한 올리브색으로 만들어 버렸어."

"알았어, 취소할게", 이자나기가 중얼거렸어요. 하늘과 물은 다시 파래졌고 보기 싫은 밝은 빛은 사라졌어요.

"이제 내 차례야", 누나 이자나미가 말했어요.

"공평하지 않아! 누나가 내가 만든 빛을 취소하게 했으니까 내가 한 번 더 해야지."

"아니지, 네 차례를 망쳤으면 다 써버린 거야. 게다가 우리는 서둘러야만 해. 징검다리가 거의 다 사라져 버려서 이제 우리는 딛고 서 있을 곳이 없단 말이야." 이자나미는 동생과 함께 그들의 발밑에 있는 마지막 남은 무지개 조각을 두드리면서 서 있었어요.

"좋아, 하지만 빨리해. 나 배고파", 이자나기가 투덜거리며 말했지요.

누나 이자나미는 차가운 새파란 물에 손가락을 담그고는 손에서 떨어지는 작은 물방울들을 다시 물 안으로 던졌어요. "보석같이 푸르른 섬이 바다에서 솟아나라", 이자나미는 큰 소리로 외쳤어요.

"은행나무 잊지 마", 이자나기는 손가락으로 누나의 옆구리를 찌르면서 말했어요.

"거인처럼 커서 하늘을 껴안을 수 있는 그런 큰 은행나무 말이야."

물방울들은 서로 엉겨 붙고 부풀어 올라 푸른빛을 띠며 우람하게 자라났어요. 물방울들이 터지면서 산과 계곡, 폭포수로 변했고, 그 사이에 은행나무는 나무껍질이 갈라지면서 큰 소리와 함께 자라났지요. 이자나미와 이자나기는 거의 사라져가는 징검다리에서 발을 떼고 풀냄새로 가득한 새로운 섬에 발을 내디뎠어요.

"좋네", 이자나기는 숨을 돌리며 말했어요.

아름드리 은행나무 가지 아래에서 그들은 떨어진 은행을 모았어요. 이자나미와 이자나기는 서로 이야기를 나누며 고약한 냄새가 나는 은행 껍질을 까고, 안에 들어있는 열매를 숯불에 구웠지요. 두 남매는 막대기로 나지막이 타고 있는 푸르고 붉은 불꽃에서 열매를 밀어냈어요. 남매는 먹고 싶은 마음에 그 열매들을 집어 들었지만 아직은 너무 뜨거워서 그만, 손가락 끝과 혓바닥을 데고 말았어요.

(무라사키: 할머니, 이 이야기 말인데요. 이건 할머니가 어렸을 적에 들었던 이야기인가요?

나오에: 얘야, 이 이야기는 내가 들었던 이야기가 아니라 내가 해주는 이야기란다. 말하면서 바뀌는 것이 이야기의 성격이니까, 내가 지금 너에게 이 이야기를 말해줘도 네 마음속에서 바뀔 수 있는 거야.)

엄마는 자신의 어린 시절 이야기를 결코 해주지 않았다. 내가 들은 이야기에는 공허함이란 구멍이 있어서 나 스스로 이것을 메꾸어야만 했다. 하루 종일 이야기를 내뱉다가 들이마시는 할머니와 달랐다. 엄마의 목소리는 작은 버섯 하나가 들어있지 않다면 텅 비어 있을 양동이 안의 버섯처럼 시끄러웠다. 엄마의 이야기는 비참함과 고통으로 가득 찬 우울한 이야기인 것이 분명하다. 엄마는 그 고통에 대해서 결코 말한 적이 없다. 그리고 아빠는 호흡하듯이 쉽게 잘 잊어버리는 남자였다. 아빠는 무릎을 흔들거나 태양을 본 후에 재채기하는 것과 같은 육체적인 반응만 보인다. 하. 몸 색깔을 바꾸는 카멜레온에게 아무 잘못이 없는 것처럼 우리 아빠에게도 잘못은 없다. 맞다, 확실히 그렇다. 하지만 할머니, 할머니는 여전하시다. 할머니, 당신은 내 귀와 내 눈가에 맴돌면서 내가 살면서 걱정하는 것들을 어루만져 주신다.

하지만.

엄마와 아빠는 나를 버섯 농장에서 일하게 하셨다. 아이에게는 정말로 끔찍한 일이었다. 부모님은 내가 책임과 인내, 관용에 대해 배우기를 원하셨고 돈 버는 법이랑, 돈은 그냥 주어지는 것이 아니라는 것, 그리고 침례교인의 기본적인 태도에 대해서도 배우길 원하셨다. 나는 싫었다. 퇴비의 시큼한 냄새와 버섯 토양에서 나는 겨드랑이와 같은 냄새가 싫었다. 나 말고 다른 아이는 한 명도 없어서 농장 일꾼들은 가장 지루하고 가장 의미 없는 일들을 내게 시켰다.

"여자애, 가서 박스를 만들어", 조가 말했다.

나는 그가 싫었다. 조는 나를 여자애라고 부르면서 상자를 만들게 했다. 신경 거슬리는 소리를 내면서 마분지를 문지르는 그의 방식이 너무 싫어서 내 팔의 털들이 곤두서고 목이 간지럽기까지 했는데, 바지에 오줌을 지릴 만큼 기분 나쁜 느낌이었다.

"여자애, 가서 나무 조각을 놔라."

나는 조가 싫었다. 나를 여자애라고 부르고, 모든 버섯 모판의 나무 기둥 사이에 나무 조각들을 쌓게 했다. 그리고 모두가 그린 머신이라고 부르는 자동작업대에서 가장 단순한 일을 했다. 한쪽 끝에 쌓아놓은 모판을 가져가는 거대한 자동 작업대는 버섯 종균을 심거나, 모판을 쌓거나, 혹은 상자를 포장하기 위해 모판을 하나씩 작업대로 덜컹거리며 가지고 갔다. 그 일이 왜 상자포장이라고 불렸는지 모르겠다. 우리가 했던 유일한 일은 버섯 종균 덩어리를 피트모스 흙으로 덮어놓는 것이었는데, 상자라는 말이 어디에서 나온 걸까? 그리고 나는 모판 사이의 공간이 더 크고, 더 넓어지도록 모든 모판 기둥에 가로세로 4인치 크기의 정육면체 나무를 쌓는 단순한 일을 했다. 버튼을 누르면 모판이 때로는 6개 높이로 쌓였다. 그때 모판을 들어 올리는 지게차가 너무 늦게 돌아왔고 그러는 바람에 불안정하게 서 있던 모판이 나를 넘어뜨리고 깔아 뭉갤 거라는 두려움이 생겼다. 설사 내가 안전모를 쓰고 있다 해도 그 딱딱한 모자는 절대로 나를 구해주지 못할 거야. 나를 여자애라고 불렀다.

"여자애, 휴식 시간이다", 조가 말했다.

"뮤리엘, 배를 타고 온 몇몇 피난민들이 우리 농장으로 일하러 올 거야", 엄마가 말씀하셨다.

"무슨 말씀이세요, 배를 타고 온 사람들이라뇨?" 난 물었다.

"베트남에서 살기가 힘들어 그곳을 떠나 온 사람들이야. 공산주의자들이 그곳을 점령해서 생활 수준이 너무 낮아졌거든. 지금은 사람들이 살 수가 없나 봐. 아니면, 몇몇 사람들에게는 그곳에 남아 있는 자체가 너무 위험한 일이기도 하지. 그리고 베트남을 떠나는 게 불법이기 때문에 배를 타고 몰래 도망쳐야만 했던 거야. 뮤리엘, 베트남 사람들에게 친절하게 대해주거라, 그들은 너무 고통을 받아왔단다."

"아", 라고 나는 말했지만 더 이상 깊게 생각하지 않았다. 아니다, 난 무언가를 하고 있었다. *메두사*처럼 바다에서 이러한 모험을 하는 것을 상상하고 있었다. 사람들이 물에 빠져 죽을 지경이고, 먹을 음식이 남아있지 않을 때 발생하는 유혈사태의 구체적인 상황에 대해 궁금해 하고 있었다. 내가 베트남 사람들의 이야기에 영향을 받지 않은 것은 아니었다.

"내가 그 사람들에게 가명을 만들어줄까 하는데, 좀 도와주렴. 그들의 진짜 이름은 발음하기가 너무 힘들어서 아무도 기억하지 못할 거야", 엄마가 말했다.

"알았어요." 나는 의욕적이었다. 다 큰 어른들의 새 이름을 생각해 낸다는 것은 나로 하여금 기쁨의 전율을 느끼게 했다. 나는 손가락으로 줄줄이 적혀있는 이름을 따라 내려가며 그들의 외국 이름을 혀로 굴리면서 발음했다. 그 이름들을 바꾸었다. "짐은 어때요? 조는 어때요?" 나는 물었다.

"조", 엄마는 조용히 입으로 '조'라고 따라 했다. "그래, 그 이름이 좋고 간단하구나. 이름은 조다."

"여자애, 전화 받아", 조가 말했다.

"여자애, 12번 칸에 있는 버섯 따."

"그곳은 증기 처리 중이잖아요?" 난 물었다.

"내일 할 거야", 조가 말했다.

"내가 버섯을 꼭 따야 하는 건 아니잖아요. 그런 노력을 할 만한 가치가 없어요. 내가 얻는 것이라고는 상품가치가 떨어진 버섯 두 상자뿐이잖아요. 버섯은 1파운드에 1달러고요. 버섯 딸 가치가 없는 거잖아요." 나는 물러서지 않았다. 내 버섯 딸 권리를 위해서 말이다.

"어? 이제 네가 사장해라. 여자애야", 조가 화난 목소리로 말했다.

나는 쨍그랑, 땡그랑, 덜거덕 소리를 내며 선반에서 양동이를 확 낚아채고는 낮은 소리로 투덜거렸다. "내가 널 *여자애*라고 부를 거야, 이 멍청아. 소름 끼칠 만큼 더러운 방에서 나 혼자 버섯을 따게 하다니. 오, 하나님! 이곳에는 역한 냄새가 나는 상품성이 떨어진 버섯들과 푸른곰팡이 말고는 아무것도 없다고요. 도대체, 내가 왜 버섯 따는 것에 신경을 써야 하는 거예요. 이렇게 형편없는 버섯들은 증기 처리를 한 후에 따야 하는데 말이에요. 하지만, 그건 아니지. 이 역한 냄새가 나는 곳에서 사장 딸 혼자서 버섯을 따게 하다니." 내 귀가 떠들썩한 분노로 채워지는 바람에 난 캔이 말하는 것을 듣지 못했다. 캔이 다른 말을 했을지도 모르지만 내가 들은 것은 조가 나를 여자애라고 부르는 것이었다.

나는 버섯 농장에서 일하는 것을 좋아하지 않았다. 난 일하는 것을 즐기지 않았다. 버섯 따는 모든 일꾼들은 베트남어로 말을 했고, 장담하건대, 내가 여유를 부리며 버섯을 따는 것에 대해 비웃었을 것이다. 모두가 세 번째 줄에 있는 버섯 작업을 끝낼 때 난 여전히 첫 번째 줄에 있곤 했다. 그러면 자신에게 할당된 버섯 작업을 다 끝낸 누구라도 다시 나를 향해 버섯을 따러 와야만 했다. 그래야 모두가 다음 칸으로 작업하러 갈 때 나 혼자 덩그러니 남게 되지 않을 테니까. 때때로 다음 칸에 있는 버섯들이 웃자라기 전에 서둘러 버섯을 따야 하는 경우가 생기면 난 혼자 남겨지곤 했다. 바닥 웅덩이에 물 떨어지는 소리 이외에는 그 어떤 소리도 들리지 않았고, 갑자기 난로가 켜지면서 나는 간헐적인 폭발음이 어두운 버섯 농장의 침묵을 배경으로 크게 울려 퍼지면 난 너무 무서워서 큰 소리로 외치곤 했다. 나는 버섯을 흙 아래로 밀어 넣고 피트모스 흙으로 덮어서 버섯을 완전히 묻어버리곤 했다. 수백 개, 수천 개의 버섯을 묻고서야 너무나도 조용한 버섯 무덤을 떠날 수 있었다. 묻어야 할 버섯이 너무 많으면 난 별채로 가서 거미가 파리를 마비시켜 내장 빨아먹는 것을 구경하면서 몇 시간이고 앉아 있곤 했다.

버섯을 재배하는 아빠의 딸, 타자가 되어버린 엄마의 딸, 기약 없는 가출을 감행하기 전에는 결코 입을 닫지 않았던 할머니의 손녀로 낸톤에서 성장한다는 것은 어려웠다. 나를 사랑한다고 말하는 사람들과 가까워진 후에 멀리 떨어져서 성장하는 것은 어렵다. 억울하지는 않다. 성장하는 것은 어렵다고 말하고 있을 뿐이다. 사람들은 이런저런 말들을 한다.

"너는 이런 시대에 태어난 아이여서 운이 좋은 거야. 내가 어렸을 때는 정말 부자들만 바나나를 먹을 수 있었거든."

물론 요즘에는 바나나가 흔하지만 난 바나나를 좋아하지도 않는다. 그리고 누가 바나나를 따는지, 누가 돈을 버는지에 대해 생각하기 시작할 때, 바나나 한 덩이가 누군가의 입에 들어간다면 그 사람은 운이 좋은 것이다.52) 사람들은 기본적으로 백인 중산층의 자유로운 영혼의 소유자, 탐 소여53)를 롤 모델로 삼고 있지만, 현실을 한 번 직시해보자. 대부분의 사람들은 신데렐라의 잿더미(역주: 불우한 어린 시절)에서 시작해서 그 잿더미로 끝난다. "아, 나는 다시 어린아이가 되고 싶어", 라고 사람들은 말한다. 그러나 나는 결단코 그런 동화 이야기로는 되돌아가지 않을 것이다.

가정생활은 영원히 짊어지고 가야 하는 것이다. 내게 프로이트적54)인 면모는 없지만 가정생활이라고 하는 것은 아주 끔찍하거나 기분 좋은 문신으로 새겨진다. 개인에 따라, 히스테리나 히스토리는 하나가 되기도 하고 똑같은 것이 되기도 한다. 딸에서 딸로, 딸로, 또 그다음 딸로... 대대로 전해지기에. 그 리스트는 끝이 없고 새겨진 문신은 계속 이어진다. 사람들이 태어나면 그들에게 문신이 새겨진다. 어떤 문신은 떨어지지만, 대부분의 사람들은 남은 평생 그 문신을 달고 다닌다. 다 성장했을 때 나도 나이 든 바보(역주: 나오에 할머니)같으면 좋겠다.

---

52) 바나나를 따는 사람들은 가난한 노동자들이지만 사실상 돈 버는 사람은 바나나 회사 사장이라는 암울한 현실을 알게 되었을 때도, 여전히 바나나를 먹을 수 있는 사람들이 있다는 것은 다행이라는 의미이다.

53) 마크 트웨인의 소설, 『탐 소여의 모험』에 나오는 주인공

54) 다른 성의 부모에게 애착을 느끼는 오이디푸스 콤플렉스를 의미한다.

나오에

바람은 서쪽에서, 서쪽에서, 다시 서쪽에서 불어온다. 산이라고 부르는 저 거대하고 흉물스러운 것의 이빨과 목구멍에서 비명소리가 난다. 바다 깊은 곳에서 나온 습기가 뾰족한 산봉우리로 스며들어 몇 안 되는 먼지가 대평원의 깊숙한 곳에서 흩날린다. 그러나 이따금 바람은 남쪽에서 소용돌이치다가 동쪽으로 방향을 틀기도 한다. 그러면 나는 퇴비 창고에서 풍겨 나오는 퇴비 냄새를 맡을 수 있다. 사람들이 퇴비를 뒤적거린다면 그건 매캐한 암모니아 냄새다. 나는 퇴비창고에는, 그곳에는 가본 적이 없었다. 버섯들이 자라는 것을 본 적도 없었다. 나는 이 의자를 결코 떠나본 적이 없었다.

케이코는 흙과 습기와 같은 냄새가 나는 창고로부터 되돌아오곤 했다. 아이를 출산할 때 나는 냄새와 흡사했다. 나는 케이코의 옷에 내 얼굴을 들이대고 숨을 깊게 들이마시며, 하루일과를 마친 딸아이의 냄새를 맡았다. 첫 수확으로 거두어들인 버섯에서 풍기는 미지근한 정액 냄새, 축축한 피트모스 흙냄새, 딸아이가 10시에 마신 식어버린 커피 냄새, 그 아이가 양동이를 소독하기 위해 사용한 포름알데히드의 지독한 냄새도 맡았다. 나는 콧구멍으로 맡은 냄새와 혀에 스쳐 가는 맛으로 이러한 것들을 알 수 있었다.

나이 든 할머니가 의자에 앉아서 계속 이야기를 하는 것은 쉬운 일이다. 하지만 아무 말도 하지 않는 것은 더 쉽다. 나는 고개를 끄덕이고 미소를 지으며 "세사미 스트리트"를 시청한다. 그래서 난, 사람들이 내가 말할 줄 모른다고 생각하는 영어와 불어도 배울 수 있다. 봉주르!

라고 말하면 모두가 놀라겠지. *제 마펠 나오에 키요카와*.55) 아! 할머니가 의자에 앉아서 외출도 하지 않은 채 쉬지 않고 말을 한다면 절대 그 할머니를 무시하지 마라. 그 할머니는 사람들의 눈 색깔을 바꾸어버릴 만한 이야기를 할 수도 있으니까.

다이 마코토, 그 남자의 이름은 마코토 다이였다. 그 남자가 살아 있을까? 그 남자가 아직 살아 있다고, 난 들었다. 나는 내 남동생의 피에 흐르는 이름인 키요카와를 버리고 우리 가문이 절대 가져보지 못한 아이의 이름으로 바꾸었다. 다이 나오에(Dai Naoe). 결혼 서류에 적힌 그 단어들이 내 이름을 대신했다. 내가 영어를 사용하는 곳으로 이민 오기 전에 이름을 바꾼 것은 다행이었다. 스펠링은 달랐지만 소리를 낼 때 그 단어의 무게감은 나를 괴롭힐 만큼 큰 부담을 주었을 테니까. 나오에 다이(Naoe die)56)라니.

　이름을 바꾸는 것은 쉬운 일이다. 잉크와 종이 한 장만 있으면 된다. 이름 하나를 버리고 다른 이름을 가질 때 족보의 선 하나가 다 지워진다. 이름을 바꾼 모든 엄마와 딸들, 엄마와 딸은 남성의 이름으로 삼켜졌다. 우리가 이런 일에 대해 너무 오래도록 생각한다면, 머리를 쥐어뜯고 가슴을 칠 일이다. 말도 안 되는 이런 족보에 대해서는 그만 하자. *맛따쿠!*57) 더 말하지 말자. 당신의 아버지의 아버지가 무엇을 했

---

55) 내 이름은 나오에 키요카와입니다.

56) 나오에가 캐나다에 오기 전에 이름 순서를 바꾸지 않았으면 Naoe Dai였다. Naoe Dai란 이름은 Naoe die('나오에 죽다')로 발음되기 때문에 이름을 바꾸지 않았더라면 나오에는 그 이름으로 인해 힘들었을 것이다.

으며 누가 어떤 명예를 얻었는지 누가 신경이나 쓰겠는가? 명예는 명예를 얻은 사람과 같이 죽는 것이다. 나를 위해서는 황금 제사상에 밥공기 하나도 차리지 말고 내 기억에 남아있는 오렌지들도 헛되이 놓지 말아라. 뼈는 부서진다. 살은 녹아내린다. 내가 말한 몇 마디가 누군가의 마음에 울림을 준다면 난 그것으로 충분하다.

마코토는 나쁜 남자가 아니었고 난 그 남자를 경멸하지 않았다. 그러나 그 남자는 나약하고 어리석었다. 물론 전적으로 그 남자만 탓할 일은 아니었다. 나는 한때 부자였던 아버지의 외동딸로서 자부심, 자부심이란 게 있었으니까. 그리고 그는 아무렇지도 않게 고통을 주는 사람이었다.

"나오에", 그 남자가 불렀다. "*사케* 줘."

나는 *사케*가 끓어 넘칠 때까지 가열했다. 결국 *사케*는 식초처럼 시큼한 맛으로 변했다.

"나오에, *사케*를 너무 끓였잖아. 다음에는 신경 써."

다음에는 내가 제대로 끓이지 않아서 *사케*가 식어가는 오줌처럼 미지근해졌다.

"나오에, 이번에는 너무 차갑잖아. 신경을 더 쓰란 말이야."

나는 또다시 너무 많이 끓였다. 난 한마디도 하지 않은 채, 식초와 오줌 맛이 나는 *사케* 병을 계속 내다 주면서 술 시중을 들었고, 마침내 남편은 *사케* 눈물을 흘리며 *타타미*에 누워 *사케*를 제대로 준비해달라고 간청했다. 그러는 내내 케이코는 동그란 검은 눈으로 쳐다보고 있었

---

57) 아휴

다.

"어머니, 왜 아버지가 울어요?"

아니란다. 나는 아무 말도 하지 않았다. 작은 밥공기들, 접시들, 톳쿠리58), 오쵸코59), 아이보리색의 오하시60)가 쌓인 채로 부엌에 어지럽혀져 있었다. 설거지할 물을 데우기에는 너무 피곤하고, 너무 화가나서, 그릇에 묻은 음식 찌꺼기들이 설거지통에서 굳어 가도록 놔두었다. 바퀴벌레가 휙 하고 지나갔다. 보이는 한 마리의 바퀴벌레는 보이지 않는 열 마리의 바퀴벌레를 의미한다던데. 케이코는 내 소매와 오비61)를 잡아당겼다. 마코토는 아버지이니까 아주 조금 흐느꼈고, 케이코는 또다시 잡아당겼다. 나는 아무 말도, 아무 말도, **아무 말도** 하지 않았다. 나는 벽장에서 후톤을 내던졌고 담요를 깔았다. 케이코는 우리 사이에 누웠다. 케이코의 아버지는 울고 있었고 나, 나는 조용한 증오의 카타마리62)였다.

내게는 아주 커다란 분노가 있었다. 오랫동안 증오했다. 내가 아직도 화가 났나? 나도 궁금해서 그것을 느끼려고 손을 뻗어본다.

섹스를 할 때, 내가 너무 화가 나서 섹스를 즐기지 못한 것은 몹시 불행한 일이었다. 내 육체를 탐닉하기에는 너무 괴로웠고 자존심이 너무

---

58) 술병
59) 술잔
60) 젓가락
61) 허리 천
62) 덩어리

강했다. 나는 이혼한 지 한참 후에도 여전히, 누군가 내 피부에 손을 대는 것을 허락하지 않았다. 심지어 케이코도 만지지 못하게 했다. 이제 내가 그 대가를 치른다는 생각이 든다. 여든다섯 살인데도 사향에 흠뻑 젖은 고양이마냥 성적으로 흥분한다. 요새 내가 인간과 유일하게 접촉하는 순간은 케이코가 내 머리를 감겨줄 때다. 무라사키가 가끔 나를 안아줄 때도 있다. 나는 그 아이들을 사랑하고 그들과의 접촉은 내 지친 마음을 거의 고통에 가까운 감정으로 느끼게 해주지만, 내 허벅지 사이에서 아무 느낌도 없이 처대는 이 아픔에 대해서는 어쩔 도리가 없다. 정말 꼴사납게도, 이 나이에 성적 흥분을 하지만 어쨌든 이것도 재미있네. 나이가 들었어도 계속 중얼거리며 양처럼 짧은 곱슬머리를 하고 있는 이 할머니는 폴리에스터 몸빼바지에 분홍색 꽃무늬의 민소매 갈색 셔츠와 회색 카디건을 입고 있고, 발뒤꿈치에 글자가 새겨진 덧신을 신고 있다. 나는 떨리는 한 손으로 허리 밴드를 잡아당기며 다른 손을 면 팬티 안에 넣으려고 하고 있다. 은밀한 생각으로 무언가를 만지작거린다.

"할머니! 뭐해요?!"

나는 고무 밴드를 놓았다. 그러자 고무 밴드가 찰싹하는 소리를 내며 다시 내 쭈글쭈글한 배로 되돌아왔고, 케이코는 입을 벌린 채 멍하니 문간에 서 있었다. 나는 변명을 하려고 중얼거리기 시작했으나 케이코의 표정, 내 몸빼바지, 내 육체적인 욕망, 내 나이로 인해, 난 웃기 시작했고 뱃속의 처진 근육들이 아파질 때까지 계속 웃었다. 아, 케이코야, 어쨌든 재미있구나.

"샘63), 드디어 할머니가 노망나셨나 봐", 케이코는 씩씩거리며 말하고 있다. 어둠이 소리를 너무 쉽게 전달하는 것은 재미있다. 이 집의 갈라진 틈에서 새어 나오는 웅얼대는 소리를 넘어서, 침대 스프링의 삐걱거리는 소리가 들려온다. 신지는 벽을 보고 있다.

"당신은 지난 10년간 그 이야기를 해왔잖아", 신지는 투덜거린다. 신지는 하루 종일 퇴비를 실어 나르느라고 지금 몹시 피곤하다. 퇴비 냄새는 오늘 유독 더 심했다.

"할머니가 오늘 이상한 행동을 하고 있었어", 케이코가 속삭인다. 케이코는 천장을 쳐다보면서 등을 대고 반듯이 누워있다. "그래서?" 신지가 화난 목소리로 말한다. "케이64), 나 피곤해. 오늘 밤에는 장모님 이야기를 듣고 싶지 않다고, 알겠어? 좀 자게 내버려 두란 말이야."

"엄마가 바지 안에 손을 넣기 시작했는데 글쎄, 나한테 딱 걸렸지 뭐야, 그러더니 손을 빼고는 웃기 시작하는 거야", 케이코는 남편의 말을 못 들은 척하며 계속 말을 한다.

"정말?" 신지가 말한다. 이불은 바스락거리고 침대 스프링은 삐걱거린다. 지금 신지는 전혀 불쾌한 기색 없이, 몹시 궁금해하며 케이코를 마주 보고 있다. "왜 그러셨을까?"

"말했잖아! 할머니가 노망났다고. 어디선가 읽었는데, 어떤 사람들은 노망이 나면 아기처럼 바지에 똥을 싸서 자기가 싼 똥을 자기 몸에 문지르기도 하고, 심지어 먹기도 한대!" 케이코는 몸서리치며 역겨워한

---

63) 신지의 영어 이름
64) 케이코의 영어 이름

다. "실버 스프링스 로지에 전화 걸어서 대기자 명단을 알아봐야겠어. 똥은 어떻게 할 수가 없거든."

"할머니의 가랑이가 간지러웠겠지", 신지가 넌지시 말한다.

웃음을 참는 꼬르륵하는 소리가 가슴에서 목구멍으로, 그리고 입으로 나왔다. 나는 그 소리가 들리지 않도록 담요를 입으로 물었지만 대신 코에서 킁킁거리는 소리가 난다.

"샘! 할머니가 숨을 못 쉬셔!" 이불이 내동댕이쳐지고, 단단한 나무 바닥에서 맨발로 *바타 바타*거리는 소리가 나고, 별안간 하얀 빛을 비추는 바람에 난 억지로 눈을 감았지만, 여전히 내 코에서는 킁킁대는 소리가 난다. 신지는 내 비쩍 마른 등을 두드리고 케이코는 손가락으로 내 눈을 벌리려고 하는데, 도대체 왜 그러는 걸까? 그리고 내가 이빨을 벌렸더니 담요가 떨어졌고, 난 웃고, 웃고, 또다시 웃는다.

어떤 날에는 내가 유독 지치고 피곤한데, 오늘이 그런 날이다. 중얼거릴 만큼 충분한 힘이 없다고 해도 마치 숨 쉬는 것처럼 말들이 새어 나온다. 바람이 씽씽 불어대는 이 평원에 나를 묻지는 말아라.

머리 감는 날이다.

케이코는 부엌 의자 하나를 세탁실로 옮기고 있다. 그곳은 세탁건조기가 윙윙 돌아가면서 뿜어대는 열기와 창문을 통해 들어오는 햇빛으로 인해 집에서 가장 *아타타카이*[65] 장소다. 건조하고 숨 막히는 여름이 아니라면 벽 틈에서 작은 고드름이 주렁주렁 매달리는 겨울이 계속된다. 얼음의 찬 기운은 내 무릎, 내 발가락에 스며들어 피의 흐름을 더디게 한다. 그러나 세탁실은 *아타타카이*66), 내 피가 주름진 혈관에서 얼어 뭉치지는 않는다. 이제 내게는 뿌듯할 일도 없어서 누군가의 손가락이 내 머리에 닿아도 느껴지는 즐거움이 없다. 머리 감을 때에는 이런 내 고집이 사라져서 내 몸에 신경을 쓸 여력이 없다. 바람은 윙윙 불겠지, 그러나 사람은 가끔은 머리를 관리할 필요가 있다. 케이코가 아무 말도 하지 않아서, 난 현관 복도에 있는 내 의자에서 딸아이가 정신없이 움직이는 것을 바라보며 흥얼거리기만 한다. 나는 부엌에서 세탁실까지 다 볼 수 있다. 심지어 화장실 문도 볼 수 있다. 케이코는 조용히 샴푸와 린스를 커다란 세면대로 옮기고 부드러운 브러시도 함께 옮겨 놓는다. 나는 두 손을 뼈만 남은 내 허벅지 옆에 있는, 내 의자 좌석에 놓고 푹 꺼진 엉덩이를 들어 올린다. 나는 "후"하고 숨을 쉬고 몸을 앞으로 구부린다. 내 등은 굽었고 내 배는 척추에 눌렸다. 눈이 빙그르르 돌면서 제자리로 돌아간다. 슬리퍼를 신은 내 발은 몇 시간 동안이나 움직이지 않은 채로 있어서 얼어붙어 버렸다. 어쩌면 수십 년이었을지도 모른다.

나는 내 의자가 있는 현관 복도에서부터 슬리퍼와 단단한 마룻바닥 사이에 있는 먼지투성이들을 쓸고 돌아다닌다. 내가 현관 복도를 따라 부엌으로 들어가면 돼지고기 스튜와 삶은 감자 냄새를 맡을 수 있다.

---

65) 따뜻한

66) 따뜻하여

나는 케이코에게 아무 말도 하지 않고 입으로 조용히 흥얼거리고만 있다. *가와 가와 가와*..67) 부엌을 지나서 마침내 세탁실로 들어간다. 아, 케이코는 내가 다리를 올려놓을 수 있는 노란 스툴 의자를 잊지 않았다. 무릎에 모든 체중을 싣고 돌덩이 같은 발에 피가 몰려있는 상태로 다리가 마룻바닥 위에서 왔다 갔다 하는 것은 정말이지 잠을 수가 없다. 나는 건조기가 돌아가는 웅웅대는 소리에 마음을 달래면서, 익숙하지 않은 의자에 삐그덕 소리를 내며 앉는다. *아타타카이* 태양이 내 얼굴에 비친다. 스툴 의자에 발을 올려놓는다. 눈을 감고 보니 다른 사람의 피부가 와 닿는 즐거움이 오롯이 더 크게 느껴진다.

케이코의 부드러운 중년의 배가 내 어깨에 닿는다. 딸아이의 배가 *망토*처럼 따뜻하고 부드러워서 울퉁불퉁한 내 근육들이 뼈에서 빠져나와 이완되는 것을 느낀다. 케이코의 배는 내 고통을 빨아들인다. 케이코는 손바닥으로 내 이마를 부드럽게 문지르고 손가락을 내 두피 안으로 넣는다. 그 아이의 손가락이 내 머리카락 속에 있다가 머리카락을 통과하여 내 쭈글쭈글한 두피로 옮겨간다. 아아아아아아아. 케이코가 두 엄지손가락과 나머지 손가락들로 작고 강력한 원을 그리면서 문지르는 동안, 난 몹시도 긴장하고 흥분해서 천사가 된 것 마냥 하늘을 떠다닌다. 목과 머리가 만나는 지점을 엄지손가락으로 누를 때 나머지 손가락들은 힘이 있고 안정적이다. 머리카락을 지나 두피, 욱신거리는 내 두피를 엄지손가락 두 개로 눌렀다, 놔주고, 눌렀다, 놔주면서 천천히 회전시킨다. 내 관자놀이를, 천천히, 원을 그리듯 돌린다. 케이코의 손

---

67) 와와와...

가락 끝은 강하면서도 손길은 매우 부드러워서, 내 아린 두 눈을 지나 눈꺼풀, 아래에 있는 코, 광대뼈 주변을 부드럽게 주물러주고, 심지어 말을 많이 해서 혹사당한 내 입까지 풀어주고, 또 풀어준다. 케이코는 지쳐버린 내 턱뼈를 너무 열심히, 너무 강하게, 계속 문지르고 있다. 그래서 어떤 힘센 사람이 내 턱뼈를 가져다 사용한다면 케이코가 문질러서 강해진 내 턱뼈는 온 도시를 때려 부술 수도 있을 것이다. 케이코는 마사지를 끝내고 뜨거운 수건으로 내 얼굴을 닦아주고 수건의 열기는 아직 남아있는 통증과 함께 증발한다.

머리를 뒤로 젖혀서 세면대 안으로 기댄다. 케이코가 세면대 가장자리에 두었던 수건 위에 내 머리를 눕힌다. 흐음음음음음음음음음음음음. 물은 계속 흐르고, 케이코는 손목으로 물의 온도를 확인하고, 따뜻한 물을 틀어 놓고는 내 얼굴이나 귀에 물이 한 방울도 튀지 않게 한다. 단지 따뜻한 물과 수분이 자그마한 세탁실을 가득 메우고, 나는 스르르 감은 눈으로 케이코의 옷 냄새를 맡는다. 샴푸 뚜껑이 딱 하며 열리는 소리. 신선한 사과 향. 케이코는 내 두피가 갑자기 차가워지지 않도록 샴푸를 손으로 비벼 따뜻하게 하고, 케이코의 손에 풍성해진 비누거품으로, 이내 케이코의 손가락들이 내 피부와 내 땀구멍에서 생겨난 가려움증을 없애준다. 케이코는 한 손바닥을 내 뒤통수 밑에 놓고 그 손으로 머리 무게를 지탱한다. 그러더니 오른손으로, 오른손의 손가락들과 손톱들로 힘차게 문지른다. 아마추어처럼 두피에 상처를 내지 않고 적당히 기분 좋게 문지른다. 헤어라인에서 목 아래까지, 케이코는 옆으로 뒤로, 왔다 갔다 하면서 동시에 문지르고, 케이코의 부드러운 배는 내 어깨를 놓는 베개가 된다. 케이코는 가려운 곳 하나라도 놓치지 않고 찾아내서, 내가 미처 모르고 있던 가려움증마저 물로 닦아 없애준다. 따뜻한 물을 틀어놓고 비누거품을 씻어내는 동안 내 얼굴이나 귀에는 한 방울의 물도 떨어지지 않는다. 나는 여전히 눈을 감고 있다. 깨끗한 머리카락에서 뽀득거리는 소리가 난다. 린스, 따뜻해진 묵직한 크림 같은 린스를 내 은발 곱슬머리에 바른다. 케이코는 먼저 손가락으로 천천히 세심하게 린스를 바르고 부드러운 브러시로 빗겨준다. 두피가 부드러워진다. 내 몸이 늘어지고 내 피부는 수분으로 채워져서, 내가 다시 눈을 뜰 수 있을지 모르겠다. 케이코는 다시 머리를 헹궈 준다. 이제 물은 더 따뜻해져서 내 머리, 내 얼굴, 내 목에서 열기가 난다. 그 열기와 수분은 내 몸과 내 기쁨과 *아타타카이* 태양을 보듬어주고 있다.

내 머리카락은 빛난다. 누에고치에서 나온 가느다란 실처럼.

겨울은 겨울 나방에게 가혹하다. 설탕물과 복숭아 통조림만으로는 충분하지 않다. 매일 밤 좀 더 많은 나방들이 죽어가고 있고, 좀 더 많은 나방들이 내가 차곡차곡 개어놓은 옷들 사이에서 떨어진다. 나방 날개의 갈색 무늬는 점차 희미해지고 털은 나방의 쪼그라든 몸에서 떨어져 나온다. "나오에, 복숭아 줘서 고마워요, 설탕물도 고마워요", 나방들이 속삭인다. 나는 미소 짓는다. 이러한 죽음은 자연스러운 것이다. 그리고 나방알들은 보물처럼 어딘가에 숨겨져 있다.

내 잠은 꿈을 정리하는 장소다. 그 바보 같은 중국 철학자가 누구였을까? 한 남자가 나비를 쳐다보다 잠이 들어 꿈을 꾸었는데 그 남자는 나비였고, 또 그 나비의 꿈에서 나비는 철학자였다. 그 남자가 눈을 떴을때 자신이 나비인지 철학자인지 몰랐다나. 얼마나 어이없는가. 이것은구분 지을 필요가 있다. 아, 물론 그 남자는 둘 다였다. 생각은 부드러운 피부에 강한 인상을 남기고 그 감각은 며칠째 계속 남아 있다. 말(words)이 내 입에서 굴러 나와 모양과 크기를 바꾼다. 말은 팔다리를자라게 하고, 내 발 옆에 있는 먼지 주변에서 기어 다니다가 호기심 어린 손가락으로 말라비틀어진 나방을 집어 들어 내 바지를 잡아당긴다.나는 말에게 이야기를 먹이고 말은 우적우적 씹어 먹는다. 말은 더욱커지고 강해져서 문밖으로 나가 이 지구를 돌아다닌다.

우리가 *치큐*[68]라고 부르는 이 행성의 느린 진동. 이 진동에 의해 먼지는 다시 태양 주위를 도는데, 늘 그렇듯이 자전하면서 돈다. 오누이였던 이자나미와 이자나기가 세상을 창조하기 위해 천상의 집을 떠나기아주 오래전에도 이러한 규칙이 정해져 있었다. 그래, 사람들이 눈으로볼 수 있는 것을 산, 나무, 호수, 돌덩이라고 부르기 아주 오래전에 일본은 세상의 전부였다. 사람들의 발밑에 있는 흙. 그 흙이 사람들의 세상이 시작되고 끝나는 곳이다. 일본. 섬을 혼자 독차지한 나라이니 고향을 떠나지 마라. 자신의 힘과 견줄 만한 것이 없다면 자기 자신의 힘을 맹신하기란 쉽다. 세상을 향해 소리치는 것 말고는 그 어디에도 갈

---

68) 지구

곳이 없는, 이렇게 작은 섬 위에 너무 과한 자부심이 있었다. 죽음을 경험하는 것 말고는 변화라고는 찾아볼 수 없는 곳. 그리고 죽음. 그 순환은 되풀이된다. 나는 멀리 떨어진 이곳에 앉아 볼 수 있는 두 눈으로 과거를 되돌아본다. 적어도 이제는 그곳에서 벗어났으니 내 눈은 여유롭게 초점을 맞출 수가 있을 거야. 분명히, 나는 신문을 읽었고 라디오로도 이야기를 들었다. *아라라라아아.*69) *아라마아아아*70), 난 말했다. 전쟁이 일어날 거래. 전쟁이 무엇을 의미하는지 몰랐다.

마토코와 나는 10년 동안 만주와 시나에서 살았다. 케이코가 태어났을 때 그 아이도 함께 살았다. 그동안 일본에 가지 못하고 있다가 딱 한 번, 케이코의 출산을 위해 다녀왔고, 그러다 마침내 전쟁이 일어났다. 10년이라는 세월이 흐르는 동안 나는 만다린71)이나 광둥어72) 또는 다른 방언을 배우지 않았다. 나는 담장 안에서 살았는데, 그 담장은 중국인들이 담장 안에 거주하는 사람들을 담장 밖에 사는 사람들로부터 보호하기 위해 도시와 마을을 에워싸고 건설한 것이었다. 마코토는 강과 협곡을 가로질러 다리를 놓았다. 마코토는 중국인들의 더 나은 삶을 위해 자신이 일을 한다고 믿어 의심치 않았다. 중국인들의 발전을 위해 일한다고 확신했다. 어리석은 바보였다. 일본 군인들은 그 다리를 건너 중국인들을 죽이러 왔다. 그리고, 나야말로 가장 어리석은 바보였다. 왜

---

69) 어머머

70) 어머나

71) 중국 본토 사람들의 언어

72) 홍콩 사람들의 언어

학교가 분리되어 지어졌는지, 왜 우리가 중국어와 일본어를 함께 배울 수 없었는지, 난 결코 물어보지 않았다. 중국아이들은 일본어를 배웠지만, 중국에 거주하는 일본아이들은 왜 중국어를 배우지 않는지도 묻지 않았다. 또한 우리 같은 평범한 집에도 하인이 있었는데, 왜 담장 밖에 거주하는 사람들은 굶어 죽어야만 했는지에 대해서도 함구했다. 한 여자의 몇 마디 말이 행군하는 군인들의 군화를 돌려놓지는 못했겠지만 그래도, 말하지 않았던 고통, 물어보지 못했던 비통함은 여전히 내 마음속 아픔으로 남아있다. 내가 마코토 다이의 아내가 되었을 때, 아련한 슬픔에 빠져서 내 주변 것들에 대해서는 신경을 쓰지 못했다. 심지어 케이코도 보살피지 못했으니까.

만주에서의 겨울과 바람. 소금같이 내리는 눈, 시뻘게진 손과 발을 갈라지게 하는 아주 매서운 추위가 있었다. 아궁이에 불을 지피거나 밥을 지으려고 할 때 호흡은 가빠졌고, 밖으로 나가기에는 너무 추워서 오줌도 방광 저 위로 움츠러들었다. 우리는 대부분의 중국인들보다 더 특권을 받은 사람들이었다. 우리 집은 평범했지만 여전히 집안의 일꾼을 쓸 여유가 있었다. 우리는 한 소년과 함께 살았다. 그 소년은 시장에서 겨울에 쪼글쪼글해진 *다이콘*, 축 쳐진 *하쿠사이*[73], 달걀을 가지고 왔다. 수프도 만들었다. 소년은 아침 일찍 일어나서 물탱크에 얼어있는 얼음을 깨서 여전히 얼음 상태로 있는 물에 우리의 침대 시트와 속옷을 빨았다. 소년은 케이코를 등에다 포대기로 묶어 업고 있는 내내, 우리 옷을 다림질했고 담요와 모든 빨래들을 다 개었다. 나는 작은 난로 옆

---

73) 배추

에 몸을 웅크리고 손가락이 건조함과 추위로 갈라질 때까지 옷을 수선했다. 마코토가 다리를 건설하기 위해 멀리 떠나 있을 때 그 소년은 나와 함께 식탁에 앉아 식사를 했다. 그는 내게 이야기를 해주었고 나는 거의 다 이해할 수 있었다.

"후진국에 사는 형제들을 돕는 게 선진국 남자들의 책임이야", 마코토는 시큼한 사케를 잔뜩 마시고 망상으로 가득 차서 말했다. 그 소년은 수프를 조심스럽게 부었다.

"이곳에서 내 임무는 끝났소. 중국 전역에 다리를 건설하기 위해 봄이 되면 우리는 저 먼 남쪽으로 이사를 가야 할 거요! 그 다리들은 일본인과 중국인 간에 선의의 상징이 될 거요" 마코토는 너무 자만했고 어리석었다. 나는 더 어리석었다. 의심의 말을 하지 않았고, 또 다른 진실을 캐묻지도 않았으니까. 마코토가 만든 다리에서 수천만의 일본 군인들이 행진하는 군화 소리가 울려 퍼졌다. 일본 군인들은 중국 본토 형제들을 학살하기 위해 선의의 상징인 그 다리를 건넜다.

봄이 거의 다가왔을 때, 우리는 그 소년과 그가 만들어 주던 수프, 그리고 그가 해주던 이야기와 작별을 하고 시나행 기차를 탔다. 그의 이름. 내가 그 소년의 이름을 알기나 했던가? 그 소년이 내게 알려주기나 했었나? 아니면 내가 그 이름을 외우지 않았었나? 더러운 검댕이 작은 구멍으로부터 스며 나오고 먼지는 문을 얼룩덜룩하게 더럽히고 있다. 검댕과 먼지. 먼지는 계속 쌓이고 바람은 먼지를 몰고 온다! 이 바람은 영원히 불까? 이 먼지는 가라앉을까? 케이코는 문 밑 틈새에 휴지를 틀어막아 보지만 어쨌든 바람은 슬금슬금 들어온다. 내 발목에 차가운 바람이 빙빙 맴돈다. 이렇게 제자리에서 맴도는 바람이 한겨울의 먼지를 어떻게 날아다니게 하는지 궁금해진다. 공기가 너무 건조해서 내 콧구멍 안이 찢어지고 갈라진다. 피가 난다. 내 입술은 얼굴에 있는 두 개의 상처다. 하지만 말은 계속 튀어나온다.

"할머니, 귀 좀 파줄래요?"

나는 그저 흥얼대며 의자에서 일어나 거실까지 발을 질질 끌고 가서 소파 한쪽 끝에 앉는다. 해가 비치는 곳이로구나. 케이코의 얼굴은 편안해졌고 입가의 긴장한 근육들은 아픔이 사라져 입술은 부드럽고 풍만해 보인다. 케이코는 옆으로 누워서 자신의 머리를 내 앙상한 무릎에 놓는다. 케이코는 내게 *미미카키*74)를 건네주고 난 딸아이의 귓속을 들여다본다.

"*아라―잇빠이 아루 냐나이 노. 요쿠 키코에타 네.*"75)

"알아요. 살살 하세요", 케이코는 허스키한 목소리로 말한다.

바람이 남쪽에서 소용돌이치며 동쪽으로 방향을 바꿀 때 바람은 아주 축축한 냄새를 몰고 온다. 먼지는 버섯이 자라는 곳에서는 날아다니지 않는다. 공기가 습기로 가득 차 있기 때문이다. 신지는 옷 구멍으로 스며든 버섯 냄새를 가지고 집으로 온다. 그 냄새는 너무 *후시기,*76) 너무

---

74) 귀이개

75) 야―꽉 찼잖아. 소리가 들리기는 하는 거야.

76) 신기하고

신비스럽다.

"안녕하세요, 할머니. 오늘 어떠셨나요?" 신지는 영어로 말한다. 매일.

"*마마노 토코 다 네*."[77]

내가 무슨 말을 하든, 내 사위는 "그 이야기를 들으니 기쁘네요", 라고 말한다. 한 번은 내가 발가락으로 자위행위를 하며 하루를 보냈다고 말했다. 또 한 번은 케이코가 벽에 똥을 문지르고 오줌으로 바닥을 닦았다고 말했다. 하지만 신지가 항상 하는 대답은 "그 이야기를 들으니 기쁘네요"이다. 한 사람이 20년 동안 새 언어를 익혔다면 마찬가지로 다른 언어 하나를 잊을 수도 있다. 잊어버렸다. 신지는 그가 두고 온 일본어를 완전히 잊어버렸다. 나는 이것을 받아들일 수 있지만, 케이코는 또 다른 문제다. 내 마음에서 태어난 아이, 내 몸에서 태어난 아이지만 내 입에서 나오지는 않았다. 케이코가 구사하는 언어는 잘못된 이유로 존재하는 것이다. 외국으로 이민 와서 이웃 사람들이 사용하는 언어를 똑같이 따라 한다고 해서 그곳을 고향이라고 부를 수는 없다. 먼저 자신의 마음 안에서 고향을 찾아라. 외부의 언어를 안으로 들여오는 것이 아니라 고향의 언어가 마음에서부터 자라나게 해라. *체!*[78] 그러나 나는 비난하지 말아야 한다. 내가 결코 누군가를 실망시키지 않았던 것처럼 행동하지 않아야 한다. 특히 케이코를. 또 다른 바보 같은 순환이고 그 순환의 끝은 보이지 않는다. 나는 영어만 고집하는 케이코를 용서하지 않을 것이고 케이코 역시 내가 듣길 원하는 일본어로 절대 말하

---

77) 엄마 말이니.

78) 쳇!

지 않을 것이다. 우리는 요란스러운 침묵 속에서 서로를 사랑한다.

신지는 내 아버지나 내 남편 같은 남자는 아니다. 케이코는 배우자 선택에서 실수하지 않았다. 신지는 단순한 사람이다. 먼지와 거센 바람 소리로 가득 찬 이 어수선한 세상에서 단순하게 살아가기란 너무 어려운 일인데. 쉽게 복잡해지는 삶보다 단순한 삶을 선택하려면 순수함이 있어야만 한다. 실크에 감싸인 한 마리의 누에고치가 생각난다. 주머니에 들어있는 나방알들도 떠오른다. 수프도 함께.

시나에는 다른 종류의 수프와 또 다른 소년이 있었다. 그 애 이름이 뭐였지, 어떻게 내가 그 애 이름을 잊어버릴 수가 있을까? 담장 밖에 있는 더 굶주린 사람들 때문에 나는 베개 옆에 권총을 두고 잠을 잤다. 케이코는 항상 그 소년과 함께 있었고, 그의 셔츠 옷단이나 소매 또는 주머니에 늘 달라붙어 있었다. 소년은 케이코를 나무라지 않았다. 케이코는 내가 대답해주지 않았기 때문에 내게는 절대 오지 않았다. 내 생각은 먼지처럼 무미건조했다. 마코토는 종이 같은 다리를 만들기 위해 멀리 떨어져 있었다. "나의 중국인 형제를 위한 것이오", 마코토는 말했다. 나는 시장에 가지 않았다. 정원도 가꾸지 않았다. *기모노*79)도 갈아입지 않았다. 머리도 감지 않았다. 나는 한 손에 붓을 들고 다른 한 손엔 *스미*80)가 있는 벼루를 들고 집 주변을 돌아다녔다. 종이 바른 문에서, 벽지 바른 벽, 피부처럼 얇은 창문까지 작은 글씨로 내 이름을 썼다.

---

79) 일본 전통 의상
80) 검은 먹

清川　直惠　　　清川　直惠　　　清川　直惠81). . .

　그 소년... 그 아이 이름은 수이 민탠이다! 그래. 그래. 그 이름이 이
야기를 하게 만든다.

케이코는 럭키 달러에 있다. 돼지고기, 스테이크, 마카로니, 치즈를 사
고 있다. 맛있는 *차완무시*82)를 만들기 위해 내가 하지 않을 것은! 고
운 계란 커스터드를 쪄내면서 설탕을 넣지 않는 것이다. 부드러운 계란
수플레 요리83)와 더 비슷하다. 만들고 싶다면 컵 속에 계란을 넣고 쪄
라. 토핑으로 올려져 있는 부드럽고 탱탱한 새우와 안에 들어있는 온갖
종류의 놀라운 재료들. 아, *시이타케*84), 가리비 조개, *타케노코*85), 혹
은 시금치를 넣기도 한다. 선택해서 넣거나 한꺼번에 다 넣을 수도 있
다. 하지만 내가 원하는 것은 은행나무 열매다. 어머니가 절대 잊지 않
았던 것은 언제나 내 밥공기 밑에 한 알의 은행 열매를 넣는 것이었다.
어금니 사이에서 찍 하고 터지는 통통한 열매와 파삭하고 싱그러운 맛.
어머니는 소금과 기름으로 껍질을 까지 않은 은행 열매를 튀겨 주시곤
했다. 그리고 시게와 나는 은행 열매가 아주 뜨거울 때, 이빨로 얇은 은
행 껍질을 깨물면서 손으로 은행껍질을 까는 바람에 혀와 손가락 끝을

---

81) 키요카와 나오에　키요카와 나오에　키요카와 나오에
82) 일본의 계란 커스터드 요리
83) 달걀 흰자위, 우유, 밀가루를 섞어 거품을 낸 것에 치즈·과일 등을 넣고 구운 요리
84) 표고버섯
85) 죽순

데었다. 우리의 쪼글쪼글한 입술 사이에 소금 가루가 끼었다. 우리는 배가 드럼처럼 팽팽해질 때까지 물을 마셨고 아늑한 *타타미*에 누웠다. 마신 물이 출렁이는 소리를 듣기 위해 몸을 좌우로 조금씩 왔다 갔다 흔들었다.

전쟁 기간 내내 생각이란 걸 할 여유가 없다. 단지 세 가지만 생각한다. 물이 있나? 먹을 것이 있나? 누가 아직 살아 있나?

*기세이*86)... 그리고 수이 민탠은 떠나야 한다고 말한다. 마님 떠나셔야 해요. 난 그것이 그 소년이 말한 거라고 생각한다. 그 소년의 입에서 흘러나온 말과 소리들은 나와 케이코가 위험하니까 떠나라는 것이다. 그리고 마코토는 징병되어 중국인을 위해 *그가* 직접 설계하고 건설한 바로 그 다리 위로 걸어가게 되었다. 지금 마코토의 손에는 총이 들려져 있고 총알로 가득 찬 벨트를 차고 있다. 우리, 케이코와 나는 이곳을 떠나 베이징에서 시게, 푸미코, 아버지를 만난다. 아버지는 여행하기에 너무 허약하고 병이 들어서, 베이징에서 킨켄, 만주, 한국, 홍콩을 거쳐, 너무 멀리 떨어진 일본까지 갈 수가 없다. 아버지께서는, 시간이 있을 때 너는 떠나야 하고, 살아갈 날이 많은 젊은이가 노인이 죽을 때까지 옆에서 기다릴 필요는 없다고 말씀하신다. 그리고 아버지는 케이코를 고향인 일본으로 데리고 가면 시게와 푸미코가 나를 보살필 수 있으니 너와 케이코는 걱정할 일이 없을 것이고, 추억을 떠올리며 나이 먹을

---

86) 희생

것이라고 말씀하신다. 그래서 우리는 다시 떠나고, 또 떠나고, 계속 떠난다. 기차, 먼지, 전쟁과 함께 울부짖는 바람, 손에 쥔 방독면, 배, 구명조끼, 거친 파도나 잠수함 밑에 숨어있는 수뢰에 대한 토할 것만 같은 두려움, 하늘에서 떨어지는 폭탄을 경험하고 나니 아직 베이징에 있는 아버지와 동생 내외가 생각난다. *킨쬬노 카타마리, 다이죠부카나, 데모 시누카 이키루카토 하라오 키메떼 얏또 니혼니 츠이데, 노베오카니 카엣떼 마코토 노 오토상가 무카에니 키테쿠레떼,* ようで無事で帰ってこれたねぇ。みんなで心配しちょったよ(요우부지데케엣떼코레타네. 민나데심빠이시쵸따요).87) 마코토의 아버지는 우리를 꺼안으시고, 꽉 안으셔서 내 쓰라린 건조한 눈이 촉촉해진다. 우리는 베이징에 계신 아버지에게 전보를 보낸다. 우리는 잘 지내고, 무사히 일본 집으로 잘 돌아왔다고. 아버지는 우리가 잘 지낸다는 글을 손을 떨면서 읽으시고는 미소를 지으며 마지막으로 눈을 감으신다.

그러나 우리는 잘 지내지 않는다. 미국 사람들이 곧 일본을 배로 침공할 것이라는 소문이 있다. 사람들, 마을 사람들, 노인들, 아이들, 여자들, 우리 모두는 적군들이 쳐들어올 때, 그들을 무찌르기 위해 숲에서 가지고 온 대나무를 잘라서 총검처럼 날카롭게 비스듬히 쪼갠다. 하지만 적들은 몰려오고 계속 몰려온다. 바다에서 오는 것이 아니라 우리 위에 있는 하늘에서 천둥 같은 소리로 몰려온다. 거대한 B-29 비행기들은 화물을 잔뜩 싣고서 정확한 편대를 지키며 파괴의 수단을 떨어뜨

---

87) 너무 긴장된다. 괜찮을까, 하지만 죽기 살기로 겨우 일본에 도착해서 노베오카에 가니 마코토의 아버지가 마중 나와 말씀하신다. 무사히 돌아왔구나. 모두 걱정했었다.

리고 있다. 화염 폭탄은 무시무시한 열기를 뿜어내며 모든 것을, 심지어 금속과 돌까지도 녹여 버린다. 불꽃이 굉음을 내며 퍼져가고 우리 모두를 집어삼키려는 높은 파도처럼 위로 치솟는다. 나는 케이코를 겨드랑이에 끼고 얇은 담요로 우리의 머리를 감싸고는 폭탄 대피소, 그곳을 향해 달리고, 달리고, 또 달린다. 나는 미친 듯이 달리고, 폭탄의 열기는 주변의 공기를 바지직 소리를 내며 태우더니, 굉음, 그 굉음이 나는 불꽃 바람을 잡아채서 휘젓는다.

불꽃이 사그라들 때

우리는 대피소에서 기어 나온다

우리는 불길이 꺼져가는 우리 집에 서서 겨우 묻는다,

"물이 있어? 먹을 것이 있어? 누가 아직 살아 있어?

*기세이*88). 그것은 우리가 히로시마와 나가사키를 부르는 말이다. 그 사람들, 그 아이들, 그 아기들, 그 노인들, 그 여자들.

희생양.

---

88) 희생양

무라사키

누군가의 딸의 딸의 딸의 딸의 딸의 딸의 딸. 그 리스트는 끝이 없다.
  그러나 그 딸인 내가 여기에 있다.

올이 뜯겨 옷감이 거칠게 느껴지는 할머니의 무릎에서 머리를 천천히
돌렸다. 먼지와 할머니의 시적인 이야기를 들이마셨다. 할머니는 손바
닥으로 이마를 쓰다듬어 주셨고 할머니의 이야기들은 물 흐르듯 흘러
내렸다. 나는 할머니 품으로 파고들어 다리를 웅크렸고 이해하는 척하
는 것을 그만두었다. 그저 듣기만 했다. 계속 듣기만 했다. 그랬더니 내
입이 저절로 열렸고 보물과도 같은 내 혀로부터 이야기들이 쏟아져 나
왔다. 난 멈출 수가 없었다. 멈추려고 하지도 않았다. 그 이야기들은 빙
빙 돌아 솟아오르더니 점점 커져 소용돌이를 만들었다. 그러더니 휘몰
아치듯 밖으로 빠져나가 대평원의 거대한 바람에 의해 잡아 당겨지고
내던져졌다. 일련의 씨앗처럼 이야기들은 바람을 타고 올라가 사방으로
흩어졌다. 할머니와 나, 우리의 목소리는 맴돌다가 속이 텅 빈 벽들에
서 울려 퍼졌고 색색의 실크 끈에 묶여서 평야를 가로지르며 뻗어나갔
다.

나는 바람 속에 서 있다. 나는 바람과 맞서고 있다. 바람은 내 머리카락
을 날린다. 나는 머리카락이 바람에 날리는 것을 좋아한다. 나는 여섯
살이야.
  난 말할 수 있다. 원하는 무엇이든 말할 수 있다. 나를 멈추도록 해

봐라.

"나 중국인이거든. 나에게 농담해 봐, 네 콜라에 오줌 눌 거다! 하하하하!"

"하지만 난 중국 사람이 아니야", 나는 저항하듯 말했다.

"아니야, 너는 중국인이야! 중국인이라고! 중국인이라니까! 넌 눈이 째진 중국인이야. 히 청 찹 칭 아 소! 거기, 내가 지금 말한 것. 내가 중국어로 말한 것을 내게 말해봐."

나는 혼란스러웠다.

"너 바보지?"

"아니야, *네가* 바보야", 난 소리쳤다.

"아니야."

"네가 바보라니까."

"나 아니라고."

"너 바보라고."

"나 아니야."

"너는 바보야."

"꺼져버려 짱깨, 누가 너 필요하데?"

"나는 중국 사람이 아니라고!"

이런 것들은 히스테리를 일으키는 이야기들이다.

신이시여! 내가 저 이야기를 만들어 낸 것인가요, 아니면 실제 이야기인가요? 나도 더 이상 모르겠다. 어떤 것을 크게 말하는 것은 원하는 대로 이야기를 사실로 만들 수 있으니까. 나는 일기를 쓴 적이 없었다. 지금 이야기를 생각해두었다가 나중에 자세하게 써야겠다. 난 왼손으로 쓸 것이고 나를 행크라고 부를 거다.

자, 여기에 공항 이야기가 더 있다.

나는 공항 출국 장소에서 이 남자를 만났다. 어디로 가나요, 그 남자가 물었다. 일본이요, 나는 대답했다. 옛 고향으로 되돌아간다니, 허. 그 남자는 말했다. 나는 어깨를 으쓱거리며 조금 미소를 지었다. 알겠지만, 쪽발이치고는 당신 꽤나 귀여워요. 대부분 일본인들은 너무 못생겼잖아요. 모두 그 근친상간 때문이죠. 지금도 그렇고. 좋은 하루 보내요, 그 남자는 말했다. 그리고 비행기를 탔다. 그리고 나는, 그 남자가 쪽발이와 뭐, 이런저런 것들에 대해 말할 때, 기분이 정말 이상했다. 왜냐하면 그 또한 일본인이었기 때문이다.

할머니, 뭐라고요? 91살이시라고요? 105살이시라고요? 만약 누군가가 그렇게 오래 살아서 여전히 이 지구에서 돌아다닐 수 있다면 그건 할머니뿐일 거예요. 나방과 먼지를 지닌 할머니. 무언가를 배우기에 늦은 적이 있었나요? 할머니, 저는 할머니가 떠난 후에 일본어 회화를 배웠어요. 배우고 싶었거든요. 충분한 이유죠. 할머니, 제가 무엇을 배웠는지 아세요? 저는 배우자나 연인이 아닌 사람에게 일본어로 '사랑해요'라고 말하는 법이 없다는 것을 배웠어요. 자매나 남자 형제나 딸이나 아들이나 이모나 삼촌이나 사촌이나 어머니나 아버지에게도 말할 수 없지요. 할머니에게도 말할 수 없어요. "*다이스키요*"[89]라고만 말할 수 있어요. 난 할머니를 아주 많이 좋아해요, 뜨뜻미지근한 말이지요. 그러나 지금 제가 두 언어를 가지고 마법을 부릴 수 있어서 일본어를 배운 것이 기뻐요. 영어에 단어가 없을 때는 그 단어가 일본어에 있을 것이고, 할머니의 언어에 부족한 것이 있다면 영어로 부족한 부분을 메꿀래요. 그래서 저는 영어로 할머니에게 말해요. 아이 러브 유, 할머니.

사랑은 이상한 것이다. 내가 나이를 먹어갈수록 사랑은 더 이상하다. 사춘기였을 때 나는 멋진 금발 남자와 결혼해서 영원히, 평생 아멘 하면서 그 남자와 살 것이라고 상상하지 않았다. 그래서 무슨 일이 일어났는가? 나는 어리숙해 보이는 한 남자에게 반했다. 실제로 그는 보잉 747 비행기를 타고 왔다. 나보다 15살 많은 일본 남자였다. 그 남자는 꽃꽂이 하는 것을 좋아했다. 이것은 고정 관념에서 벗어난다. 그리고 그는 꽃꽂이를 놀랍게도 잘했다. 싹둑, 싹둑, 싹둑. 작약 줄기의 저 아래쪽 잎들을 잘랐다. 작약꽃들은 여전히 탱글탱글하고 꿀송이들이 꽃봉오리에 진주처럼 맺혀있다. 개미들이 사방에 있었다. 개미들이 나를 특별히 괴롭히지는 않았다.

---

89) 좋아해요

"이봐! 나에 대해 이야기하는 거야?" 너는 말을 가로막는다.

우리는 하이웨이 2번 길을 타고 남쪽으로 운전해서 가고 있다. 내 부모님을 찾아뵙기 위해 캘거리에서 낸톤으로 가는 중이다. 엄마가 너를 너무 좋아하니까, 할 수만 있다면 엄마는 너를 콱 먹어버릴 거야.

"이건 하나의 이야기에 불과해. 많고 많은 이야기 가운데 하나라고." 나는 속도도 줄이지 않고, 도로를 가로지르는 철로들 아래로 뻗어 있는 두 길을 쳐다본다. 세미 트레일러 뒤에서 속력을 내면서 하이 리버를 지나가고 있다.

"나도 알아. 하지만 네가 그 이야기들은 사실이라고 했잖아", 너는 말한다.

"들어 봐. 네가 그 이야기들을 믿으면 그건 사실인 거야."

"그게 논리적일까?" 넌 일본 엔카 카세트테이프에 손을 뻗으며 묻는다.

"몰라. 사실 난 그 이야기가 사실인지 아닌지 조금도 신경 안 써. 네가 그 이야기에 등장하는 걸 걱정하는 거야?" 나는 고속도로에서 눈을 떼고 너를 바라본다. 나는 85km 구간의 이 도로에 있는 모든 커브 길, 모든 움푹 파인 장소, 모든 속도위반 단속 지역을 잘 안다.

"아니야. 음, 네가 나를 바보처럼 만들지 않는다면 난 괜찮아." 너는 미소라 히바리(역주: 일본 엔카 가수)를 넣기 위해 토킹 헤즈(역주: 뉴욕의 대표 밴드)를 밖으로 빼낸다.

"너를 멋지게 보이도록 쓸 거야." 난 약속한다. "어쨌든, 내가 그것을 이야기로 만들면 너는 실제 네가 아닌 거야. 다른 사람이 되는 거야.

알겠어?"

　"잘은 모르겠지만 계속 써봐", 너는 말한다.

"꽃이 활짝 필 거라고 믿는 거야?" 난 옆에 있는 의자 위에 맨발을 올려놓으며 물었다.

"그럼, 활짝 필 거야. 아주 향기로운 냄새가 나거든."

"글쎄. 난 잘 모르겠어", 난 그 남자를 보며 말했다. 싹둑, 싹둑, 싹둑.

"기다려 봐. 며칠 후에 꽃이 필 거야."

"넌 어디서 꽃꽂이를 배웠어?"

"어느 불교 스님이 가르쳐 주셨어."

"정말?"

"그래. 정말이야. 그 스님은 오래된 절에 기거하셨고 그곳에 있던 나무는 늘 축축해서 흰곰팡이가 피어났지. 법당 안도 너무 어두워서 지독한 곰팡이와 향냄새로만 가득했어. 스님은 혼자서 사셨어. 자그마한 시골 암자였는데, 스님은 얇은 후톤이 깔린 *타타미*에서 주무셨지. 어느 날 밤 스님이 오쿄90)를 다 읊고 나서 눅눅한 다다미 바닥에 누워 잠을 청하셨어. 어둠 속에서. 스님이 잠을 자려고 하는데, 글쎄, 스님 다리 위로 무언가가 스멀스멀 기어 올라오는 거야. 스님은 경련을 일으킬 뻔했으나 불현듯 잠에서 깨어 사색에 잠기셨지. '지네야!' 하! 웃지 말아라. 너는 캐나다에서 아주 작은 어린 지네에 불과하니까. 특히 앨버타에서는 말이야. 여긴 너무 춥거든. 그러나 일본에서는 지네가 거대하게 자라서 그 큰 지네가 한번 물면 심지어 아이도 죽을 수 있단다!"

"정말이야?!" 난 흥분하고 있었다. 성적인 흥분이 아니라 그 이야기

---

90) 경

에 흥분되었다.

"그럼, 정말이지. 그래서 내 *센세이*[91]는 꿈쩍도 하지 않고 가만히 누워계셨지. 스님의 반짝이는 대머리에서는 진땀이 뚝뚝 떨어졌고 스님의 고환은 공포심으로 쪼그라들었어. 왜냐하면 지네가 스님의 몸 위로 계속 기어 올라가고 있었거든. 그러나 스님은 매우 강인한 분이셔서 정말이지, 꼼짝도 하지 않고 계셨던 거야. 지네는 계속 기어 올라가며 배를 지나 가슴 위로 갔고, 그러더니 목을 가-로-지-일-러 한 걸음, 한 걸음 천천히, 천천히 기어서 몸에서 빠져나갔어. 아주 오랜 시간이 걸렸지." 그는 마지막 작약 줄기를 집어 들었다. "그래서, 지네의 마지막 다리가 스님 목에서 빠져나가자마자, 스님은 68세의 나이가 무색할 정도로 후다닥 자리에서 일어나 호롱불을 켜서 보고 말았어! 길이가 1m나 되는 지네였던 거야! *타타미*를 가로질러서 소리를 내며 빠르게 지나가고 있었대!"

"오.오.오, 믿을 수 없는 일이야!"

"아니야, 실제 일이야! 스님은 지네를 잡을 만한 무언가를 찾으려고 했으나 바닥에는 아무것도 없었고, 위를 쳐다보았을 때 지네는 이미 사라지고 없었대." 그는 이야기를 마쳤다. 작약의 탱글탱글한 꽃봉오리들은 희망에 차 보였고, 꽃봉오리가 많이 달린 줄기와 꽃봉오리가 3개 달린 줄기도 있었고, 고개를 숙이고 있는 곡선 모양의 줄기도 하나 있었다. 거의 쓰러질 것 같았는데 균형을 잡고 있었다. 그것은 아름다웠다.

"섹스하고 싶어?" 나는 물었다.

---

91) 스승님

그는 내 손을 잡기만 했다.

개미들이 차례차례 계속 행진한다.

우리는 2주일 동안 침대에 있었다. 난 며칠이 지났는지 알 수 없었지만, 그것은 우리가 너무 오래 머물렀음을 의미했다. 우리는 침대에서 벗어나지 않기 위해 침실 창문 밖으로 밧줄을 던져 피자와 중국 음식을 주문해서 받았다. 우리는 구겨진 50달러 지폐를 던지며 소리쳤다. "잔돈은 가져요!" 밖에 있던 사람들이 소리치며 화답했다. "즐기세요! 즐겨요!" 그래서 우리는 즐겼다.

작약꽃의 향긋한 냄새. 내가 툭 하는 소리를 들었을 때 그는 내 젖꼭지에 무한대(∞)를 그리고 있었다.

"저게 뭐지?"

"뭐 말이야?" 그는 무한대(∞)에서 별(☆)을 그리며 애무했다.

"저 소리", 나는 말했다. 툭. 파라 파라 파라. 툭. 파라 파라 파라. 난 그의 어깨 너머로 티크 원목 진열대 위에 놓인 꽃꽂이를 쳐다보았다. 만개한 꽃들이 줄기에서 떨어지고 있었고 열린 창문으로 들어오는 산들바람이 꽃잎을 흩날리고 있었다.

"네 꽃들이 죽어가", 나는 말했다.

"괜찮아", 그는 대답했다. "내가 저 꽃들을 영원히 간직하고 싶었다면 아마 난 그렸을 거야."

"뭐라고? 그리기도 해?"

"난 색칠도 하는걸", 그는 우쭐해하며 말했다. 그리고 또다시.

우리는 어디서든 만날 수 있었을 것이다. 우리가 공항에서 만날 수 있었던 것처럼.

"여행객이신가요?" 그는 물었다.

"왜 그러시죠?" 나는 되물었다. "제게 왜 물어보시죠?" 나는 나 자신, 내 스니커즈 운동화, 내 청바지, 내 미키마우스 티셔츠를 내려다보았다. 내 귀에 꽂아 두었던 담배가 바닥에 떨어지는 바람에 난 담배를 주워 손가락으로 담배 필터를 쓸어내렸다. 나는 입술 사이로 담배를 슬며시 넣고 뒷주머니를 뒤지며 라이터를 찾았다. 그는 소란스럽거나 허세를 부리지 않고 자신의 라이터를 꺼내 내 담배에 불을 붙여주었다.

"제가 여행객처럼 옷을 입었나요?"

"아니요. 당신이 입고 있는 옷이 아니라 당신의 냄새 때문에요", 그는 대답했다.

"어머!" 나는 오른쪽 팔꿈치를 귀 높이까지 들어 올려 내 겨드랑이 냄새를 의심스러워하며 맡았다. 썩 나쁜 냄새는 아니었다. 나는 더 지독한 냄새를 맡은 적도 있었다. "세상에", 난 반복해서 말했다. "당신 좀 이상한 사람이죠?"

"당신에게서 뭔가 다른 냄새가 나요", 그는 계속 말을 이어갔다. "난 당신이 방금 도착한 건지, 떠나려고 하는 건지 잘 모르겠어요."

"세상에!" 나는 반복해서 말했다. "어쨌든, 지금 제가 어느 나라에 있나요?"

(무라사키: 할머니, 듣고 계세요?

나오에: 그럼, 얘야. 항상 듣고 있단다.)

내가 어렸을 때, 아주 어렸을 때, 엄마는 나를 주일학교에 보내셨고 그
곳에서 난 노래를 배웠다.

홍인종과 황인종, 흑인종과 백인종
모두가 그분이 보시기에 귀하도다
예수님은 세상의 어린아이들을 사랑하시는도다!

노래 가사가 적힌 두꺼운 종이에는 그림도 그려져 있었다. 깃털을 달고
있는 원주민들과 짧은 반바지만 입고 있는 곱슬머리 흑인 소년들, 그리
고 쭉 찢어진 작은 눈의 동양인들이 그려져 있었다. 그리고 전형적인
드레스를 입고 있는 긴 눈썹을 가진 금발소녀도 있었다.
"모두가 똑같아요", 선생님이 말씀하셨다. "예수님은 전혀 차별하
시지 않아요. 그분은 여러분을 똑같이 사랑하세요."
예수님께서 모두가 똑같다고 생각하신다면 난, 예수님이 진짜 맹인
이라고 생각했다. 예수님은 앞 못 보는 장님이 틀림없을 거라고, 난 생
각했다. 왜냐하면 사람들은 똑같지 않았기 때문이다. 사람들은 전혀 똑

같지 않았다. 가끔 우리가 잘 모르는 초청 강사가 오곤 했다. 아프리카 오지의 가장 미개한 부족 출신이거나 어쩌면 아마존의 야만 부족 출신 일지도 모르는 선교사였다. 예수님을 믿기 이전과 이후의 원주민들을 찍은 슬라이드 쇼가 있었고 진열대에는 원시적인 도구나 조각상들이 있었다. 우리 모두는 신을 믿지 않는 곳이 여전히 존재한다는 것을 상기시키는 이런 것들을 만졌다.

크리스마스 때는 아이들 개개인을 위한 갈색 종이봉투가 항상 준비 되어 있었다. 대부분 싸구려 땅콩이었지만 화려한 색깔의 박하사탕도 드문드문 있었다. 그리고 일본 귤 하나도 있었다.

"우리는 이 맛있는 귤을 주신 당신, 하나님께 감사드립니다. 농업 기술의 놀라움이지요. 일본인들은 정말 똑똑하지 않나요?"

내가 어릴 때였다.

말을 하지 않는 남자에 대해 무슨 할 말이 있을까? 결코 말하는 법이 없었다. 내 기억 속에 있는 아빠의 공간은 어두침침하고 형체가 없다. 아빠는 먼지가 흩날리는 대평원에서 버섯들을 잘 길러내셨고 오소리들 도 그의 손에서 먹이를 받아먹게 할 수 있는 분이셨다. 그러나 그는 내 옆에 앉아 내 귀를 상상의 이야기로 가득 채워주지는 못했다. 아빠의 겉모습이 아버지 자체였고 난 아빠한테 어떤 냄새가 났는지 기억할 수 조차 없다.

아빠는 살아있는 미스터리였고 내가 알 수 없는 분이셨다. 아빠는 스무 명이 넘는 사람들을 고용하면서 어떻게 거의 한마디 말도 하지 않앉을까? 아빠는 자신의 사무실에서 너무나도 많은 시간을 보내서 난 아빠가 너무 게으르거나 마술 주문을 걸고 있다고 믿었다. 말을 거의 하지 않는 남자가 어떻게 사막에서 축축한 버섯을 자라게 할 수 있을까? 아빠는 거의 모든 것을 조에게 맡겼고 엄마가 회계장부를 끝내면 아빠는 한 달에 한 번 수표에 사인만 했다. 분명히, 아빠는 내가 모르는 어떤 멜로디를 휘파람으로 불면서 음습한 복도 주위를 어슬렁거렸다. 그리고 몇 개의 버섯 재배실을 들여다보며 한두 개의 자동 온도조절장치 온도를 높였다. 분명히, 아빠는 트럭 한 대분의 버섯을 캘거리로 배달했다. 분명히, 아빠는 아침 10시와 오후 3시에 커피 휴게실에 갔고, 이따금 버섯 수확이 밤 10시가 넘도록 계속되면 오후 6시에 테이크 아웃 저녁 식사를 사러 진저 짐스로 갔다. 아빠가 드라마를 시청하면서 온종일 집에서 빈둥거리며 시간을 보내는 것 같지는 않았다. 아빠는 사무실에서 많은 시간을 보냈고, 나도 집으로 들어가시라고 말한 적이 없었다.

(무라사키: 할머니, 무사하신가요. 건강은요? 자갈 위에서 주무시지 마시고, 쐐기풀을 드시거나, 목마르다고 눈(snow)을 빨아 먹거나 하지 마세요. 오늘 밤에 할머니는 어디에 계신가요?

나오에: 얘야, 나는 여기에 있단다.)

저 이상한 냄새가 뭐야? 페트리시아가 물었다.

"무슨 냄새?" 나는 물어보았다. "내가 왜건 휠92) 절반을 먹어도 괜찮아?"

페트리시아는 과자를 잘랐고 반을 떼어내자 마시멜로는 조금 늘어났다. 페트리시아는 내게 더 크게 자른 반쪽을 주고 초콜릿을 핥으면서 과자 부분을 조금씩 뜯어먹었다.

"그 냄새는 너의 집에서 나는 냄새야."

"어떤 집 냄새?" 난 걱정을 하며 말했다. 우리는 외국 음식을 먹어본 적이라고는 없는데. 다른 모든 사람들처럼 고기, 당근, 감자만 먹었잖아. 게다가 할머니는 수개월 동안 오징어를 몰래 먹지도 않으셨다.

"그 냄새는 발가락이 따뜻할 때 나는 냄새 같아."

"역겨운 냄새야? 깨끗하고 따뜻할 때 나는 발가락 냄새야, 아니면 더러울 때 나는 발가락 냄새야?" 나는 물어보았다.

"아니야, 역겹지는 않고 단지 좀 이상해", 그녀는 새끼손가락으로 마시멜로를 잡아당기며 자기 생각을 말했다.

"난 냄새 안 나는데." 나는 초조해하며 새로운 눈으로 집 주위를 훑어보았다. 난생처음 내 집이 낯설게 느껴졌다.

"걱정하지 마, 너는 늘 어떤 냄새를 맡고 있어서 그 냄새를 맡지 못하는 거야. 나도 우리 집에서는 어떤 냄새가 나는지 몰라." 그녀는 안심이 되도록 미소 지었다.

"감자 찌는 냄새다."

"그것이 역겨워?" 페트리시아는 물어보았다. 궁금해하면서 말이다.

---

92) 초코파이처럼 중앙에 마시멜로가 들어간 과자

"아니야. 그냥 감자 찌는 냄새야."

"밖에서 놀까?" 페트리시아는 손가락 끝에 묻어있는 초콜릿 얼룩을 핥으면서 말했다.

"물론이지."

그 일이 있고 난 뒤, 결국 나는 내 코를 탓하면서 집안을 돌아다녔다. 그리고 정말, 난생처음 냄새를 맡았다. 나는 우리 집에서 냄새가 난다는 걸 믿고 싶지 않았다. 그리고 엄마는 언제나 너무 깔끔했다. 난 무릎 위에 손을 대고 등을 완전히 둥글게 구부린 채로, 구석에서 벽장까지 서둘러 걸어갔다. 할머니가 말씀하셨다.

"*코레, 무라사카-짱. 나니 오 시떼루 노 카 나?*"[93] 나는 부엌에서 복도를 지나 거실 장까지 이리저리 황급히 걸어 다녔다.

"지금 바빠요, 할머니. 제가 뭘 좀 찾느라고요." 나는 앞으로, 뒤로, 살금살금 움직이다가 기어서 할머니에게 갔다. 조심스럽게 코를 킁킁대며 할머니 발목 냄새를 맡았다.

"*아라 마 하! 하! 하! 하!*"[94] 할머니는 웃으셨다. "*맛따쿠 이누 토 속쿠리! 나니 오 잇쇼켄메이 사가시떼루 노?*"[95]

아니다. 할머니 냄새가 아니었다. 할머니한테는 먼지와 상쾌한 치누크 바람[96] 냄새만 살짝 났다. 따뜻한 발가락 냄새, 따뜻한 발가락 냄새,

---

93) 애야, 무라사키. 뭐 하고 있니?

94) 아이고. 하! 하! 하! 하!

95) 정말 강아지 같구나! 뭘 그렇게 열심히 찾고 있어?

96) 겨울이 끝날 무렵에 로키산맥에서 부는 건조하고 따뜻한 바람

코, 코, 코를 대 보니 따뜻한 발가락 냄새가 난다. 세탁실에서 나는 냄새다. 나는 아버지의 작업복으로 가득 찬 빨래 바구니를 찔러보았다. 내 주변으로 올라오는 한줄기 냄새가 있었다. 바로 그 냄새가 나를 감싸며 올라왔다. 버섯이 자라면서 외치는 소리였다.

나는 겁이 났다. 나도 모르는 사이에 그 무언가가 우리 집 벽, 차 안의 장식품, 우리 피부의 땀구멍까지 새겨져 있었다. 우리는 알지도 못한 채 그것에 오염되어 있었다. 엄마가 우리의 동양적인 흔적을 숨기기 위해 해왔던 그 모든 것들에도 불구하고, 엄마는 사람들과의 만남에서 그들이 항상 무의식적으로 의식하고 있는 한 가지를 보지 못했다. 우리에게 나는 냄새가 우리를 배신했다. 우리는 우리가 기르고 있는 것에 의해 배신당했다.

내가 가장 싫어하는 것이 무엇인가. 밸런타인데이다. 나를 포함한 모두가 인쇄된 발렌타인 카드집을 샀다. 그리고 난 항상 무엇을 받을지 알았다. 최소한 다섯 장의 카드였다. 매년. 나는 그것이 싫었다. 인쇄된 동양의 소녀는 나무 샌들을 거꾸로 신은 채 가짜 기모노를 입고 있었고, 일자형 앞머리에 뒤로는 젓가락을 꽂은 쪽머리를 했고, 째진 눈을 가지고 있었다. 내가 이런 카드를 받는 것은 뭔가 잘못된 거라는 생각이 들었다. 그 그림은 무언가를 말하고 있었다. 그러나 카드 내용은 별다를 게 없었고 내 안에서 이렇게 배배 꼬인 것만 느낄 수 있었다. 어머니가 내게 가르쳤던 대로 난 웃음을 지으며 "고마워", 라고 말했다. 그리고 집에 와서 그것들을 다 태웠다.

"행복한 밸런타인데이란다", 아빠는 말씀하셨고 '너는 나의 사랑'이라고 쓰인, 입에서 시큼한 맛을 내며 바스러지는 하트 모양의 사탕하나를 내게 주셨다. 엄마는 내게 2달러를 주셨고 할머니는 윙크하셨다.

(무라사키: 할머니, 추우세요?

나오에: 아니. 생강과 뜨거운 사케를 마셨더니 배불러!

무라사키: 잠시만요, 할머니. 잠깐 계세요.

나오에: 무라사키야, 뭔가 얘기하고 싶은 게 있는 모양이로구나. 그렇지?

무라사키: 할머니, 모든 사람들이 이야기를 듣고 싶어 해요. 그런데 저는 이야기를 끝낼 수가 없어요. 이야기가 양 떼들처럼 흩어져요. 먼지처럼요.

나오에: 이야기를 마무리 지을 필요는 없단다. 항상 시작을 위한 여지는 있어야지.

무라사키: 제가 어쩌다 입안을 물어뜯는 이런 행동을 하고 있어요.

그럼 제 입이 부어서 자꾸 그것을 물어뜯게 되고, 또 그러면 그것이 더 부어올라 상처가 아물기도 전에 계속 또다시 물어뜯어요. 할머니?

나오에: 응?

무라사키: 이야기 하나 해주실래요?

나오에: 네가 지겨워한다고 생각했는데.

무라사키: 이야기 듣는 것은 절대 지루하지 않아요.

나오에: "*우바-스테 야마*"97) 이야기를 해줄게.

무라사키: 실제 있었던 이야기예요?

나오에: 지금 여기에 있는 이 이야기들처럼 사실이란다.)

무카시, 무카시, 오무카시. . .

풍족한 음식을 구하기가 매우 힘들었던 시절에 가난한, 가난한 산비탈

---

97) 봉양하던 노인을 산속에 데리고 가서 버리는 것

에 있는 가난한, 가난한 마을에 가난한, 가난한 어느 가족이 살았단다. 그 마을은 너무 가난해서 가족이 60세가 다 되어가는 부모를 산에 버려야 하는 정해진 법이 있었지. 아, 격분과 분노와 많은 눈물이 있었지만 좀 더 젊은 사람들은 남몰래 기뻐했단다. 왜냐하면 환갑이 된 부모들은 너무 나이가 들어서 다섯 명이나 되는 손주들을 돌볼 수가 없었고, 저녁 식사 준비를 할 수도 없었고, 텃밭의 잡초를 뽑을 수도 없었고, 물을 길어 올 수도 없었지만, 매일 두 그릇의 보리죽을 먹을 수 있을 만큼의 기력은 있었기 때문에 그랬지. 그래서 부모를 등에 업고서 부모 버리는 제단으로 가는 관행이 시작되었던 거야.

환갑을 목전에 둔 어느 할머니가 있었단다. 그 할머니는 매일 손가락으로 그날을 세고 있었지. 할머니는 "음"하고 생각했어. "내가 떠가기 전에 집에서 예쁘게 파마를 하는 게 좋겠어."

(무라사키: 할머니, 아주 오래전에도 사람들이 집에서 파마를 했나요?

나오에: 글쎄, 지금 내가 들려주는 이 이야기에는 사람들이 정말 그렇게 하는구나.

무라사키: 저는 그게 마음에 들어요. 그런 생각이 좋아요.)

그래서 아직 꽤나 정정하지만 환갑을 목전에 둔, 그 할머니는 집에서 파마를 하기 위해 맨발로 *샤! 샤! 샤!*98) 산으로 걸어 올라가 산 아래 개울을 건너 여동생의 집으로 갔단다. *샤! 샤! 샤!* 할머니는 걷고, 걷고, 또 걸었지. "어디 가세요?" 마을 사람들은 차가운 진흙 바닥에서 모내기를 하느라 힘들어하면서 여전히 등을 구부린 채로 고개를 들어 물어 보았어. "할머니, 어딜 그리도 급하게 가시는 거예요?" 할머니는 이가 없는 것처럼 입술을 입안으로 당겨 이상할 만큼 히죽 웃었고, 손목을 까딱까딱하며 흔들기는 했으나 잡담을 하거나 냉수 한 사발을 들이켜기 위해 멈추거나 하지는 않았지.

"*아- 라, 야파리!*"99), 마을 사람들은 부드러운 벼잎 사이로 중얼거렸어. "이제 저 할머니 차례구나. 할머니가 너무 겁을 먹으셔서 아무 말씀도 안 하시네."

마침내 할머니는 여동생이 사는 집에 도착했단다. 할머니의 여동생은 그녀의 짚신에서 진흙을 털어내면서 싸늘해진 종아리를 양동이 물로 씻어내고 있었어.

"언니! 대체 왜, 아무튼 *와사 와사*100) 나를 보러 오느라고 이렇게 먼 길을 걸어오셨네요. 앉으세요. 따뜻한 햇볕이 있는 곳으로요. 제가 얼른 가서 우리가 마실 뜨거운 물을 올려놓을게요."

"소란 피우지 마. 소란 피우지 말자." 할머니는 문간 옆에 웅크리고 앉았고, "아"하며 한숨을 쉬었단다. 할머니는 발꿈치를 약간 흔들었고

---

98) 후다닥! 후다닥! 후다닥!

99) 아이고, 역시!

100) 들뜬 마음으로

그 흔들림이 발가락을 향해 다시 앞으로 퍼져갔지. 할머니의 여동생은 벽에 박힌 못에다 찍찍 소리 나는 젖은 짚신을 걸어 놓고 맨발로 집안을 쿵쿵대며 걸어갔어. 주전자 뚜껑에서 덜그락 덜그락 소리가 났고, 이미 뜨거워진 *나베*101)에 찬물이 쏴 하고 쏟아졌지. 할머니는 여동생이 상자와 항아리, 빈 그릇들을 달그락거리며 분주히 움직이면서 주전자 뚜껑 여는 소리를 들었어. 동생의 한숨 소리도 함께 말이야. 동생은 잘 만들어지긴 했으나 열에 의해 약간 뒤틀린 나무 쟁반에 두 잔의 뜨거운 물을 들고 나왔어. 그것이 전부였지.

"미안해요, *오네 상*102), 대접할 것이 이것밖에 없어요."

"소란 피우지 마. 소란 피우지 말라니까. 아아, 이 뜨거운 물이면 돼! 산을 타서 그런지 목이 말랐었거든. 아니야, 아니야, 실은 네게 부탁 하나 하려고 왔어."

할머니의 여동생은 할머니 옆 땅바닥에 무릎을 꿇고 자신의 듬성듬성한 머리카락에 흙먼지가 묻어날 때까지 큰절을 했단다. 할머니는 여동생의 우툴두툴한 등을 쓰다듬으며 기다렸지. 할머니 여동생은 눈물을 머금고 올려다보았어.

"*아라-라*103). 왜 울고 있니? 나는 재미있게 보내려고 왔는데!"

"재미라니요?" 할머니의 여동생이 물었어. 여동생 입에는 생소한 단어였던 거야.

---

101) 주전자
102) 언니
103) 아이-고

"그래, 재미라고. 자, 일어나자! 일어나! 우리 준비해야 해", 할머니는 눈이 송사리처럼 즐거워져서 말했어. "네가 집에서 근사한 파마를 해주면 좋겠는데."

"너무 죄송해요. 가정용 파마 기구 세트를 팔아야만 했어요. 내겐 더 이상 없는걸요", 할머니의 여동생이 처량하게 말했단다.

"상관없어! 상관없다! 내가 확실하게 파마할 수 있는 다른 방법을 생각해볼게. 자, 가자!"

"아, 안 돼요, 난 갈 수가 없어요!" 할머니의 여동생이 말했어. "지금도 전 불을 때야 하고, 저 쌍둥이 손주들은 곧 깨어날 거고, 아들 내외와 손자들이 30분이 채 되기도 전에 집으로 돌아와 식사할 테고, 욕조에 따뜻한 물이 채워져 있기를 바랄 텐데요. 전 아직 시작도.."

"네가 즐겁게 지낸 게 언제가 마지막이었어?" 할머니가 물었지.

"아, 글쎄요. 오래된 것 같아요"

"얼마나 오래?"

"오십 년은 족히 넘었어요"

"그러면 다시 즐겨야 할 때야", *오나* 상은 말하면서 힘든 노동으로 거칠어진 손을 내밀었어. 그렇게 그들은 쌍둥이와 텅 빈 욕조를 뒤로 한 채 산으로 올라갔지. 그들은 손을 잡고 한동안 걸어갔고 나무들은 돌만큼이나 따뜻했단다.

"도대체 왜, 난 그렇게 오랜 세월 동안 집에서 멋진 파마를 한번도 해보지 못했을까. 그런데 파마롤 대신에 뭘 사용해야 할까?"

할머니는 멈추어 서서 윙크를 하고 푹신한 숲 바닥으로 손을 뻗어

솔방울 하나를 집어 들었단다.

"*핏따리!*"104) 할머니의 여동생은 웃으며 손뼉을 쳤어. 그들은 잡담을 하며 함께 솔방울을 모았지. 필요한 솔방울들을 충분히 모았을 때 비로소 두 할머니는 대나무 줄기 사이로 햇빛이 비춰드는 작은 공터를 찾게 되었지. 그들은 친정엄마 집에 살았을 때처럼 가까이 붙어 앉았어.

"너에게 들려줄 놀라운 소식이 있어", 할머니는 미소를 지으며 말했단다. 그리고 다시 미소를 지었지.

"어머나, 뭔데요?" 할머니의 여동생은 아이였던 때처럼 박수를 치며 소리쳤단다. "뭔데요, 아, 그게 뭔데요?"

할머니는 소매 안으로 손을 밀어 넣고는 마일드세븐 반 갑과 라이터, 그리고 메이지 초콜릿 바를 꺼냈어.

"아, *오네-상!*" 할머니의 여동생은 마치 꿈을 꾸는 듯한 눈을 하고 한숨을 쉬었어. 할머니는 여동생의 입술 사이에 담배를 물려주고 담뱃불을 붙여주었단다. 할머니는 자신의 담배에도 불을 붙였고 초콜릿을 절반으로 잘랐지. 그리고 그들은 파릇파릇한 이끼 위에 털썩 주저앉아 담배를 깊게 빨기 시작했어. 자극적인 담배 연기를 뻐끔뻐끔 내뿜으며 초콜릿을 조금씩 뜯어 먹었지. 하늘을 쳐다보며 대나무 줄기 사이에서 흔들리는 푸른색을 보았단다.

"재미있니?"

"네."

그들은 조용히 누워있었어. 담배 연기가 폐로 천천히 들어가면서

---

104) 딱이네요!

한숨 소리만 났지. 달콤한 초콜릿 조각들을 혀와 입술로 음미하고, 맛
보았단다.

"무서운가요, *오네-상?*"

"뭐가?"

"*우바-스테 야마요*", 할머니의 여동생이 몸서리치며 말했단다.

"전혀 안 무서워", 할머니는 초콜릿을 맛보며 말했지.

"왜 안 무서워요?"

"우리가 어떤 것을 부르는 것은 우리가 보는 것의 범위와 폭을 결
정하기 때문이야." 할머니는 똑바로 앉아서 무릎을 팔로 감싸 안았어.

"무슨 뜻이에요?" 할머니의 여동생이 할머니 옆에 일어나 앉았지.

"그곳은 사람들이 버려지는 장소야. 다시 말해 내가 버리는 장소라
고!"[105] 할머니는 양팔을 쭉 펴고 이끼 위로 털썩 누웠단다.

"이해할 수 있을 것 같아요"

아, 이런! 아이고! 그 이야기는 대체 어디에서 나온 걸까? 나는 할머니
가 어디에서 이야기를 끝냈고 내가 어디에서 시작했는지 모르겠고, 내
가 이 모든 이야기를 다 지어냈는지, 아니면 이 모두가 전적으로 할머

---

[105] 우리가 사용하는 언어와 언어를 사용하는 방식이 우리로 하여금 세상을 이해하고
알게 해준다는 의미다. 예를 들어 노인에게 두려움의 대상이 되는 *우바-스테 야마*
가 할머니에게는 '부모가 가족에 의해 버려지는 장소'가 아니라 오히려 '부모가 가
족을 버리는 장소'로 재해석되고 있다. 다시 말해 할머니가 일평생 가족들을 위해
헌신했다면 이제는 자신이 가족의 곁을 과감히 떠남으로써 자유의 몸이 되겠다는
것이다. 이러한 맥락에서 *우바-스테 야마*는 할머니에게 행복하고 긍정적인 순간이
된다.

니의 이야기인지도 모르겠다.

엄마는 결코 그 어떤 이야기도 해주지 않으셨다. 엄마는 복잡한 문장을 쓰지 않고 주어, 동사, 목적어를 즐겨 사용했다. 하지만 난 불평할 수 없다고 생각한다. 할머니는 벽장에 갇혀 지내도 될 만큼 너무 야위어 갔으나 엄마는 내 삶이 캐나다에 아주 쉽게 동화되도록 만들었다. 엄마는 벽장에 할머니를 가두지 않았고 할머니도 그곳에 갇히는 것을 결코 허락하지 않았을 거다.106) 그러나 엄마의 마음에 있는 벽장문은 결코 열리지 않았다. 너무 안타깝다. 그런 빌어먹을 상황이 너무 안타깝다.

나오에

바람은 따뜻하고 서쪽에서 분다. 발가락에서 아픔이 서서히 녹아내린다. 치누크 바람, 치누크 바람, 난 중얼거린다. 여기 겨울은 너무 길어서 그 겨울만큼이나 사람들을 계속 생각하게 하는 것은 없다. 며칠 동안 날씨가 음산하고 모래가 날려서 부드러운 홍시조차도 내 하루를 달콤하게 해줄 수 없다. 내 딸, 케이코는 인공감미료를 좋아하는 여자고 크림을 절대 먹지 않는다. 케이코는 눈썹을 뽑아서 원래 눈썹보다 더 짙은 색으로 그리고, 아이보리 비누를 즐겨 사용한다. 몸 안에서 아이

---

106) 케이코는 캐나다 사회에 동화하려는 자신의 방식을 어머니, 나오에에게 강요하지 않았고 나오에 역시 그것을 수용하지 않았을 것이라는 뜻이다.

들이 자라나지만, 그 아이들이 낯선 사람으로 변해가는 것은 얼마나 이상한 일인가? 누군가를 사랑하지만, 그 사람의 낯설게 느껴지는 성품까지 좋아할 수 없는 것은 또 얼마나 이상한 일인가? 그리고 나 자신도 좋아할 만한 사람은 아니다. 아, 늙고 흉하게 생긴 리처드[107]가 너무나도 길고 매서운 겨울을 경험한 유일한 사람은 아니었다. 오래전 셰익스피어가 살았던 곳에 치누크 바람이 불었다면 아마도 그는 다른 희곡을 썼을지도 모른다. 치누크 바람은 육체에 기적을 일으킨다. 웅크린 손가락이 서서히 부드러워져 난 다시 손가락을 구부릴 수 있다. 난 접어둔 내 옷들 사이에서 그곳에 숨겨놓은 마지막 나방을 조심스레 찾아보지만 아, 그건 너무 늦었다. 나방은 부서질 것처럼 뻣뻣한 채로 내 발 옆으로 떨어진다. 그러나 바람은 따뜻해서 집안으로 어렵사리 들어온 고드름들이 물웅덩이를 만들며 서서히 녹는다. 케이코는 고인 물기를 닦으러 와서 바닥 전체를 대걸레로 닦는다.

"발 치우세요, 할머니", 케이코는 말하면서 의자 다리와 슬리퍼를 신은 내 발 사이로 대걸레를 밀어 넣는다.

기다려, 난 내 나방을 집어 올리려고 하지만 이미 케이코는 대걸레로 나방을 쓸어버렸다. 상관없다고, 괜찮다고, 난 말한다. 나방알들이 어딘가에 있으니 곧 다시 나타날 거다. 아, 이제 영면에 들어 입을 다물고 눈을 감는 것은 쉬운 일이겠지. 하지만 아직 해야 할 일들이 남아있다.

---

107) 셰익스피어의 희곡 작품, 『리처드 3세』에 등장하는 주인공

일본에서는 여름에 바람이 불지 않는다. 공기가 탁할 때 그렇다. 물 같은 공기를 빨아들여 호흡하기가 힘들어지면 시게와 나는 감나무 그늘에 가만히 앉아있었다. 우리가 움직이면 젖은 뜨거운 종이처럼 공기가 우리 피부에 들러붙곤 했다. 그래서 우리는 돌 신상처럼 미동도 하지 않은 채로 앉아 땀이 우리의 얼굴 밑으로 뚝뚝 떨어지는 것을 지켜보았다. 매미들만이 움직이려는 의지가 있었다.

매미들은 7년이라는 긴 시간 동안 땅 밑을 파고, 하얗고 부드러운 애벌레 피부로 축축한 땅속에서 침묵한 후에, 갓 생긴 바스러지기 쉬운 날개로 그 뜨거운 열기를 환영했다. 매미들은 나무껍질에 붙어있었고, 단조롭고 황홀한 노래를 목청껏 신나게 울어댔다. 매미의 노래들은 주변의 눅눅하고 습한 공기 밖으로 퍼져갔다.

"나오에야, 시게야", 어머니가 불렀다. "우물에 담가서 차가워진 오이가 있단다. 와서 먹으렴. 기분이 좋아질 거야."

우리는 서로 싱긋 웃으며 천천히 일어섰다. 우리는 봄이나 가을에 뛰었던 것처럼 신나게 달리지는 않았지만, 우리가 마치 저 깊은 수면 아래에서 움직이고 있는 것처럼 축 처진 팔다리를 흔들면서 갔다.

시게야, 뭐라고, 너희 부부가 75세, 80세가 됐다고? 그리고 마음씨 고운 푸미코는 아기를 낳지 못하는 아픔의 세월을 보낸 후에도 언제나 웃는다. 분명히 지금도 웃고 있을 거다. 키요카와 가문은 우리 대에서 끝이 났다. 남동생 부부에게는 아이가 없었으니까. 시게야. 푸미코야. 너희 부부는 수많은 절을 찾아다니며 가파른 계단을 올라 제단에서 아이를 달라고 기도했었지. 우리에게 아이 하나 보내주세요, 아이가 손가락 끝마디처럼 작아도, 우리는 어떤 아이라도 사랑하겠습니다. 하지만 소용없었다. 신들이 너희 부부의 말을 듣지 않았거나 어쩌면 신경 써야 할 다른 문제들이 있었는지도 모른다. 그리고 케이코는 남편 이름을 쓴다. 키요카와 가문은 내 대에서 끝난다. 어리석다! 이름 하나를 지속시키는 데 그렇게 많은 의미를 두는 것은. 당신은 명망 있는 이름을 가지고 살다가 바보처럼 죽을지도 모른다. 중요한 것은 당신이 행동하는 것, 당신이 크게 말하는 것이다.

무카시, 무카시, 오무카시. . .

결혼한 지 아주 오래된 어느 금실 좋은 부부가 살았다. 그들 부부는 마음씨가 고운 사람들이었고 서로를 깊이 사랑했으나, 불행 하나가 그만 부부의 삶을 망쳐놓고 말았다. 그 부부는 자식을 얻는 축복을 받지 못했다. 그래서 그들은 매일 절에서 기도했다. 아이가 몸이 아주 작더라도, 심지어 아이가 손가락 끝마디만 한 키라고 해도, 제발 우리 집에 아이가 생기는 축복을 주세요. 그들의 소원은 이루어졌고 곧 여자는 손가락 끝마디만 한 키를 가진, 아주 작은 남자아이를 낳았다. 부부는 그들의 아들을 아주 사랑했고, 그를 이썬-보쉬라고 불렀다.

이썬-보쉬는 키는 작았지만 용감하고 잘생긴 청년으로 성장했다. 어느 날 그는 그 나라의 수도에 가보고 싶다고 어머니에게 말했다. 그래서 어머니는 반짇고리에 있던 바늘 하나를 아들의 몸에 지니게 했고 배로 쓰라고 밥그릇 하나를 챙겨주었다. 이썬-보쉬는 한 쌍의 젓가락으로 노를 저으며 강 아래로 떠내려갔다. 이썬-보쉬는 수도에 도착해서 어느 귀족 가문의 집에서 일자리를 얻게 되었고, 그 가족들은 그의 품행에 매우 흡족해했다. 특히 그 가문의 딸, 미와가 유독 이썬-보쉬를 좋아했다.

어느 날 미와는 절에 기도하러 가기로 했고 이썬-보쉬가 동행했다. 그들이 푸릇푸릇한 대나무 숲속을 지나갈 즈음, 흉측하게 생긴 두 *오니*108)가 나무에서 뛰어내려 아름다운 소녀에게 말을 걸었다. 이썬-보쉬는 자신의 바늘을 꺼내 그중 한 *오니*의 발가락을 찔렀다.

"*이따이! 이따이!*"109) *오니*가 울부짖었고 무엇이 자신을 찔렀는지 보기 위해 아래를 내려다보았다. *오니*는 너무나도 작은 이썬-보쉬가 바느질용 바늘을 휘두르고 있는 것을 보고 땅이 진동할 때까지 소리 내어 계속 웃었다. "이런, 정말 겁이 없는 난쟁이 용사로군." *오니*는 껄껄 웃으며 그의 엄지손가락과 집게손가락으로 그 용감한 청년을 집어 올렸다.

"아가씨를 놓아주지 않으면 내가 가만두지 않겠다!" 이썬-보쉬는 그 거대한 괴물의 위세와 몸집에 아랑곳하지 않고 맞섰다.

"이런, 너는 영양실조에 걸린 허풍쟁이 난쟁이로구나! 널 간식거리로 먹어야겠다." 그 빨간색 *오니*는 웃으며 이썬-보쉬를 그의 목구멍으로 던져 넣었다. 그러나 용감한 청년은 포기하지 않았다. 이썬-보쉬는 괴물의 커다란 배 안에서 이리저리 달리며 바늘 검으로 *오니*의 내장들

---

108) 괴물

109) 아파! 아파!

을 찔렀다. 마침내 *오니*는 고통으로 비명을 질렀고 결국 그의 내장에서 이쎈-보쉬를 토해내고 말았다. 두 번째 *오니*가 몸을 숙여 이쎈-보쉬를 잡았지만 이쎈-보쉬는 그 괴물의 눈으로 날아가 바늘로 그의 거대한 눈 알을 마구 찔렀다. 두 *오니*들은 울부짖으며 그 용맹한 용사로부터 달아 나 산에 있는 집으로 줄행랑을 쳤다. 그들은 급하게 도망을 갔고, 그러 다 그만 한 괴물이 요술 나무망치를 떨어뜨렸다. *이치, 니, 산*[110])이라 고 말하면서 흔들면 원하는 어떤 소원이라도 이루어지게 하는 나무망 치였다. 귀족 가문의 사랑스러운 그 딸은 괴물들이 떨어뜨린 망치를 보 고 기뻐하며 집어 들었다.

"이쎈-보쉬! 이제 당신이 보통 남자의 몸집으로 커질 수 있어서 우 리가 결혼할 수 있게 되었어요!" 미와는 소리쳤고, 그녀의 마음은 그 작고 힘센 용사에 대한 사랑과 존경으로 가득 찼다.

"이것이 그대로 이루어져라", 청년은 대답했고 미와는 *이치, 니, 산* 이라고 말하면서 나무망치를 흔들었다. 그러자 이쎈-보쉬는 점점 더 키 가 크고 몸집도 더 커져서 정말, 훌륭한 사무라이가 되었다. 그녀의 식 구들은 이 소식을 듣고 흔쾌히 두 사람의 결혼을 허락했다. 이쎈-보쉬 는 자신의 비천한 과거에도 불구하고 동등한 사람으로 그 가문의 일원 이 되었다. 그러나 갑작스럽게 커진 키, 귀족이라는 신분, 두 *오니*를 물 리친 그의 공적은 청년의 마음을 자만심으로 부풀게 하여 그의 마음씨 고운 품행은 과거의 것이 되고 말았다. 미와가 새신랑 옆에 누워 잠을 자려고 하자 이쎈-보쉬는 그게 남자다운 행동이라고 생각했던지, 그녀

---

110) 하나, 둘, 셋

의 기분은 조금도 생각하지 않고 난폭하게 달려들었다. 미와는 자신이 사랑했던 그 소년이 왜 이렇게 변한 건지 알 수 없었다. 미와는 피를 흘렸지만 울지 않았다.

여러 주가 지났다. 몸집이 아주 작았을 때 용감하고 친절했던 이썬-보쉬는 너무 오만해지고 난폭해졌다. 미와는 남편의 적응기간을 지켜보는 심정으로 기다리고 또 기다렸다. 이썬-보쉬의 마음씨 고운 부모가 남루한 옷을 입고 그들의 난쟁이 아들을 찾아왔을 때, 이썬-보쉬는 부모의 초라한 행색을 보고 비웃었다.

"저는 농부와 대화할 시간이 없어요." 이썬-보쉬는 비웃었다. "그리고 당신네들 이야기가 정말 사실이라면 당신 아들은 틀림없이 강물에 빠져 죽었을 거요. 왜냐하면 그런 소년이 이 수도에 있다는 걸 들어본 적이 없으니 말이오." 그의 부모는 아들을 잃었다는 생각에 슬픔의 눈물을 흘리며 떠났다. 병풍 사이로 이를 지켜보고 있던 미와는 가슴이 증오로 들썩이는 것을 느꼈다.

그날 밤 이썬-보쉬는 아내와 성관계를 끝내고 *후톤*에 누워 코를 골며 자고 있었다. 미와는 가족의 보물 창고로 살금살금 기어가서 요술 망치를 찾았다. 그리고 그녀는 다시 남편이 자고 있는 곳으로 조심스럽게 들어가 *이치, 니, 산*하고 주문을 외우며 망치를 흔들었다. 그러자 이썬-보쉬는 줄어들고, 또 줄어들더니 손가락 끝마디만 한 몸집으로 변해갔다. "이봐, 이봐, 당신 뭐 하는—" 그가 소리 질렀다. 미와는 자신의 우아한 발을 들어 올려 발꿈치로 이썬-보쉬를 밟아버렸다. 이런 일이 없었으면 얼룩이 없었을 *타타미*에 작은 얼룩 하나가 남게 되었다.

무라사키야, 이 이야기들이 계속 변해가는 것이 재미있구나. 그러나 그건 모든 사물의 속성이라고 생각해. 내 혀가 말을 하려고 움직일 때마다 항상 똑같은 이야기가 나올 수는 없는 거잖아. 내 얼굴에서 혀가 잘려 나간다 해도 분명히 난 다른 이야기를 할 거야. 아니야. 변하는 건 사물의 속성이고 난 그 변화가 내 뼛속 깊은 곳에서 나온다는 것을 느낀단다. 시간도 열매처럼 익는 거니까. 그래서 난 서두르고, 서둘러야만 한단다.

난 내 귀에서 울리는 이 요란한 소리, 벽에 구멍을 내는 저 윙윙대는 먼지바람 소리를 듣는 것에 익숙하다. 바람이 멈춘다면 아마도 난 바람을 그리워할 거다. 내 입은 쪼글쪼글 오그라들고 내 몸은 바스러져 먼지가 될까? 침묵의 시기와 큰 소리로 말하는 시기가 있지만 또 다른 시기가 주어지기도 한다. 이야기가 술술 나올 때 변화의 시간도 찾아오는 법이니까. 난 영원히 이 의자에 머무를 수는 없다.

"오늘은 어떠셨나요, 할머니?"

난 말하기 시작한다. 신지가 들어오는 소리를 듣지 못했다. 이런, 벌써 너무 늦은 시간이네.

"*쿄 노 카제 와 춋또 하게시깟따 요. 춋또 코타에타 카나.*"111) 난 언제나 사위의 똑같은 대답, "그 이야기를 들어서 기쁘네요"를 기대하며 말한다. 하지만 신지는 나를 놀라게 한다.

"할머니, 제가 뭔가를 가지고 왔는데요. 좋아하실 것 같아서요."

---

111) 오늘은 바람이 좀 세게 불었어. 대답이 되었나?

하나의 버섯이다. 내 두 주먹을 합친 것보다 더 크고 흙 내음이 진하다. 그러나 이 버섯은 어딘가에서, 어떤 식으로든, 두 개의 홀씨가 결합되었던 것임은 틀림없다. 왜냐하면 줄기는 아주 불룩한 하나의 본체인 데 반해 작은 포자 주름으로 빽빽한 두 개의 갓을 지니고 있기 때문이다. 나는 주름투성이의 손바닥으로 버섯을 잡아 쥐고는 버섯이 커가는 냄새를 깊게 들이마신다.

우츠쿠시이, 아리가또[112] 나는 딸의 남편을 올려다보며 한숨을 쉰다.

"좋아해 주셔서 기뻐요", 신지는 말하고 샤워를 하러 복도로 간다. 그가 사라지자 난 버섯을 들어 올려 한 입 크게 베어 먹는다. 버섯 살이 너무 단단하고 즙이 많다. 난 우적우적 계속 씹어 먹는다.

감성적인 추억으로 시간을 낭비하는 것은 헛된 일이다. 난 늙은 바보일지는 모르지만 어리석음은 또 다른 문제다. 기억하는 건 너무 중요하지만 기억한 것을 큰 소리로 말해 봐라. 어제의 웅덩이에서 뒹굴지 마라. 어제의 눈물에 빠지지도 마라. 앨버타의 바람은 거세지만 쉬지 않고 계속 불어댄다. 그 바람은 땅을 황폐화하고 페인트칠을 벗기고 피부를 상하게 하겠지만 결코 속임수를 써서 불지는 않을 것이다.

일본에는 낫을 든 족제비란 뜻의 *카마 이타치*란 이름의 바람이 있다.

우리는 길게 줄지어 있는, 차나무 사이로 나 있는 붉은 흙길을 따라

---

112) 아름다워. 고맙네.

걸었다. 한 오라기 미풍조차 불지 않았다. 어머니는 내 손을 잡았고 나는 학교에서 배운 노래를 불렀다.

"애야, 너는 잘할 거야."

"*하이*113), 어머니. 전 아주 잘할 거예요."

"너는 열심히 공부하고, 어른들 말씀 잘 듣고, 어리석은 질문 따위는 안 할 거지?"

"*하이*, 어머니. 저는 우리 가족이 예전처럼 근사한 것들과 풍족한 음식을 가질 수 있도록 열심히 공부해서 많은 돈을 벌어다 줄 거예요." 어머니는 내 손을 꽉 잡으며 더 이상 아무 말도 하지 않았다. 우리는 길을 따라 걸었고, 우리 옆에 있던 차나무는 녹음이 짙었다. 매미들은 신나게 소리 높여 맴맴거리며 울었다. 매미들의 울음소리는 우리가 터벅터벅 걸으면서 만들어 낸 먼지 속에서 유일한 움직임이었다.

갑자기 뒤에서 내 다리를 콕 하고 찌르고 베는 면도칼에 난 비명을 질렀다. 어떤 소리도, 어떤 속삭임도, 그 어떤 것도 없었으나 그것은 매미조차도 울지 않는 적막 속에서 조용한 공기를 가르며 채찍처럼 되돌아와 내 가슴을 베어내고, *기모노*를 누더기로 만들고, 피부를 찢어놓았다. 피다. 너무나 황망하게 사라지는 바람에, 난 길 한가운데에 서서 피를 흘리며 울부짖었다. 어머니는 겁을 먹은 듯 나를 꽉 잡았다. 나를 베고 지나간 어떤 것, 어떤 사람을, 어머니는 눈으로 샅샅이 찾았지만 그곳에는, 그곳에는 아무것도 없었다. 아무것도.

"무슨 일이었나요, 어머니? 대체 누가 나를 다치게 했나요?" 나는

---

113) 네

흐느끼며 말했고 건장한 어머니에게 매달렸다.

"그것은 *카마 이타치*라는 바람이었어. 족제비의 속도로 휙 하고 지나면서 낫으로 찌르는 것처럼 베어내는 사악한 바람이야."

"하지만 왜, 왜 그 바람이 나를 다치게 한 거예요? 전 나쁜 아이가 아닌데요", 나는 어머니의 *기모노*에 눈물을 닦으며 말했다.

"애야, 그 바람은 너에게 흔적을 남긴 기란다. 나오에야, 앞으로 네 삶은 힘들겠구나. 그러니 너는 항상 강해져야 한다. 가자, 어서 이 불길한 곳에서 빠져나가자꾸나." 어머니는 들어 올리기에 너무 커버린 나를 번쩍 들고는 서둘러 그 길을 떠났다. 그곳에 나를 보는 사람이 아무도 없어서, 난 입에다 엄지손가락을 집어넣었다. 나는 어머니의 어깨 너머로 뒤를 쳐다보았고 짙은 색으로 길게 줄지어 있는 차나무 아래로 무언가가 쏜살같이 달려가는 것을 보았다.

침묵의 시기와 큰 소리로 말하는 시기가 있지만 이런 것들 역시 끝이 나야 한다. 배가 불룩한 달은 하늘에 낮게 떠 있고 난 내 뼈에서 요동치는 것을 느낀다. 내 텅 빈 입에서도 느낀다. 변화해야 할 때다.

아, 말하는 건 너무 쉽지만 문을 열고 밖으로 나가 내 뒤에 있는 문을 닫는다는 것은 또 다른 문제이다. 내가 모르는 것을 탐험하기 위해 내가 알고 있는 것을 떠나는 것. 그건 단지 단순한 소망이나 스쳐 지나가는 생각 그 이상을 필요로 한다. 인큐베이션 같은 내 의자에 처박혀 있는 것이 아직은 더 쉽다. 내가 용감하다는 것은 절대 아니다. *체!* 이렇게 울먹이는 모습이 나에게 어울리지 않아서 바람이 내 연약함을 조롱하는 거야. 안 돼. 난 영원히 이곳에 앉아있을 수만은 없어. 대평원의 바람이 지금 내가 이곳에 앉아 있는 동안에도 날 바싹 말려서 살아있는 미라로 만들 테니까 말이야. 텅 빈 소리, 실체가 없는 공허한 이야기들을 지껄이면서 영원히 난 갇혀 있게 될 거야. 난 스스로 감금된 죄인으로 남기보다 차라리 할복해서 죽고 싶다. 의식상의 *하라키리*114)는 이론적으로는 너무 멋져 보이지만 내장들이 마치 커다란 벌레처럼 몸 밖으로 쏟아져 나올 때는 그렇게 좋아 보이지 않는다. 소화된 음식은 똥으로 변하면서 악취가 난다. 죽는다는 것은 어리석은 방법이고, 누가 그 난장판을 치울지에 대해서는 아무도 말한 적이 없다. 자신의 몸을 할복할 때 느끼는 실제 고통도 마찬가지다.

내가 아직 경험해보지 못한 것들이 있다. 나 스스로 허용하지 않은 기쁨의 순간들이다. 내 육신을 탐닉하거나 바보처럼 실컷 웃기 전에는 죽고 싶지 않다. 나는 아주 많은 것들을 하고 싶고 지금 난 그것들을 시작할 준비가 되어있다. 케이코와 무라사키도 쉴 새 없이 중얼대는 나라는 존재 없이 성장할 필요가 있고, 나 역시 반복되는 이야기 틀에서 벗어나 살아가야 할 필요가 있다. 나는 간다.

물론 나는 빈손으로 떠나지는 않을 거다. 사람이 단지 등에 코트만 걸치고 여행을 떠나 이곳저곳 다닐 수 있었던 때가 있었다. 이야기를 해주고 잠잘 곳이나 밥 한 공기, 때로는 생선을 얻어먹기도 했다. 하지만 이런 시절은 지나갔고 이제 나는 내 이야기를 해주고 되받을 수 있는 것이 아무것도 없다. 케이코의 지갑을 가지고 떠나야겠다. 아니지,

---

114) 할복

비자 카드는 놔두자, 케이코가 자주 사용하니까 분명히 찾을 거야. 대신 마스터 카드를 가지고 가자. 그리고 80달러도 가져가야지. 케이코는 남편이 가져갔다고 생각할 거야. 또 뭐가 있을까? 아, 떠나는 건 너무 어려워. 내 몸이 오래 앉아왔던 이 의자에 너무 익숙해져서 그래. 어리석기는! 나는 표피와 같은 이 의자를 떠나야만 한다. 새롭게 태어난 매미처럼 떠나야 한다. 한 마리 누에나방처럼 떠나야 한다. 20년이란 세월은 너무 길다. 바보들이나 그곳에서 쉬지 않고 중얼대겠지. 안 돼, 난 정말 떠나야 한다. 케이코가 걱정하지 않는 척해도 분명히 걱정할 거다. 하지만 내 손녀딸, 무라사키만큼은 영원히 나와 함께할 거야.

케이코야, 네게 편지 한 통 남긴다. 내 마음을 헤아린다면, 넌 아마 이해할 수 있을 거야.

너는 침대 헤드와 프레임을 따라 나사못을 빼면서 우리의 침대를 해체한다. 매트리스와 상자가 벽에 기대어져 있다. 우리는 함께 매트리스를 들어 밖으로 옮기고 이어서 박스, 침대 헤드, 침대 프레임 부속들을 차례로 옮긴다. 우리는 네 차 뒤에서 끌게 될 유-홀(U-Haul)[115) 트레일러에 내놓은 것들을 실었다.

"대체 왜 이렇게 해야 하는 거야?" 나는 천천히 운전하며 묻는다.

"잘 모르겠어. 갑자기 그래야 한다는 생각이 들었어. 그것은 음— 그걸 뭐라고 하지? 영감이다!" 넌 네가 기억해 낸 것에 기뻐하며 웃는다.

"새 침대를 살 만한 여유는 있는 거지? 너도 알다시피 저 침대는 아직도 완벽하리만큼 좋거든."

"물론이지. 우리가 더 즉흥적이어야 한다고, 네가 말하지 않았니? 습관과 자기만족이 우리 삶의 방향에 영향을 주지 말아야 한다고 하지 않았어?" 너는 한쪽 눈썹을 더 위로 치켜뜨면서 말한다.

"체! 내 말 따라 하지 말라고." 나는 구세군 뒷골목에 차를 세운다. 여자 두 명이 나와 침대 내리는 것을 도와주면서 우리가 기부한 것에 대해 고마워한다. 우리는 후톤 가게가 있는 킹스턴까지 차를 몰고 간다. 그리고 난 내 가슴을 간지럽히는 흥분을 느낀다.

"가장 큰 후톤이 어떤 건가요?" 넌 네 엉덩이에 손을 올려놓으며 말한다.

"저것이 쇼군[16) 사이즈예요!" 판매 직원이 두 손을 비비며 말한

---

115) 미국의 이사 장비 렌털 업체

다.

　"그거 주세요", 너는 말하며 내게로 몸을 돌린다. "어떤 색깔이 좋아?"

　"보라색", 난 속삭이듯 말한다.

2부

그녀는 자신이 찾을 수 있는 가장 두꺼운 코트를 입고 목과 머리에 스카프를 둘렀다. 그리고 스카프 끝단을 턱 아래에서 묶었다. 그녀는 부엌 테이블에 놓여있던 핸드백의 똑딱이를 열어 지갑을 뒤졌다. 지폐 여러 장을 꺼내 하나, 둘, 세어본 후, 몇 장을 주머니에 넣었고 나머지는 다시 지갑에 넣었다. 그녀는 신용카드 한 장을 골라 조심스럽게 살폈다. 너무 어두워서 서명으로 적은 필체를 알아볼 수 없었다. 그래서 그녀는 부엌 전등을 재빨리 켜야 했는데, 그 갑작스러운 불빛은 그녀가 눈을 찡그리고 보도록 만들었다. 밝은 전등은 한밤중 부엌의 적막 속에서 소리만큼이나 시끄러웠다. 그녀는 머리를 들어 천장을 보았다. 그러나 삐걱거리는 소리는 들리지 않았다. 그래서 그녀는 테이블에 앉아 종이 타월 위에 서명을 위조하는 연습을 했다. 마침내 그녀는 만족스럽게 연습을 마쳤고 종이 타월을 찢어서 싱크대에서 태웠다. 그리고 현금이 들어

있는 깊숙한 주머니에 신용카드를 쑤셔 넣었다.

그녀는 냉장고로 가서 문을 열었고, 입술을 오므리고 손가락으로 뺨을 톡톡 두드리면서 그 안에 들어있는 음식물을 살폈다. 그녀는 중얼거리면서 무언가를 골랐다. 쐐기 모양의 치즈 한 조각, 석류 하나, 피타 빵117), 피타 빵은 형편없을 정도로 맛은 없지만 가볍고 저장 기간이 기니까. 그리고 사과 한 개와 번즈 비엔나소시지 한 팩, 케이코가 자존심이 없었나? 이런 싸구려 소시지를 사다니. 아, 그러나 여행자들은 선택하는 입장이 될 수 없다. 썬키스트 오렌지가 있구나. 냉장고 안에 일본 식품은 아무것도 없나? 하나도 없다고? 저 뒤쪽에, 뿌옇게 된 절인 청어와 출처를 알 수 없는 이상한 병들 뒤에서, 그녀는 소금에 절인 작은 해초 병을 찾아냈다. 그녀는 그 병을 움켜잡아 천천히 뚜껑을 돌려 열었고 잠시 킁킁거리며 냄새를 맡았다. 소금과 바다 냄새. 좋았다. 그녀는 주름진 새끼손가락을 검은색 해초 페이스트 병에 담가 기막힌 맛을 음미하며 손가락을 빨았다. 쩝! 쩝! 그녀는 뚜껑을 다시 돌려 닫았고, 자신의 발치에서 점점 쌓여가고 있는 어수선한 음식 더미에 그 병을 놓았다. 맥주 여섯 개들이 팩이 있네. 너무 무겁긴 하겠지만 맥주는 해초 페이스트와 모아 둔 마른오징어와 잘 어울릴 거야. 그녀는 한숨을 쉬었다. 그리고 가져갈 목록에 맥주를 추가했다. 쌓아놓은 식료품들을 내려다보면서 마지못해 냉장고 문을 닫았다.

무게가 나가는 많은 음식이 있었지만, 이것만으로 버티며 살기에는 충분하지 않은 양이다. 그녀는 할 수 있으면 자주 히치하이크를 해야

---

117) 지중해, 중동 지방의 납작한 빵

할 것이다. 그녀는 자신의 *몬뻬*[118] 주머니에 손을 넣어 단정하게 접혀 있는 *후로시키*[119]를 꺼냈다. 그녀는 손목으로 *후로시키*를 흔들어 정사각형의 천 조각을 바닥에 평평하게 펼쳤다. *후로시키* 위에 음식물을 놓고 무게를 고르게 배분하여 정사각형 보자기 중앙에서 두 대각선의 천 끝을 묶었다. 첫 번째 매듭 위로 남은 두 끝자락을 묶었다. 그리고 돈과 마른오징어가 들어있는 주머니에 해초 페이스트를 넣었다. 그녀는 무거운 *후로시키*를 들었고 부엌을 두리번거리며 쳐다보았다. 전등을 껐다. 어두웠다. 그녀의 눈이 적응될 때까지 어둠 속에 조용히 서 있었다. 구부리고 웅크린 모습이었다.

그녀는 현관 복도를 걸어가면서, 손가락으로 셀 수 있는 세월보다 더 오래 앉았던 자신의 의자를 만져보기 위해 노쇠한 손가락을 쭉 뻗었다. 나무로 만든 평평한 등받이에, 편안함을 주는 쿠션이나 팔걸이도 없다. 그녀의 몸에 새겨진 습관의 힘으로 그녀는 자신의 의자를 향해 끌려가듯 다가갔다. 그녀의 말라빠진 궁둥이가 이십 년이 넘도록 움푹 패게 한, 부드럽게 굴곡진 그 의자에 다시 한번 앉아보고 싶은 충동을 느꼈다. 그러나 안 돼! 그 의자는 대평원의 먼지와 바람이 씽씽 불어대는 한복판에서 그녀에게 안정감을 주었지만, 너무 쉽게 그녀의 감옥이 되게 할 수도 있었다. 그녀는 입을 다물었다. 그녀는 자신의 음식 보따리를 발치에 놓고 등을 구부린 채로 눈과 이마를 손으로 문질렀다. 흐릿한 기억을 간직한 채 그녀는 *쟈 네*[120]라고 속삭였다. 더 이상 떨지

---

118) 몸뻬바지
119) 보자기

않는 안정적인 손으로 의자 등받이를 쓰다듬고 그녀의 *후로시키*를 집어 들었다. 문을 열었다.

바람은 얼음과 먼지의 광풍으로 그녀의 손에서 문을 거의 낚아챌 뻔했으나, 그녀는 문을 단단히 잡았다. 그녀가 밖으로 한 발걸음 내딛기도 전에 문이 꽝 하고 닫히게 할 수는 없었다. 문을 꽉 잡고 문지방을 넘어 소용돌이치는 눈보라 속으로 걸어 나갔다. 그녀는 그녀 뒤에 있는 현관문을 닫았다.

• • •

나오에

눈! 내가 떠나기로 한 그 밤에 눈이 내려야만 한다. 하! 불어라, 계속 불어라, 눈의 여자. *유카 온나.*121) 내가 바람을 그렇게 싫어했던 건 정말 우습다. 그때 난 바람을 피해 숨었었지. *유카 온나,* 너와 나, 우리는 자매이고 내 뺨에 스치는 네 시원한 호흡은 날 편안하게 해줄 거야. 아, 이 공기는 달콤하고 내 머리카락에 엉겨 붙은 수많은 고드름은 마치 작은 심벌즈처럼 흔들거린다. 떠나는 건 잘하는 거야. 무미건조한 말들로 가득 찬 그 집을 떠난 건 잘한 거야. 그보다도, 내가 걸으면서 이야기해 보니 의자에 앉아 중얼거린 게 더 편했던 것 같네. 아, 어리석기는. 계

---

120) 잘 있어

121) 눈이 많은 지방에서 눈 오는 밤에 나타나는 눈의 정령.

속 가자.

> *가와 가와 가와 가와*
> *오토오 타테떼*
> *아레 이레 모리 노 무코 카라,*
> *소로 소로 데떼쿠루 히코센.*[122]

하지만 기다려. 해야 할 일이 있어. 이곳을 영원히 떠나기 전에 들려보고 싶은 곳이 있단 말이야. 버섯들이 자라는 곳에서 *후시기* 냄새가 난다. 여기서 아주 가까워. 버섯들이 어둠에서 자라나는 축축한 흙에 내 손을 넣어보고 싶어. 되돌아 가, 여자야, 되돌아 가. 내 문화에는 소금 기둥[123]이라는 건 없어. 떠나기 전에 잠깐 들르려는 거야. *맛따쿠!* 이 보자기는 무거워지겠지. 그건 이미 충분히 무거운걸. 내가 3마일이나 6마일, 아무리 멀리 걸어도 그 보자기가 얼마나 무거울지는 알 수 없는 거야. 고속도로에 들어서면 나를 태워줄 누군가를 찾아보자.

유카 온나. 눈의 여자. 자신의 아름다움과 죽음의 이야기에 갇혀 있는 여자. 너를 놓아줄게. 거기서, 네 차가운 입술을 내 입술에 대면 죽

---

[122] 위잉 위잉 위잉 위잉
소리를 내면서
어라 어라 숲 저편에서,
살금살금 나오는 비행선.

[123] 하나님께서 소돔과 고모라 위에 무서운 유황불 심판을 내리고 롯의 가족에게 떠나라고 했을 때, 롯의 아내는 두고 온 재물이 생각나서 뒤돌아보아 소금 기둥이 된다.

음은 신선한 생강을 먹은 내 입에서 도망칠 거야. 나이를 먹긴 했지만 내 몸은 여전히 소금물과 *사케*로 가득 차 있거든. 내 입술에 네 입술이 닿으니 너무 좋은데, 대체 내가 뭐라고 하는 거야? *유카 온나*, 네 뺨이 불그스레해진다. 바람을 타고 충분히 돌아다녔잖아, 여기, 잠깐 앉아봐. 네가 그렇게 갑자기 사라지는 걸 보면 몸이 어지러울 수 있어. 눈은 부드럽네, 그리고 *유카 온나*, 넌 그렇게 오랫동안, 네가 지어내지 않은 이야기 속에 갇혀 지냈으니 피곤하겠다. *유카 온나*, 너 목마른 거니? 내게 맥주가 있는데. 맥주는 네 갈증을 없애줄 거고 널 강하게 해줄 거야. 안 마신다고? 왜, 너처럼 순백의 여자를 위해 내가 준비한 건데. 자, 먹어 봐. 애야, 그건 석류란다. 안 먹는다고. 물론 넌 석류를 본 적도 없겠구나. 석류는 눈 속에서 자라지 않거든. 가죽 같은 껍질 속에 너무 달콤한 루비 알갱이가 있어서 넌 쓰디쓴 죽음의 먼지를 다시 맛보지 않아도 될 거야. 내가 석류를 반으로 쪼개 줄게. 루비 알갱이를 먹어봐, 애야. 이빨로 석류를 물어봐. 빨아먹어봐. 그래, 알아. 네가 여기서 쉬고 있다는 것을. 하지만 난 버섯을 보러 가야 해.

너무 많은 눈보라가 불어서 앞이 보이지 않지만 난 더 가까이 가야만 한다. 시큼한 퇴비 냄새가 풍겨온다. 그 냄새는 고약한 냄새가 나는 젖은 천처럼 퇴비 창고 위에 드리워져 있다. 난 이 소리, 내 부츠 밑에서 뽀드득거리는 눈 소리를 좋아한다. 모든 것은 소리와 이야기로 가득 차 있다. 아, 육체는 이런 모든 소리에 길을 잃을 수 있지만 코는 절대 실수하는 법이 없다. 냄새. 냄새를 맡자. 사실 정말 예민하면 코로 맛을 볼 수도 있는 거다. 강아지나 어쩌면 뱀처럼 말이야. 아니지. 그건 딱 맞는 말이 아니야. 뱀은 혀로 냄새를 맡나? 뱀은 맛으로 혀 냄새를 맡나? 아니면 혀에 있는 맛을 냄새로 맡는 건가? ―난 혼자 주절거리며 답을 찾아간다. 뱀들은 태양으로 따뜻해진 바위 꿈을 꾸고 있고 강아지들은 토끼가 기뻐하듯 발가락을 씰룩거리며 움직이지만, 이 할머니는 걸어가야만 한다!

· · ·

그녀는 매서운 바람에 얼굴을 들이대고 보따리를 든 채로 뒷짐을 지고는 편한 걸음으로 걸었다. 그녀는 퇴비창고에 들르지 않고 두 번째 농장건물까지 터벅터벅 더 걸어갔다. 비닐하우스의 아주 작은 문밖에서 한동안 서성거리다 문을 열었다. 그녀는 안으로 들어갔다.

그리고 사방을 덮고 있는 흙과 습기에 몸을 적셨다. 그녀는 경이로움에 눈을 깜박거리며 어둠 속에 조용히 서 있었다. 이상하게도, 뜨거운 눈물이 그녀의 뺨을 타고 흘러내렸다. 서투른 손가락으로 장갑을 벗고 손을 뻗어 얼굴을 만졌다. 그녀가 자신의 손가락을 눈앞으로 들어 올리자 손가락은 아름다운 푸른빛으로 빛났다. 그녀는 미소를 지었다. 그녀는 채 가시지 않은 갈색의 커피 향과 포름알데히드의 고약한 냄새를 맡을 수 있었다. 오래된 트윈키124) 포장지에서 발효하고 있는 케이크 설탕 냄새도 맡았다. 어두워서, 너무 어두워서, 그녀는 피부의 감각만으로, 코의 후각을 통해 알아볼 수 있었다. 그녀는 무언가가 자신의

---

124) 가운데 크림이 든, 노란색의 단맛이 나는 작은 케이크

부츠를 툭 치는 것을 느꼈다. 따뜻한 덩어리 같았다. 눈을 깜박이는 소리가 들렸다. 꼬리가 바닥을 빠르게 쿵쿵대며 치는 소리도 들었다. 그녀는 강아지가 그녀의 손 냄새를 맡을 수 있도록, 그녀의 뺨과 이마를 핥을 수 있도록 쪼그리고 앉았다. 할머니는 살가운 강아지의 귀와 배를 긁어주었고, 손을 주머니에 넣어 마른오징어 다리를 몇 개 찢었다. 그녀는 열린 출입구를 찾을 때까지 손으로 벽을 더듬거리며 서둘러 걸어갔다. 그리고 밤에 먹는 반가운 간식을 턱으로 쩝쩝 씹으면서 휴게실을 떠났다.

복도는 고래가 사는 축축한 동굴처럼 거대했다. 그녀의 두 눈은 천천히 적응했고 변화하는 검은 색 음영만을 볼 수 있었다. 주변의 텅 빈 공간을 느낄 수 있었다. 닫혀있는 문 뒤에서 자라고 있는 버섯균들의 흥얼거림을 들을 수 있었다. 짙은 습기가 그녀의 옷에 무겁게 들러붙었다. 그곳은 그녀가 살았던 집보다 훨씬 따뜻했기 때문에 그녀는 무거운 코트 단추를 풀어 코트를 벗었다. 스카프도 풀어서 내려놓았다. 스웨터를 머리 위로 잡아당겨 벗었고, 폴리에스터 몬뻬를 두 엄지손가락으로 끌어내려 팬티도 함께 딸려 내려갔고, 양말은 여전히 신은 채로 겨울 부츠를 벗었다. 그녀는 구부정한 어깨로 두 팔을 흔들거리면서 골반을 내민 채 서 있었다. 그녀는 조용히 명상하는 등이 굽은, 늙은 새우처럼 보였다. 그러나 수십 년 만에 난생처음 경험하는 습기가 그녀의 몸 안으로 스며들기 시작했다. 피트모스 흙과 버섯균의 호흡으로 가득 찬 습기였다. 습기가 양피지 같은 내 몸에 스며들어 피부와 머리카락이 삼투압 작용을 한다. 두껍게 내려앉은 습기의 축축함이 그녀의 왜소한 형체를 에워싸고 있다. 그녀의 초췌한 얼굴은 살이 오르면서 생기가 돌았고, 한때 젖가슴이 있었던 축 처진 피부는 빵처럼, 만토25)처럼 부풀어 오르기 시작했다. 푸석푸석한 그녀의 피부는 마치 굶주린 식물처럼, 세포 하나하나마다 버섯의 습기를 받아들이며 그녀의 텅 빈 몸을 채워갔다. 습기가 그녀의 몸 아래로 들어와 혈액을 쉬지 않고 들썩이게 한다. 수분과 습기가 실크 실처럼 그녀를 칭칭 감았다. 늙은 닭 날개 같은 팔은 유연해져서 더 길어졌고, 그녀의 엉덩이는 육욕과 열정으로 풍만하게 부풀어 올랐다. 그녀는 자신의 육체가 미세하게 들썩이는 근육과 뼈들의 움직임으로 채워지는 소리를 들었다. 머리카락이 등의 부드러운 피부를 덮을 만큼, 아주 길고 부드럽게 자라서 찰랑대는 소리도 들었다. 그녀의 누르스름한 양피지 같은 피부는 팽팽해졌고 갓 태어난 누에고치처럼 열정적으로 빛났다. 그녀의 손바닥은 쇄골에서 가슴, 배, 골반, 허벅지 위로 스쳐 지나갔다. 놀라서 크게 웃었다. 똑바로 꼿꼿이 서서 발끝을 세운 채 몸을 쭉 폈고 손을 위로 쭉 뻗었다.

그녀가 어두운 통로로 성큼성큼 걸어가자 바닥이 발밑에서 흔들렸다. 벽에 걸려있던 양동이들은 그녀가 내딛는 걸음마다 덜커덕거리는 소리를 냈고, 심지어 어떤 양동이들은 떨어져서 발밑으로 굴러와 스티로폼 컵처럼 찌그러졌다. 그녀는 숨을 크게 들이쉬면서 활짝 핀 버섯균의 황홀한 냄새를 따라갔다. 그녀는 Number 9이라고 표시된 문 앞에 섰다. 그리고 한 손을 쭉 뻗어 경첩이 달린 문을 안으로 밀었다. 쉴 새 없이 살랑대는 버섯들의 속삭임이 쉿! 하고 멈추는 걸 들었다. 그녀는

---

125) 망토

자신의 커다란 몸이 작은 문 입구를 통과할 수 있도록 머리를 가슴까지 구부리고 몸을 낮게 숙여서, 옆으로 들어가야만 했다. 그리고 마침내, 그녀는 버섯들 사이에 섰다.

길게 줄지어 늘어선, 새까맣게 기름지고 축축한 피트모스 흙의 모판들. 그리고 버섯들. 무수히 많은 버섯들이 있다. 갓 부화한 누에고치처럼, 해파리처럼, 굴처럼 빛이 났다. 천장에 응축된 수분이 축축한 시멘트 바닥 위에 생긴, 작은 물웅덩이로 퐁당퐁당 떨어지는 소리만 들린다. 이 습기의 세상에 오신 걸 환영해요, 환영합니다. 그녀는 길게 줄지어 있는 모판 사이를 걸어 혈액만큼 따뜻한 물웅덩이를 지나 그곳의 한가운데에 벌거벗은 채로 서 있다. 버섯균의 침묵은 그녀를 감싸고 있는 습기만큼이나 가득했다. 그리고 그녀는 누워서 그녀의 팔과 다리를 넓게 벌리고 따뜻하게 빛나는 물웅덩이에 누워 피트모스 흙물을 흠뻑 빨아들인다. 그리고 자신의 몸으로 스며들고 침투하는 무언가를 느끼면서 눈을 감았다. 그녀는 깊게, 더 깊게 미끄러져 들어가서 다시 눈을 감았고, 그녀의 두 손은 물 위에 떴다. 그녀 자신을 향하여 뜨고 있었다. 물위에 뜬 손을 자신의 몸으로 가져오고 그 손은 갈비뼈에서 자신의 굴곡진 가슴까지 떠오른다. 그녀는 자신의 가슴과 부드러운 젖꼭지를 쓰다듬고 살짝 꼬집어 느닷없이 찾아온 기분 좋은 아픔을 만끽한다. 마치 다른 사람의 젖가슴을 만지는 것처럼 조심스럽게 자신의 가슴을 만졌다. 손바닥으로 젖가슴을 오므려 마치 두 개의 심장인 것처럼 움켜잡았다. 어떤 사향 냄새보다, 어떤 향수 냄새보다 더 자극적이고 흥분되는 피트모스 흙탕물에서 그녀의 두 다리가 움직였다. 부드럽고 축축한 진흙이 그녀의 뺨과 안쪽 팔, 무릎 아래쪽 피부에 부드럽게 닿았다. 그녀의 허벅다리 안쪽을 따라서도 마찬가지였다. 그녀는 피트모스 흙이 묻은 갈색 손가락들이 자신의 가슴 위에 새겨지게 했다. 그녀의 두 손은 둥근 배의 굴곡을 따라 밑으로, 밑으로, 부드럽게 움직여 쾌락을 탐닉해간다. 부드럽게, 부드럽게 미끄러져 내려가는 그녀의 두 손과 손가락들, 땀방울, 이어지는 강렬한 얼망, 혈액만큼 따뜻한 모판의 흙, 피부와 머리카락으로 스며드는 수분, 양피지 같은 거친 피부가 탄력적인 근육질로 부드럽게 변하여 전구의 필라멘트처럼 투명하게 내비쳐진다. 버섯들이 쉬지 않고 웅성, 웅성거리는 소리[126]는 대지의 음률을 만들어 그녀의 몸 아래에서 들썩이고, 점점 커지는 반향을 불러일으켜 심장에서 요동치는 숨을 멈추게 한다. 인간의 고통스러운 음역대를 넘어 지금까지 들어 본 적이 없는 버섯들의 합창소리가 울려 퍼졌다.

• • •

___

126) 나오에가 회춘을 하자 버섯들과 흙이 놀라 중얼거리는 상황을 말한다.

우리는 네 침실바닥을 완전히 뒤덮고 있는, 아주 커다란 후톤에 누워있다. 퇴폐적인 즐거움이다. 이제 우리 아래에는 침대 대신 후톤이 있고 그 위에 우리의 벌거벗은 육체가 있다. 우리는 넓은 바닥에서 잠을 자면서 뒤척이다 서로 부딪치며 놀라서 잠에서 깬다.

넌 잠들어 있다. 넌 피곤해서 일어나지도 못한다. 그러나 사실이던 아니던 내 이야기들은 누군가에게 들려주기 위해 존재한다. 네가 이야기를 들을 준비가 될 때까지 난 그 이야기들을 담고 있을 수가 없다. 그래서 난 계속 큰 소리로 말하고 넌 잠결에 고개를 끄덕이며 눈꺼풀을 깜박인다. 나를 믿어봐.

이건 실화야..

무라사키

낸톤에 거주하는 어느 할머니의 실종
계속되는 수색

지난 화요일 밤, 우리 고장에서 버섯 농장을 운영하는 이민자, 샘 돈카츠의 장모가 눈보라가 휘몰아치는 날씨에 실종되었다.

"저희 식구들이 너무 걱정하고 있어요. 어머니께서 돌아오시기만 바랄 뿐입니다", 샘의 아내가 말한다.

인근 캐나다 기마경찰과 이웃 목장주들이 그 지역 외곽지대를 샅샅이 수색하고 있으나 악천후의 기상 상태가 그들의 수색을 지연시키고 있다.

"이런 사건들은 힘들어요", 경찰관 노톤이 말한다.

"지금 우리가 경험하고 있는 이런 날씨에는 할머니가 단 하루도 생존할 수 없을 거요."

충격스러운 것은 대부분의 마을 사람들이 돈카츠 가족과 함께 살고 있는 할머니의 존재에 대해 모르고 있었다는 점이다.

살해되었을 가능성은 없다.

"네 할머니에게 무슨 일이 있었어?"

"할머니는 일본으로 가셨어. 할머니는 이런 눈과 먼지의 모든 것에 싫증이 나서서 벌떡 일어나 가버리셨어. 난 할머니를 탓하지 않아."

"네 할머니에게 무슨 일이 있었어?"

"할머니는 미친 듯이 화를 내시며 거품을 문 채 고래고래 소리를 치고는 마치 자신이 이교도인 것처럼 비명을 지르면서 벌거벗은 채로 뛰쳐나가셨어."

"네 할머니에게 무슨 일이 있었어?"

"할머니는 몸 전체에 털이 자라나기 시작했어. 그래서 처음에 우리는 할머니가 많이 먹지 않아서 할머니 몸에 난 털로 체온을 유지하려고 하는, 뭐 그런 병의 증상쯤으로 생각했어. 하지만 할머니는 우리 할아버지와 결혼하기 위해 여자로 위장한 *타누키*[127]였지. 할아버지는 덫에서 할머니를 풀어주었고 할머니는 그의 아내가 되는 것으로 감사를 표하고 싶었던 거야. 그러나 이제 할머니는 자신이 살았던 야생으로 되돌아가길 원하신 거지."

나는 그 당시, 나를 포함한 모든 이들이 끊임없이 이야기를 찾고 있다는 것을 알게 되었다. 이야기가 어떤 것이든 상관없었다. 사람들은 그 이야기를 들으러 달려들 테니까.

"네 할머니에게 무슨 일이 있었던 거야?" 그는 내 머리카락, 내 얼굴을 만지면서 단지 그렇게 물었다.

"모르겠어. 할머니가 다시 떠나셔야 알게 되겠지."

"할머니는 이미 가셨는데 어떻게 다시 떠나실 수 있다는 거야?"

---

127) 너구리

"할머니는 나와 함께 다시 떠나실 수도 있어."

그는 아무 말도 하지 않았다. 단지 내 머리카락, 내 얼굴만 만졌을 뿐이다. 단지 그렇게만 했다.

명심하세요. 이야기는 어떤 것이든 상관없지만 세부적인 내용은 있어야만 한다는 걸 말이에요. 사람들은 자세한 걸 좋아하니까요. 낯설고 이국적일수록 더 좋아요. "오오오오오", 사람들은 말하지요, "아아아아아." 타인과의 비교를 통해 당신을 정상적이고 안전하도록 느끼게 하는 데에는 '기이한 쇼'만 한 게 없어요. "발에 대해서 말해 봐. 네 할머니가 어렸을 때 자신의 발을 칭칭 동여매야 했어?"라고 사람들은 묻지요. 사실 일본에는 발을 동여매는 풍습이 없지만 어떤 사람은 이 그릇된 신화를 계속 영원한 것으로 만들어요. 언제나 그 근거 없는 믿음으로 되돌아가지요. 발을 동여매는 이야기로, 기형의 이야기로, 해리 캐리[128] 의식으로 말이에요. 실제로 그건 *하라키리*지만 사람들이 계속 해어리 캐리라고 발음해도 난 신경도 쓰지 않아요. 그건 괴로운 일이 아니니까요. 당신은 초청 연설가로 어딘가에 초대돼요. 기조연설을 하기 위해서죠. 난 그게 어떤 연설인지 상관없어요. 모두가 타이를 맨 정장과 디자이너 옷을 입고 있어요. 종업원들을 제외하고 당신이 유일한 동양인이에요. 그것도 괴로운 일은 아니지요. 다만 당신은 의식할 뿐이에요. 사람들은 인종과 민족에 대해서 이러쿵저러쿵 말들이 많거든요. 백인이나거의 백인에 가까운 혼혈인의 얼굴에서 이런 말들이 튀어나온다면 인

---

128) 할복의 또 다른 형태

종과 민족에 대한 이야기가 이론화되기란 쉬운 법이죠. 만약 당신의 이름이 행크이고 당신에게 3명의 금발 머리 자녀들이 있다면, 세이프웨이 (역주: 대형마트) 농산물 코너에서 그 누구도 당신에게 다가와 채소를 가리키면서 "저것은 무엇이죠?"라고 물어보지 않을 텐데 말이에요.

나는 세이프웨이에서 중국 화교들이 애용하는 식품 코너에 서 있었다. 쌀이나 라면, 두부, 기타 이국적인 야채로 가득한 곳이었다. 단단하고, 팽팽하고, 윤이 나는 보라색 껍질인지, 또는 흠집이 없는지를 확인하기 위해 일본가지를 손으로 더듬어보고 쥐어보고 만져본다. 난 쇼핑을 좋아한다. 야채 만지는 걸 좋아한다. 과일코너에서 어슬렁거리며 수박 껍질을 손가락으로 두드려보는 것도 좋아한다. 난 다른 것에 신경을 쓰지 않고 가지를 고르고 있었다.

"정확히 저것은 뭔가요? 늘 궁금했거든요."

나는 누구일지 상상을 하며 위를 쳐다보았고, 그러자 한 얼굴이 나를 뚫어지게 보았다. 상냥해 보이는 얼굴이었다. 흥미 있어 하는 얼굴이었다.

"그건 가지예요."

"오, 정말요!" 놀라움경이로움기쁨. "정말 신기해요! 이것이 *우리의* 가지 모양인걸요. 가지들이 서로 너무 다르네요!" 그녀는 거의 검은색에 가까운 동그랗고 단단한 가지를 집어 들었다. 쓰디쓴 껍질뿐만 아니라 가지의 모든 것을 보여주기 위해서였다. 그녀는 야채들 위에 손글씨로 적혀 있는 가격표를 올려다보았다. 파운드 당 달러로 표기된 가격이었다.

가격표는 영어로 표기되어 있다.

무	청경채	배춧잎
(LOO BOK)	(BOK CHOY)	(SUEY CHOY)
$ 89 / lb	$ 49 / lb	$ 69 / lb

"**당신 나라의** 언어로는 저것들을 뭐라고 부르나요?"

난 고개를 들어 가격표를 쳐다보았다.

"저 중국어 안 쓰는데요", 나는 말했다.

"아. 죄송해요"

무엇이 죄송하다는 거지? 나는 궁금해졌다. 그리고 저기, 가지 바로 위에는 다른 손글씨의 가격표가 있었다.

일본가지
(JAPANESE EGGPLANTS)
$ 209 / lb

난 여전히 손에 쥐고 있던 길쭉하고 예쁘장하게 생긴 가지를 가격표에 대고 탁 하고 소리가 나도록 쳤다.

"여기, 여기 있구나", 난 말했다. 그리고 돌아서서 *하쿠사이* 잎을 살펴보았다. 세이프웨이 농산물 코너 직원에 의하면 그것은 중국어로 수에이 초이다. 제발 방해하지 마. 한 여성이 조용히 야채를 고를 수 있도록 내버려 두란 말이야. 먹는 야채마저도 원산지 국가를 구분하며 이러쿵저러쿵하다니.

엄마는 쇼핑하러 갈 때 가지는 절대 사지 않았다. 심지어 커다랗고 동그란 검은색 캐나다산 가지도 사지 않았다. 가지의 원산지를 누가 알까. 엄마는 *하쿠사이, 쇼가*129), *시이타케, 다이콘, 사토이모*30), *모야시*131), *니라*132)를 사지 않았다. 엄마가 선택한 메뉴에는 야채의 사각지대가 있었고, 틀림없이 할머니는 그것을 마음 아파했을 거다. 내가 의문을 품기 시작한 후에야 내가 무엇을 놓치고 있는지를 알게 되었다. 내가 무언가를 놓치고 있는 상황에 있었을 때, 결코 난 내가 놓치고 있다는 것을 몰랐다. 그러나 엄마가 관대할 수 있었던 유일한 것이 있었는데 그것은 우리가 크리스마스 때 먹던 일본산 오렌지133) 한 박스였다. 그것들이 일본 오렌지로 불리는 것은 정말 재미있다. 그 오렌지는 실제로 만다린 오렌지로 불리고, 엄밀히 말해 만다린은 장소가 아니라 중국어의 한 종류인 탓이다. 단어와 의미가 논리의 차원을 넘어 왜곡되는 것은 얼마나 우스운가. 엄마는 또한 아주 논리적이지는 않았다. 교회에서

---

129) 생강

130) 토란

131) 콩나물

132) 부추

133) 캐나다인들은 귤을 크리스마스 오렌지(Christmas Orange), 만다린 오렌지(Mandarin Orange), 혹은 일본 오렌지(Japanese Orange)라고 부른다.

크리스마스 오렌지를 사준다면, 엄마는 내가 그것을 먹는다 해도 일본적인 것에 의해 오염되지 않을 것이라고 생각하셨다. 난 아무리 먹어도 양이 차지 않았다. 난 크리스마스트리 아래에 쪼그리고 앉아 게걸스럽게 오렌지를 먹거나 매쉬드 포테이토를 먹고 사막을 횡단하는 사람이 갈증을 느끼는 것처럼, 오렌지를 빨아먹는 것을 번갈아 했다. 나는 한 번에 너무 많이 먹어서 피부색이 변하기 시작했다. 웃기다. 일본 오렌지를 너무 많이 먹으면 피부가 노랗게 변하나 보다.

난 바보처럼 연신 깜박거리는 크리스마스 전등과 향긋한 소나무 아래에 누워있었고, 내 주변에는 텅 빈 오렌지 상자와 오렌지를 쌌던 푸른색 포장지들이 널려 있었다. 배가 너무 불렀다. 나는 사전에서 '배가 부르다'는 뜻의 단어(replete)를 찾아냈는데, 그것은 내가 느낀 포만감을 정확히 표현해주고 있었다. 난 손가락을 코까지 들어 올려 오렌지 껍질의 시큼한 냄새를 맡았다. 다시 킁킁대며 냄새를 맡았다. 난 손을 머리 위로 들어 올렸고 손가락 사이로 반짝이는 크리스마스트리를 보았다. 그리고 우습게도, 난 내 손이 노랗게 보인다고 생각했다. 크리스마스 전등 때문일 거야. 난 내 두 손을 가까이 끌어당겨 자세히 들여다보았다. 전등 때문이 아니야, 분명히 내 손은 노란색이었다. 시간이 갈수록 더욱 연노랑으로 변하면서 두 팔로 번져갔다. 나는 크게 소리 내어 웃었다.

"보세요, 엄마!" 난 고함을 질렀다. 언젠가 비트를 너무 많이 먹어서 붉은 변을 보았을 때 흥분했던 것처럼, 난 그렇게 흥분했다. "제 손 좀 보세요!"

엄마는 싱크대에서 돌아서서 안경을 코 위로 약간 들어 올리더니 내 손바닥을 쳐다보았다.

"오, 주님, 오, 주님." 욕설이 아닌 신에 대한 호소였다. 엄마는 내 손목을 잡고 나를 싱크대로 끌고 갔다.

"아야!" 나는 뒤로 몸을 빼면서 말했다. "아야, 그러지 마세요! 오렌지 때문이라고요. 제가 귤 한 박스를 다 먹어서 그래요. 오렌지 때문이라니까요."

엄마는 뜨거운 물을 가장 세게 틀었다. 내 손에 썬라이트(역주: 세탁세제)를 쏟아부으며 수세미로 박박 문지르기 시작했다.

"아프다고요!" 난 비명을 질렀다. "엄마, 그만 해요! 단지 오렌지 때문이라고요! 오렌지 때문이라니까요!"

엄마는 심지어 내가 말하는 걸 듣지도 못한 채 "노란색"이라고 중얼거리고 있었다. "노란색, 얘가 노란색으로변해가네. 얘가 노란색으로 변해가 얘가—"

내가 기억하는 할머니는 대평원의 바람결 같은 목소리로 쉬지 않고 중얼거리고, 노래하고, 흥얼거리고, 고함을 치면서 자신의 존재를 끊임없이 표출했다. 그러다가 할머니는 딱 한 번, 자신이 되풀이하던 말을 멈추었다. 할머니 입에서 쏟아져 나오는 소리를 멈추었던 유일한 시간이었다. 14년 동안 폭풍 수다를 쏟아낸 후에 찾아온 그 갑작스러운 침묵은 엄마의 머리를 콘크리트 블록처럼 내리쳤다. 엄마는 내 손을 떨구고는 두통이 있다고 중얼거리며 위층으로 올라가 3일 동안 일어나지 않고 누워있었다. 예수님처럼 말이다. 나는 찬물로 부드러운 내 손을 씻었다. 복도를 따라 할머니 의자로 걸어갔다. 내 팔꿈치와 무릎에서부터 사방으로 물이 배어 나왔지만 난 할머니 무릎 안으로 기어가 내 머리를 할머니의 여윈 목에 파묻었다. 할머니는 자신의 마음을 달래주는 말들을 다시 시작했다.

여러 기억들을 체로 걸러 다른 이야기들과 엮어버리는 건 너무 재미있네. 한 가닥의 이야기를 만들어 내면 그걸 사실이라고 불러줘.

물론 할머니와의 관계에서 모든 것이 좋았던 것만은 아니었다. 할머니가 10년이 넘도록 행방불명의 상태로 있다든지, 내가 캘거리 북서쪽에 위치한 복층 구조의 방갈로에서 산다면 낭만적이 되기란 쉽다. 한밤중에 내가 신문 배달을 한 후에 인종차별 반대 위원회에서 자원봉사를 하고 밝은 대낮에 오래도록 따뜻하게 잠을 잘 때도 그런 생각을 하기란 쉬운 법이다. 할머니는 낸튼에서 우리와 함께 사셨고 한시도 입을 다물고 계시지 않았기 때문에 당연히 긴장이 존재했다. 물론 내가 몹시 당황해하던 때도 여러 번 있었다. 당연한 일이었다.

"할머니께서 뭐라고 하시는 거야?" 페트리시아가 난생처음 우리 현관문 안으로 걸어 들어오면서 물었다. 할머니는 내 친구의 머리를 강아지처럼 쓰다듬으며 홀로 수다를 떨고 계셨다. 눈보라가 심해서 통학하기 힘들어지면 학교에서는 우리에게 낸튼 외곽지대에 사는 친구들을 배정해주었다. 그 친구들은 집에 갈 수 있을 만큼 날씨가 풀릴 때까지 시내에 있는 친구 집에 머물러야 했다.

"으음음." 나는 아주 골똘히 생각했다. 페트리시아는 학급에서 가장 인기 있는 여학생이었고, 난 너무나도 그녀의 가장 친한 친구가 되고 싶었다. "할머니는 정말로 페트리시아, 너를 만나서 기쁘시고, 우리가 서로에게 사이좋은 친구가 되기를 원하시고, 그리고 음, 할머니는 네 머리 스타일을 좋아하시고, 그리고 으음....., 저녁 식사 때까지 우리가 밖에서 놀아야만 할 것 같다고 말씀하시는데."

"하지만 밖에는 눈보라가 치고 있잖아", 페트리시아가 웃으며 말했다.

"아, 그래. 할머니가 농담으로 그러신 걸 거야. 하하."

엄마는 우리에게 간식으로 오레오 과자를 두고 가셨고, 우리는 쿠키 가루의 퍽퍽함을 씻어내기 위해 차가운 우유를 꿀꺽꿀꺽 마셨다. 집안은 몹시 추웠고, 할머니는 바람 소리가 들리지 않을 만큼 큰 소리로 떠들고 계셨다. 할머니의 의자는 할머니 목소리의 위세에 눌려 삐걱거렸다. 페트리시아는 아무 말도 안 했지만 내가 알아차리지 못할 거라고 생각했던지 계속 나를 쳐다보았다. 그런 후 페트리시아는 꼼짝도 하지 않고 의자에 앉아있는 할머니를 계속 힐끔거렸다. 우리는 앉아서 "플린트스톤즈"[134]를 보려고 했으나 으르렁대는 바람, 떠들썩한 할머니, 발목을 휘어 감는 추위 때문에 영화를 볼 수 없었다.

"버섯 농장 구경하고 싶어?" 나는 물었다.

"그래! 그게 좋겠다."

---

[134] 미국 코미디 영화

우리는 여전히 흥건히 젖은 채로 얼음이 들러붙어 있는 방한복을 입었다. 나는 몸을 구부려 할머니의 볼에 가볍게 키스했고 할머니는 고개를 끄덕이며 화답했지만, 그렇다고 거센 바람에 도전하는 할머니의 목소리를 멈춘 것은 아니었다. 우리는 따가운 촉감의 싸늘한 목도리를 머리에 동여매서 단지 눈만 살짝 보였다. 그리고 눈싸래기가 떠다니는 강한 바람을 향해 걸어 나갔다.

우리가 버섯 농장으로 터벅터벅 걸어가자 서풍이 칼날처럼 등에 와꽂혀 잠시 우리를 맴돌더니 어느새 북풍이 단검을 던지듯 몰려왔다. 그리고는 농장 건물 두 채를 에워쌌다. 그 두 동의 건물은 어떤 바람도 사라지게 할 수 없는 안개로 싸여있었다.

"저 건물들은 마법에 걸린 성처럼 보여!" 페트리시아는 한 점의 바람 위로 소리쳤다.

"그러네", 나는 큰 소리로 맞장구를 치면서 낮은 소리로 중얼거렸다. "교도소 같아."

"이 건물 안에는 뭐가 있어?" 페트리시아가 첫 번째 창고를 손가락으로 가리키며 물었다.

"거긴 그냥 퇴비창고야. 그 안에서 심한 악취가 나. 그래서 그 냄새가 네 옷에 배게 될 거야. 버섯 재배실이 더 낫지. 구경할 게 더 많거든." 나는 숨이 찼다. 내가 공기를 들이마시기도 선에 세찬 바람이 공기를 낚아채고 있었다.

"좋아. 들어가자. 나 얼어 죽겠어!"

우리가 자그마한 쪽문을 열려고 하자, 문틀 바닥이 땅에서 2피트는 족히 떨어져 있었음에도 불구하고 문이 얼어붙어 꿈쩍도 하지 않았다. 우리는 문이 확 열릴 때까지 번갈아 가며 찼고, 문이 열리자마자 동시에 비집고 들어가려고 했다. 우리는 웃고 비명을 지르면서 안으로 굴러 들어가 쌓아 올린 더미 안으로 쓰러졌다. 우리는 누워있는 곳에서 문을 발로 차서 닫았고 배가 터지도록 깔깔거렸다.

"애들아, 너희들 뭐해?"

나는 너무 놀라 펄쩍 뛸 뻔했고, 페트리시아는 헉 하는 소리를 냈다. 조는 처음부터 그곳에 서 있었지만 우리는 어둑어둑한 불빛으로 그를 알아보지 못했다.

"아무것도 안 해요." 난 얼굴을 찡그렸다.

"버섯 따러 온 거야? 친구랑?"

"아니요. 난 단지 페트리시아에게 버섯 농장을 구경시켜 주고 있어요. 아무도 일하라고 하지 않았어요. 밖에서 놀기에 너무 추워서 여기서 놀려고 온 거예요."

"그래?" 조는 짜증 나게 말했다. "너희들 박스 만들고 싶구나?"

"아니요! 우리는 박스를 만들고 싶지 않아요!" 나는 소리를 지르며 페트리시아의 손을 잡았다. 그리고 우리는 거대한 동굴 같은 통로를 따라 도망을 갔고, 우리의 발소리는 배수로를 덮고 있는 철판 위에서 메아리처럼 울려 퍼졌다.

"저 남자는 누구야?" 페트리시아가 소곤거리며 말했다. 우리는 휴게실에 도착했고 그곳에는 오후 휴식시간에 먹다 남은 도넛 모양의 케이크가 있었다. 우리는 습기와 땀 때문에 흠뻑 젖어있다는 걸 느꼈다.

실내 습기는 피부 바로 밑의 온기를 유지시켜 주었고, 우리는 아주 재빨리 옷을 벗을 수가 없었다. 무거운 방한 부츠를 발뒤꿈치에서 벗었고 다리에서 스키 바지를 벗어 던졌다. 얼굴에서 목도리를 내던졌고 목도리가 떨어진 곳에 우리의 반코트를 그대로 두었다.

"그 사람은 조야." 나는 거만하게 비웃었다. "그 남자는 우리 농장 매니서야. 하지만 나에게 이래라저래라 명령하지는 않아."

우리는 커피를 따랐고 설탕 세 조각과 프림 세 스푼을 우리의 스티로폼 컵에 넣었다. 도넛도 먹었다.

"그는 좀 귀여운 면이 있어!" 페트리시아는 낄낄 웃었다. 그 말에 난 충격을 받아 당황했다.

"조가?! 너 농담하는 거지? 그 남자는 40세쯤 되었을 거야. 그는 배를 타고 온 난민이야!" 이 말은 모든 것을 설명해주는 것 같았다.

"그래도 그 남자가 좀 귀여운 것 같아", 페트리시아는 나의 부정적인 말에 난처해하며 말했다. "너는 일본인이야. 하지만 난 너도 예쁘다고 생각해."

"고마워", 난 말했다. 내가 인식하지 못했던 것에 대해 나 스스로 당황해했다. "구경하러 가자."

우리는 반팔 티셔츠에, 내가 농장에 두었던 버섯 채취할 때 신는 운동화를 신고 휴게실을 떠났다. 우리의 배는 진하지 않은 달콤한 커피로 출렁거렸다. 나는 페트리시아에게 버섯 재배실을 보여주었다. 습기 찬 어둠 속에서 조용히 웅얼거리는 소리가 났고 버섯들은 마치 동굴에 사는 생선처럼 빛을 발했다.

"와", 페트리시아는 속삭이듯 말했다. 교회 안에 있는 것처럼 말이다. "와, 나는 너희 식구들이 밭이나 온실 안에서 버섯을 재배한다고 생각했는데. 이런 곳이 아니라."

우리는 재배실 앞에 서서 습기가 벽에 응집되어 천천히 아래로 흐르는 소리를 들었다. 페트리시아는 날 멍하게 만들었고 내가 예전에 왜 조의 생김새를 전혀 알아보지 못했는지에 대해 궁금해하고 있었다. 양동이 두드리는 소리가 나자 버섯 따는 인부들이 작업실로 줄지어 들어갔다.

"오! 뮤리오! 너 버섯 따고 있었어?" 제인이 물어보았다. 그녀는 버섯 따는 책임자면서 조의 아내이기도 했다.

"아니요", 난 한숨을 쉬며 말했다. "제 친구에게 농장을 구경시켜 주는 거예요."

"어머나, 잘하고 있네. 만나서 반갑다. 나는 조의 아내, 제인이야." 제인은 말하면서 버섯으로 얼룩진 손을 내밀었다. 그녀의 손가락은 온통 버섯껍질이 들러붙어 엉망이었다.

페트리시아는 손을 내밀고 악수했다.

"만나서 반가워요. 저는 페트리시아예요. 조가 너무 잘생긴 것 같아요!" 페트리시아가 킥킥거리며 웃자, 제인은 자랑스러우면서도 쑥스러워하며 얼굴이 상기된 채 페트리시아와 함께 웃었다.

"그래, 나도 그렇게 생각해", 제인도 피식 웃으며 말했고 베트남 말로 크게 외치는 바람에 모든 일꾼들이 다 들을 수 있었다. 그들은 버섯 따는 것을 멈추고 눈에서 눈물이 뚝뚝 떨어질 때까지 계속 웃어댔다.

페트리시아는 그들과 함께 웃었고 난 제인의 작업용 전등에서 비추는 작은 원형의 빛으로부터 떨어져서 바라보고 있었다.

"멋진 친구네", 제인은 내 팔을 쓰다듬으면서 말했다. "넌 이제 그렇게 외롭지는 않겠다."

"네. 맞아요. 저도 그랬으면 좋겠어요", 나는 말했다. 난 너무 멋쩍어서 손으로 무언가를 해야만 했다. 주변에 있던 모든 사람들이 일하고 있는 동안 나만 놀 수가 없었다. 그래서 엄마가 저녁 먹으러 집에 오라는 재촉 전화를 할 때까지, 난 페트리시아와 함께 종이상자를 만들어 차곡차곡 10개를 쌓았다.

"상자 만드는 게 그렇게 나쁘지는 않네", 페트리시아는 씽씽거리는 바람 소리 너머로 크게 말했다. "돼지에게 음식을 주고 돼지 똥을 치우는 것보다는 훨씬 더 좋아. 빨리 가자."

우리는 무거운 방한 부츠를 신고 흩날리는 눈발을 지나 비틀거리며 터벅터벅 걸었다. 칼날같이 차가운 얼음은 우리의 폐부를 향해 웃음 지었다. 우리가 집에 더 가까이 갈수록 특별한 행사 때 먹는, 오븐에서 구운 햄 냄새를 맡을 수 있었다.

알다시피 나도 엄마를 가엾게 생각한다. 내 말을 오해하지는 말아라. 현관문 옆에 딱 붙어 앉아 쉬지 않고 중얼거리는 이민자 어머니가 있다면 브리지 카드놀이를 할 수 없다. 사람들이 들어와서 할머니가 그들에게 외국말을 내뱉을 거라고 누가 상상이나 했을까. 할머니는 사람들의 눈을 빤히 쳐다보면서 결코 눈길을 돌리거나 깜박거리지 않을 것이다.

마카롱이 목구멍으로 내려가는 것을 불가능하게 할 것이다. 그리고 할머니가 씽씽 불어대는 바람 소리를 되받아서 큰 소리로 떠들어대기 시작하면 기도 모임도 귀신 쫓는 의식으로 바뀔 것이다. 그래서 엄마는 선택했고 그에 따르는 결과를 감내하고 살아야 했다. 항상 엄마는 실버 스프링스에 대해 말했지만 그렇다고 할머니 짐을 싸거나 한 적은 한 번도 없었다. 그리고 엄마는 항상 할머니의 머리를 감겨드렸다. 엄마는 선과 악이 대립하는 월트 디즈니의 배역 중에서 못된 엄마 같은 존재는 아니다. 그것은 부모와 자식 간의 갈등이라는 또 다른 문제였다. 한 꺼풀의 문화 이동이 보태지면 비극은 완성된다.

그건 거짓말이다. 많은 거짓말 가운데 하나일 거다. 엄마는 완전히 다른 세상을 사는 사람이고, 난 엄마를 이해하는 것을 시도조차 할 수가 없다. 나는 여기에 앉아있고, 엄마는 저기에 앉아있고, 할머니는 어딘가 떠돌아다니고 계시지만 할머니의 중얼거리는 소리만큼은 여전히 내 귓가에 맴돌고 있다. 할머니가 안 계실 때 할머니 이야기를 썼으니, 난 내가 말하는 것에 대해 책임을 져야만 한다. 침묵을 지키고 있는 것보다는 낫다. 난 천천히 배워간다.

기억이 너무 선택적이라는 것은 정말 재미있다. 상상이 기억을 따라다니면 무엇이 어디에서 진실을 왜곡하는지 알 수가 없다. 내가 진실을 말하고 있다고 이야기하면 누구든 나를 믿을 수 있을까? 분명히 할머니는 믿을 것이다. 순간순간의 그 어떤 진실이라도 믿어 줄 것이다. 무엇을 더 바라겠는가?

난 항상 말하는 것에 굶주려 있었다. 심지어 내가 아주 어렸을 때도 그랬다. 아빠는 의견이 없는 사람이었고 엄마는 자신이 선택한 두 번째 모국어 뒤에 숨어 있었다. 언어는 어색한 반려자였기에, 내가 그렇게 혼란스러워한 것은 당연했다. 난 내가 무엇을 해야 할지 알지 못했다. 내가 언어를 꽁꽁 묶어놓고 이것을 못 본 척해야 하는 건지, 아니면 언어를 틀에다 넣고 어떤 형태를 만들어 내야 하는 건지, 난 몰랐다. 그래, 이제부터는 나도 내 주변 사람들이 그랬던 것처럼 언어를 조작하는 거야.[135] 나는 할머니가 하신 말씀을 전혀 이해하지 못했지만 할머니로부터 보고 배웠다. 그래서 지금 이해하기 시작한다. 할머니는 서로를 화합하게 하는 뭔가 다른 길을 택하셨다. 할머니는 우리들 사이에서 이야기가 형태를 갖추어 가며 살아 숨 쉰다는 것을 알려주셨다. 언어는 살아 있는 동물이니까.

그렇다고 우리 집에서 들리는 유일한 소리가 할머니 목소리뿐이라는 것은 아니다. 우리가 저녁 식사를 위해 테이블에 앉아있으면 할머니는 삶은 소고기 냄새가 싫다며 위층으로 올라가시곤 했다. 그때 엄마와 나는 이야기를 나누었는데, 때때로 아버지께서도 한두 마디 말을 거들곤 하셨다. 그러나 우리가 나눈 이야기들은 결코 오랫동안 대화를 이어갈 만한 내용은 아니었다. "학교생활은 어땠니?", "소스 그릇 좀 건네주렴"과 같은 대화들은 나의 빈약한 문화환경을 말해주는 서글픈 대체

---

135) 무라사키의 식구들은 언어를 조작하고 있다. 나오에는 영어를 구사할 수 있으나 이를 마치 모르는 것처럼 언어를 조작하고 있으며, 케이코와 신지는 캐나다 주류사회로의 정착을 위해 일본어를 거부하고 영어만 사용함으로써 언어를 조작하고 있다.

물이었다. 하지만 이러한 말들을 표현할 단어마저 없다면 어떻게 그 질문을 하겠는가?

우리가 교회에서 예배를 드릴 때 너무 과도하게 사용되는 단어들이 있었다. 그 단어들은 "더스(Thous)"[136]와 "디스(Thees)"[137]와 "현현(manifestation)"이었다. 그중에서 지금도 가장 많이 사용되는 단어[138]가 있다. 그 단어들이 쓸데없이 중요시되고 있다는 것을 난 아주 어렸을 때부터 알았다. 신은 고함치는 신이 아니라 먼지 티끌처럼 가벼운 신이었다. 완벽한 신은 없었지만 내 주변의 모든 것에는 신의 영혼이 살아 있었다. 바람이 불어도, 눈이 내려도, 대평원의 완만하고 광활한 굴곡진 대지는 지금도 변함없이 동쪽으로 뻗어있다. 귀뚜라미 우는 소리, 따스한 샘물에 있는 땅다람쥐들의 휘파람 소리, 그리고 흰이마딱새의 악쓰는 소리는 내 위에서 소용돌이치고 있다. 신들은 이기적인 죄의 악취를 풍기는 교회 의자에는 절대 머무르지 않을 것이다. 껌딱지가 붙어있는 교회 의자에는 말이다.

라이솔 목사가 엄마가 다니던 교회에 임명되었을 때 목사님은 완전히 새로운 안건을 가지고 오셨다. '여신도 건강모임'이라는 것이었는데, 목사님은 이 모임에 대해 무엇을 알고 있었을까? 유감스럽게도 80대 남성들도 당연히 몰랐을 것이다. 그 노인들은 '구원을 향한 노인회'와 내가 가장 좋아하는 '영혼의 간증회'라는 모임에 속해 있었다. 아주 어

---

136) 주격 you의 고어

137) 목적격 you의 고어

138) 현재 캐나다 교회에서 가장 많이 사용되는 단어는 '현현'이다.

린 아이들이 펠트 천을 가지고 놀기 위해 아래층에 내려가면 라이솔 목사는 누구라도 함께 이야기 나눌 것을 청하곤 했다.

"지난주 내내 신의 손길이 여러분의 삶을 어루만지는 것을 느끼셨다면 하나님의 품에서 우리와 함께, 여러분의 가족과 함께 나누십시오. 오세요. 남의 시선을 의식할 필요는 없어요. 여러분의 고통은 우리의 고통입니다. 여러분의 기쁨이 우리의 기쁨입니다. 여러분이 말하고 싶은 것이 있다면 신이 용서하지 못할 만큼 수치스러운 일은 없습니다. 만약 죄를 지으셨다면 오셔서 여러분의 죄에 맞서십시오. 그러면 형제자매인 우리들은 하나님 안에서 여러분과 우리의 모든 사랑을 나눌 것입니다. 앞으로 나오세요. 두려워하지 마세요."

목사는 많은 사람들이 상상하는 예수님의 자세로 손바닥을 밖으로 향하여 폈다. 입안에 꿀이 들어있는 양처럼 부드러운 목소리로 말했다. 그리고 모든 사람은 기다렸다. 긴장은 했으나 신랄한 분위기를 풍기는 사람들이 죄에 대해 들으려고 기다렸다. 타락에 대해 들으려고 기다렸다. '오오오, 아아아'와 같은 소리를 내며 대리 전율을 느낄 수 있기를 기다렸다. 모두들 누가 일어서는지를 보기 위하여 뒤를 돌아보기도 하고, 여기저기를 응시하며 의자에서 불안하게 움직였다. 누가 죄를 털어놓을지. 그것은 항상 나를 긴장하게 했다. 어떻게 다 큰 어른들이 이렇게 이상하고 부자연스러운 방식으로 전율을 느꼈을까. 하지만 그러한 방식은 누가 죄에 대해 말할지를 기다리게 하며 나를 뒤돌아보게 했다.

"저는―"

모든 이들의 머리가 왼쪽으로, 예배당의 한참 뒤로 돌아갔다. 그 사람은 라이솔 목사의 아내였다. 웅성웅성했고 그러다 갑작스러운 침묵이 흘렀다.

"저는– 저는–"

모든 사람이 목사 부인이 계속 말하기를 바라면서 목을 길게 뺐다.

"그래요", 라이솔 목사는 예수님께서 하셨을 만한 온화한 목소리로 말씀하셨다. "그래요, 두려워하지 마세요"

"저는 육체의 죄-죄악을 저-저질렀어요!" 목사의 아내는 말을 제대로 하지 못했다. 모든 신자들이 숨을 한번 쉬니 예배당의 모든 산소를 빨아들여 모두가 살며시 숨이 차기 시작했다. "저는 악마가 저를 유혹하고 있다는 것을 느껴요. 악마는 제가 가장 약할 때 저-저에게 다-다가오고 그리고-그리고–"

"두려워 마십시오. 우리는 심판하기 위해서가 아니라 당신을 하나님의 길로 인도하기 위해 여기에 있습니다. 우리는 당신의 가족이고 우리의 사랑은 한계가 없습니다. 여성도님, 말씀하셔서 주님과 함께 평안을 찾으세요", 목사는 아내가 아니라 낯선 사람에게 이야기하는 것처럼 온화하게 말했다.

"악마는 제가 저 자신을 만지게 해요!" 목사의 아내는 암 덩어리를 내뱉는 것처럼 말했다. 하나님 맙소사! 하나님 맙소사! 나는 생각했다. 목사의 부인은 교회가 필요한 것이 아니다. 그녀는 루스 박사의 진찰을 받아야 한다. 그는 탁월한 성 상담가였고 반드시 콘돔을 사용하게 할 것이다. 세상에!

"악마는 제가 아주 기분 좋게 느끼도록 해주고 저는 멈출 수가 없어요. 악마는 제 귀에 대고 속삭여요, '기분이 좋으면 그건 죄가 될 수 없는 거야, 안 그래? 계속해. 괜찮아. 어서 해봐.' 그래서 저는 합니다! 한다고요!" 부인은 흐느끼며 말했다. 모든 사람이 동정하며 혀를 찼으나 어떤 여성들은 무엇을 의미하는지 모른다는 태도로 의자에서 꼼지락거리고 있었다. 몇 사람이 박수를 치기 시작했으나 박수 칠 때가 아니라는 것이 명백해졌을 때 박수 소리는 약해졌다. 목사 아내의 흐느끼는 소리는 잠잠해졌고, 코에서 나오는 콧물을 닦으면서 딸꾹질하기 시작했다.

"오 하나님!" 라이솔 목사는 소리쳤다. "오 주여, 당신의 나약한 자녀들의 말을 들어주세요! 이 자녀들을 불쌍히 여겨주십시오. 육체의 욕망에 너무나 유혹받기 쉬운 당신의 육신의 자녀들입니다. 우리의 연약한 존재는 죄로 너무 더럽혀져 우리는 더 고귀한 하나님의 소명을 들을 수가 없습니다. 여성들의 나약함을 용서해주십시오. 이브의 타락이 세상의 죄로 바뀐 후에 여성들은 거의 변하지 않았습니다. 우리는 단지 주님의 영원한 사랑에 의지하여 용서를 구할 수 있습니다. 하나님 아버지, 저 자매를 용서하시고 주님의 말씀을 통해서만 얻을 수 있는 순수한 생각에 이르게 할 힘을 저 성도에게 주십시오. 주님께 간청드립니다. 예수님의 이름으로 기도드립니다. 아멘."

목사의 아내는 그녀가 받은 기도로 빛이 났고 모든 사람은 감사해하며 침을 삼켰다. 예배가 끝난 후에 '여신도 건강모임'의 리더들은 목사의 아내 주위를 둥글게 에워쌌고 그녀의 용기를 칭찬했다. 그날 신도들이 가져온 음식을 먹는 동안 많은 이야기들이 오고 갔다. 사람들은 건포도와 당근 조각이 들어있는 라임 젤리(Jell-O) 디저트가 담긴 접시를 들고 근처에 서 있었다. 사람들은 자신들의 플라스틱 포크를 마구 흔들어 댔고, 목사의 아내가 자신의 행위로 얼마나 많은 점수를 얻었는지에 대해 열띤 논쟁을 벌였다.

적어도 엄마는 그 구경거리에 동참하지는 않았다. 나는 그것에 대해, 그리스 신을 제외한 다른 신들에게 고마워할 수 있었다.

서글픈 이민자의 수많은 이야기들이 있다. 여기에 또 하나의 이야기가 있다.

헤럴드지(The Herald) 재미있는 이야기 경연대회
준우승자, 자넷 던컨

나는 캘거리 남서 지역의 초등학교 교사다. 내가 맡고 있는 반에는 다문화 출신 가정의 아이들이 많이 있고, 나 스스로 그들로부터 정말 많은 것을 배운다. 함께 가르치고 함께 배울 수 있어서 기쁘다.

올봄에 가족과 함께 일본에서 이민 온 멋진 신입 남학생이 있었다. 그의 아버지는 산요(Sanyo) 캘거리 지점으로 전근 오셨다. 우리가 켄이라 불렀던 자그마한 체구의 켄지는 꽤나 수줍음이 많았지만 수학을 정말 잘했다. 켄은 매우 빠르게 습득했고 그의 영어 실력은 날로 향상되고 있었다.

그런데, 우리는 수업을 시작하기 전에 각자 집에서 가져온 물건을 보여주고 설명하는 발표 시간을 갖곤 했는데, 켄은 몇 주 동안이나 참

여하는 것을 거부해왔다. 그러던 어느 날, 켄은 친구들과 함께 보고 싶은 것을 가져오겠다고 말했다.

아, 나는 너무 기뻤다. 나는 켄이 어떤 보물을 우리에게 보여줄지 정말 많은 기대를 했다. 난 예쁜 부채나 실크 기모노와 같은 뭔가 이국적인 것일 거라고 생각하고 있었다. 난 빨리 보고 싶었다.

그런데 다음날이 되었고, 학교 종은 벌써 울렸지만 켄은 오지를 않는다. 그러나 그가 틀림없이 오고 있다는 것을 알고 있었기 때문에, 나는 이미 9시 15분이지만 수업을 시작하지 않는다. 마침내 문에서 켄의 목소리가 들리지만 내가 문을 열기도 전에 끔찍한 냄새가 몰려온다. 내 두 눈에서 눈물이 나기 시작한다. 켄이 문을 벌컥 여니 지독한 악취가 해일처럼 밀려온다. 모든 아이들이 "오오오오오!"라고 비명을 지르고 교실 뒤로 서로 밀치며 뛰어나간다.

켄은 살아있는 스컹크를 학교에 가지고 온 것이다!

"고양이예요. 제가 새로 산 고양이예요." 켄은 숨을 깊게 몰아쉬고 있었다. 켄은 스컹크가 뿌린 지독한 냄새를 너무 많이 맡아 더 이상 냄새를 맡지 못하는 것이 틀림없었다. 다 자란 스컹크는 그 모든 왁자지껄한 소리에 공포를 느끼고 켄의 목 주변에서 웅크리고 있었다. 그러더니 꼬리를 쭉 뻗어 위아래로 흔들었다. 우리는 완전히 마비 상태였고 켄은 그 소란이 무엇 때문인지 몰랐다. 어느 모험심 많은 한 소녀가 화재경보기를 당겼다. 아이들은 비명을 지르며 밖으로 뛰쳐나갔고 전교생 모두가 줄지어 밖으로 나갔다. 켄은 스컹크를 들고나왔고 소방관들이 스컹크를 그물 안에 넣어 가져갔다. 교실 전체를 토마토 주스로 닦아내야 할 정도로 냄새가 심했다.

그날 집에 돌아와서, 난 이민 사무국에 영어 수업뿐만 아니라 야생 동식물 식별 수업도 해줄 것을 제안하는 편지를 썼다.

바 덤 범(Ba dum Bum)[139]

분명히 내게는 몇 명의 백인 친구들이 있다. 나의 가장 절친한 친구들 가운데 몇 명은 백인이다.

바 덤 범[140]

"나는 버섯이 틀림없어.
모두가 나를 어두운 곳에 놓고서
내게 말똥을 먹인다"

하 하. 중학교 때 내 남자친구는 20일 기념선물로 위의 문구가 새겨진 티셔츠를 가져왔다. 모든 글씨가 빛이 나는 매끄러운 플라스틱 재질의 글자였기 때문에 그 옷을 입고 직사광선 아래에 있으면 땀이 났다. 그 남자아이는 카우보이였다. 여전히 그럴 거다. 그가 위스키 카울리 목장에서 감독으로 있으면서 여름에는 황소를 탄다고 들은 것 같다. 한여름 내내 한 남자와 애무하며 시간을 보내지만 그 남자를 잘 알지도, 좋아하지도 않는 것은 얼마나 재미있는가. 손가락으로 페니스의 피

---

[139] 원래 웃기지 않은 농담을 웃어 달라고 할 때 치는 드럼 소리이다. 재미있는 이야기 경연대회에서 준우승한 일본 남학생에 대한 에피소드는 재미보다는 인종차별적인 서글픈 내용을 담고 있음을 알려주는 드럼 소리이다.

[140] 무라사키의 남자친구가 버섯농장주의 딸인 무라사키에게 버섯에 대한 모욕적인 문구가 들어있는 티셔츠를 선물로 준, 어이없는 상황을 드럼 소리로 표현한 것이다.

부를 느낀 첫 경험이라는 것을 기억할 뿐이다. 그 특이한 냄새도 함께.

농장에서 여름 내내 일해야만 했다. 적어도 실내는 시원했다. 적어도 건조하지는 않았다. 나는 대평원의 바람을 사랑했지만, 낮이 길어지면서 메뚜기 날개를 부스러지게 하는 몹시 건조한 열기는 사랑하지 않았다. 난 쉬는 날에도 햇빛에 누워서 코코넛 오일을 발라 갈색으로 번들거리게 만드는 것이 내 의무라고 생각했지만, 그렇다고 오래 한 것은 아니었다. 줄리와 페트리시아는 눈 위에 오이를 붙이고 몇 시간 동안 계속 밖에 누워있었다. 내 친구들은 자신들의 창백하리만치 하얀 몸을 시뻘겋게 빛나는 색으로 고르게 태웠다. 나는 그렇게 하는 것이 싫었다. 태양은 내가 읽고 있던 책의 책장을 너무 밝게 비추고 있어서 난 두통이 생겼고 코코넛의 악취도 났다. 나는 내가 아끼던 책들에 오일 지문을 남겼고, 안에 감춰진 피부가 더 밝은색인지 보려고 5분마다 일어나 앉아 어깨끈을 들어 올리며 비키니의 가슴 컵을 들춰보곤 했다. 한참 후에 골목에서 자갈 밟는 소리가 들려왔다. 몇몇 소년들이 햇볕에 울긋불긋하게 그을린 우리의 모습을 보며 지나갔다. 나는 점점 줄어드는 꽃사과의 그림자에 들러붙어서 그 나무 아래에 앉아 있곤 했다. 난 집중해서 책을 읽느라고 지나가면서 신경 쓰이게 했던 그 소년들을 보지 못했다.

내가 아빠의 버섯 농장에서 일하는 유일한 아이는 아니었다. 적어도 그해 여름 동안은 아니었다. 여름에는 학생들이 일하러 오곤 해서, 난 모든 정규직 어른들과 같이 일하는 유일한 아이가 될 필요가 없었다. 그때 잡다한 허드렛일을 하는 두어 명의 소년들이 있었다. 그 소년들이 손재주가 있었다면 지게차를 운전하는 법도 배웠을지 모른다. 몇 명의 소녀들은 여름에 쓸 용돈을 마련하기 위해 버섯을 따러 오곤 했지만 오래 머무르지는 않았다. 단조로우면서 썩 유쾌하지 않은, 그러면서 지루한 긴 시간이었다. 베트남 일꾼들의 대화에서 묻어나는 딱딱 끊어지는 이상한 어감의 말투. 너무 낯설고 거칠어서 그 소녀들은 오래 버티지 못했다. 버섯 따는 일을 하는 정규직 일꾼들은 그 소녀들이 얼마나 빨리 그만두는지 내기를 하곤 했다. 최고 기록은 2시간이었다. 사람들은 웃었다. 내가 여러 해 동안 베트남 일꾼들과 버섯을 함께 땄지만, 단 한마디도 배우지 못한 것은 얼마나 우스운 일인가. 나는 귀를 내면으로 향하게 해서 생각을 끄집어내곤 했다. 또는 아무것도 생각하지 않곤 했다.

나는 재빨리 칼로 줄기를 잘라내고 양동이에 버섯을 탕탕탕 던지면서 나만의 특별한 속도로 버섯을 따고 있었다. 갑자기 누군가의 손이 내 발목을 확 움켜잡았고 그 바람에 난 그만 칼을 떨어뜨릴 뻔하고, 걸터앉아 있던 모판에서 넘어질 뻔하기까지 했다. 난 비명을 질렀다. 소녀들이 낄낄대며 웃고 있었다.

"왜 그래! 쉬는 시간도 아니잖아! 너희들은 피트모스 흙을 준비해 놓아야 하잖아!"

"심장마비 걸리지나 마라", 밥이 말하고 다시 낄낄댔다.

"야, 바지에 오줌이나 싸지 마." 조쉬가 웃었다. "너한테 뭔가 보여줄 게 있어서 왔을 뿐이야."

"뭐라고? 죽은 비둘기 따위나 보여주려는 거야?" 나는 서 있던 세 번째 모판에서 깡충 뛰어내려 소년들과 함께 쪼그리고 앉았다. 조쉬는 두 손에 무언가를 쥐고 있었고, 처음에는 너무 어두워서 무엇인지 알 수 없었다. 나는 전등을 아래로 비추었다. 그것은 불도마뱀이었다. 나는 살아있는 불도마뱀을 이전에도 본 적이 없었고, 더군다나 이렇게 가까이에서 본 적은 더더욱 처음이었다. 전체가 검고 축축하게 습기를 머금은 탄력이 있었고, 습하게 살아가는 생명체들의 윤기 나는 부드러운 피부를 가지고 있었다. 나는 두 손을 내밀었다.

"나 잡아볼래." 내 목소리는 놀라움으로 가득 찼다.

"어어어, 너 겁나지도 않아?" 밥이 말했다.

"왜 겁나?"

"넌 정말 재미없어", 조쉬가 불평하며 말했다. "자, 조를 놀래주러 가자."

"안 돼!"

"꺼져주셔, 뮤리오. 우리는 하고 싶은 대로 할 거야."

"안 돼. 내게 불도마뱀을 줘."

소년들은 놀랐지만 난 진지했다. 밥과 조쉬는 당황해하며 그들의 어깨를 으쓱거리기만 했다. 조쉬는 불도마뱀의 꼬리를 잡고 대롱대롱 흔들면서 내 펼쳐진 손바닥에 불도마뱀을 떨어뜨렸다.

"알았어, 알았다고! 무서워하지도 않네. 바보 같은 불도마뱀 가져라", 소년들은 말했다. 그리고 작은 목소리로 "여자들이란!"이라고 중얼거리며 작업실에서 나갔다.

"너희들, 이 불도마뱀 어디서 구한 거야?" 나는 소년들이 나갈 때 큰 소리로 물었다.

"피트모스 흙 포대에서."

나는 두 손바닥으로 동그랗게 모아 쥔 불도마뱀을 바라보았다. 에 드먼턴 서부에서 피트모스 흙을 가져왔는데 불도마뱀이 어떻게 그 흙에서 살 수 있었던 걸까? 불도마뱀은 어떻게 처음부터 그 흙에 들어갔던 걸까? 나는 여름 내내 올챙이, 개구리, 가터뱀[141]을 보았지만 불도마뱀은 결코 본 적이 없었다. 땅다람쥐와 바스락거리는 까만 귀뚜라미도 보았지만, 대체 이 생명체는 어디서 온 것일까? 자신이 있어야 할 곳을 착각한 양서류일 거야. 불도마뱀은 이리저리 천천히 머리를 돌렸지만 그 동물이 쳐다보기에 전등 빛은 너무 가까웠고 또 너무 밝았다. 나는 집게손가락을 들어서 부드럽게, 부드럽게 그것의 등을 만졌다. 쓰다듬었다. 불도마뱀은 부드러웠다. 나는 불도마뱀의 촉촉하며 번들거리는 피부가 끈적일 거라고 생각했었다. 하지만 그렇지 않았다. 그것은 페니스의 피부처럼 부드러웠다.

"뭐 해, 여자애?" 조가 물었다.

나는 조가 들어오는 소리도 듣지 못했다. 단지 나는 손을 천천히 들어 올려 조가 내 손바닥에 매우 소중하게 담겨 있는 것을 보도록 했다. 조는 내 손을 아주 조금 기울였다. 그랬더니 내 전등에서 나온 빛이 그 반짝이는 도롱뇽을 더 똑바로 비추었다.

"음, 나는 이것을 캐나다에서는 처음 봐", 조가 말했다.

"저도 그래요"

---

141) 독이 없는 줄무늬 뱀

"불도마뱀 집은 매우 멀단다."

"네." 나는 분명하다는 듯이 고개를 끄덕였다. "네, 저도 그렇게 생각해요."

"일본에도 불도마뱀이 있어", 넌 멀리 떨어진 후톤 모서리 끝에서 말한다. 넌 두 다리를 브이(V)자 모양으로 하여 벽 모서리에 기댄 채 등을 대고 누워있다.

난 후톤 한가운데에 엎드려 내 검지손가락으로 보푸라기를 쓸어내고 있다.

"너도 아는 것처럼, 우리는 외출을 할 수 있어. 다른 것을 할 수도 있고. 이것은 널 가두는 올가미 같은 건 아니니까", 너는 말한다. "네가 원하면 언제든지 이야기하는 것을 멈출 수 있어."

"아니야." 똑바로 눕는 바람에 난 더 이상 보푸라기를 쓸어낼 수가 없다. 천장에서 유연하게 살랑대며 떠다니는, 먼지 낀 거미집의 긴 줄을 쳐다본다. "난 내가 원할 때 이야기를 멈출 수 없지만 넌 굳이 안 들어도 돼."

너는 한숨을 쉰다. 넌 벽에 기댄 발을 밑으로 내리고 후톤 한가운데로 대굴대굴 굴러온다. 우리는 서로 껴안고 있고 우리의 팔은 서로를 감싸고 있다. 우리는 도둑들처럼, 거지들처럼 붙어있다. 우리는 연인들처럼 붙어있다.

"아니야", 넌 말한다. "나도 듣는 것을 멈출 수 없어."

나오에

바람이 눈을 던지고 찌르고 베어버린다. 바람은 이 춥고 살을 에는 듯한 날씨에 비해서는 너무 부드러운 단어다. 하지만 맥주 세 캔을 마셔서 내 배는 따뜻하고 입언저리에는 소금맛이 아직 남아있다. 아, 몸을 갈증 나도록 하는 데는 해초 페이스트만 한 것이 없다! 나는 잠시 이곳에 앉아 내 두 눈으로 싸락눈을 쫓을 수 있지만, *치키쇼!*142) 나는 너무오래 앉아 있었다. 이미 너무 오래 앉아 있었다. 그리고 누군가 이 도랑에 있는 나를 알아보기나 할까? 내가 보이지 않는다면 차에 태워주지도 않을 테고, 그러면 난 어떤 길로 가야 할까? 거꾸로 가고 있는 건지도 몰라. 본능적인 방향 감각이 맞지 않을 수도 있으니까. *켁코 켁코!*143) 적어도 내 *후로시키*는 점점 더 가벼워지고 있으니까, 난 그것에 감사해야 해. 내가 담배를 피울 수 있다면 내 삶이 완벽해질 텐데 아쉽다. 담배를 피우지 못했던 20년은 좀 길다. 상관없다! 나는 걷고 또 걸을 것이고, 바람은 내게 세레나데를 불러줄 테니까. 난 걷고, 노래하고, 웃고, 큰 소리로 외칠 거야. 나는 내 발꿈치를 도로의 검은 빙판에 문질러서 이 나라 전국을 가로지르며 내 이름을 새겨 놓을 거야.

• • •

---

142) 젠장!

143) 됐어! 됐어!

그 여자는 몸을 앞으로 구부려 한 점의 바람에 몸을 맡긴 채 매서운 눈싸라기를 헤치며 터벅터벅 걸었다. 그녀는 등 뒤로 뒷짐을 지고 오래 걷기로 작정한 사람처럼 느리고 일정한 속도로 걸어갔다. 이따금 세미 트레일러가 그녀의 가녀린 몸을 흔들면서 먼지와 눈의 소용돌이와 함께 요란한 소리를 내며 지나갔다. 사람들은 그녀를 보지 못했거나 보려고 하지도 않았다. 하지만 그녀는 계속 걸었다. 그녀의 장화에 밟힌 눈에서 뽀드득뽀드득 소리가 났고, 바람은 그녀의 귓가에서 윙윙 불어댔다. 맥주로 가득 찬 그녀의 뱃속은 따뜻하기만 하다. 그녀가 여행한 거리는 얼음과 소리가 소용돌이치는 곳에서는 의미가 없었다. 그녀는 단지 한 걸음 한 걸음 나아갔을 뿐이다. 어디에 있는지 아무 생각이 없었지만 몸을 따뜻하게 유지하기 위해 그녀는 앞으로 계속 걸었다. 몸에서 김이 피어올랐고 그녀의 몸은 피어오르는 김에 휩싸였다. 픽업트럭 한 대가 상향등에 비친 그녀의 귀신같은 형체를 알아보고 빨간색 후미등을 깜박거리며 미끄러운 고속도로 위에서 천천히, 천천히 속도를 줄였다. 마침내 픽업트럭이 그녀의 50야드 앞에서 멈춰 섰고, 차가 후진을 시작하는 것과 동시에 그녀는 앞으로 뛰어갔다. 그녀가 픽업트럭 운전석에 다가갔을 때, 지독한 담배 냄새와 말의 땀 냄새가 풍기는 차 문이 밖으로 열렸다.

• • •

"아가씨, 타쇼오!"

아가씨라니! *아라 마 하! 하! 하!*144)

"감각이 다아 마비됐을 것이구만, 이러언 밤에 걸으니까안. 걱정돼서 하는 말이요오. 내 알 바는 아니지만 그냥 얘기해 봤소오."

*맛타쿠 콘나니 아카루이 히토토 아우노와 히사시부리다 네!*145)

"혀까지 얼어붙은 것 같구마안. 말을 할 필요는 없소오. 난 침묵에 익숙하니까안. 그냥 좀 수다를 떨고 싶은 거요오. 꽤 오오래 쉬지 않고 운전해서 얼마간 혀를 풀어줘야 할 것 같아서어. 내가 항상 이러는 건 아니요오. 아가씨가 혼자 걷고 있는 걸 보니 당신에게는 친근한 목소리가 필요할 것 같았소오. 물론 다들 외로움에 사로잡혀어 저마다 속에 감추어둔 슬픈 사연이 있겠지마안, 항상 커다란 슬픔이 있어도 무언가 좋은 일이 생기며언 그것은 늘 당신을 기분 좋게 만들 테니이, 내가 당신에게 담배나 무언가를 권할 수도 있을 것 같소마안, 당신은 일본에서 태어났소오?"

"네, 그래요."

"일본인처럼 생긴 것하고, 조수석에 타면서 담배 연기를 들이마실 때에 아가씨가 담배를 찾고 있다는 걸 눈치챘수다아, 옛소오, 한 대 피우쇼오."

나는 내 두 눈을 믿을 수가 없다! 그는 눌려서 거의 납작해진 마일드세븐 담배 한 갑을 던진다! *도 유 코토 다로?*146) 한 번도 운명을 믿

---

144) 어머나 하! 하! 하!
145) 이렇게 밝은 사람과 만나는 것은 진짜 오랜만이네!
146) 도대체 무슨 일일까?

어본 적이 없기에, 난 그가 지금 왜 내 앞에 나타났는지 의아해한다. 그리고 호기심이 생긴다.

"최근에 일본에 있었나요?"하고 나는 묻는다.

"그랬소마안."

"좋았나요?" 그가 일본에서 이제 막 돌아왔다는 것을 알게 되자 알 수 없는 무언가로 인해 내 심장이 요동을 친다. "전 당신의 눈이 일본을 아주 다르게 보았을 거라고 생각해요. 일본인으로서 내 두 눈은 뒤통수에 달려서 뒤만 볼 수 있죠. 그 눈은 이십 년 동안 잘 보이지 않았지만 그렇다고 난 바보가 아니에요. 그 바보 같은 소녀는 누구였나요? 자신의 구두를 항상 또깍 또깍 또깍거리며 그렇게 두 손을 꼬아대던 그 여자아이 말이에요. 모두들 고향이 오래전에 사라졌다는 것을 알고, 이제야 바란다고 해서 그 사실이 바뀌지 않는다는 걸 알아요. 나는 다섯 살 때까지만 고향에 있었어요. 그 이후로 계속 떠나 있었죠. 하지만 당신의 눈으로 본 것을 제게 말해주세요. 난 그렇게 현실적이지 않아서 집중해서 듣지는 못할 거예요."

"어떠언 얘길 해줄 수 있을지 모르겠수다아. 나는 대부분의 시간을 *료칸*147)과 *민슈쿠*148)에 머물면서 시골을 떠돌아다니며 보냈소오. 시끌벅적한 도쿄나 오사카와 달리 시골 사람들은 친절합디다아. 교복을 입고 자그마한 노란색 책가방을 멘 어린아이들이 나를 따라 오면서어 킥킥대며 나를 '*가이진!*149) *가이진!*'이라고 불러도오, 그게 나쁜 뜻이

---

147) 여관
148) 민박집

아니라 애들 장난이고 정말 즐겁다는 거니까아 나는 개의치 않았소오. 나는 여름 내내 또다시 그곳에 머물렀는데 더위 때문에 힘들었소오. 힘든 건 더위가 아니라 등과 얼굴로 줄곧 쏟아지는 습기와 벌겋게 변해가는 내 얼굴 때문이었지이. 내 얼굴은 여름 내내 빨개졌는데, 시뻘게진 내 얼굴과 큰 코 때문에 아이들은 나를 '*덴구!*150) *덴구!*'라고 부르기 시작했소오. 집에 도착해서 거울을 자세히 들여다보오니 아니나 다를까아 내가 전날 밤에 본 어린이 프로그램, *무카시 바나시*151)에 나오는 덴구와 닮아있어서 큰 소리로 웃었소오."

"*아라 마 하! 하! 핏타리 쟈나이 노!*152) 나도 당신을 그렇게 부를게요. 얼굴이 그렇게 빨갛지는 않지만 당신한테 너무 잘 어울려요 덴구 씨."

"격식 차릴 필요 없수다아. 그냥 덴구라고 부르소오."

"일본어 좀 하세요? 혹시 학자인가요?"

"물론이요오. 나를 보고 얘기를 좀 나누었다고 해서 그걸 알아낸다며언 당신은 통찰력이 좀 있는 거요오. 물론 아가씨가 아는 것처럼 일본어를 *스코시 다케*153) 할 줄 안다우. 재미로 일본에 있었던 건 아니구우, 공부하는 자체가 즐겁다고는 하나 공부하는 것과 산다는 것은 완전히 다른 문제이지이."

---

149) 외국인
150) 일본 전국의 심산유곡에 살면서 마계를 지배하는 요괴의 일종
151) 2012~17년 일본에서 방영된 전래동화를 소재로 한 만화영화 시리즈
152) 어머나 하! 하! 정말 딱 닮았네요!
153) 조금

"공부했던 것에 대해 말씀해주세요. 나도 한때는 학자가 되고 싶었지만 어른이 되면서 할머니가 되기로 결심했어요. 당신은 인생의 여러 가지 것들에 관심을 기울일 수 있지만 난 하나에만 집중하고 싶었거든요. 그리고 그걸 아주 잘하고 싶었어요. 나는 당신이 앞으로 수십 년 동안 만나게 될 사람 중에서 가장 멋진 할머니일 거예요."

"농담하는 게 아니구마안! 당신이 참말로 멋진 할머니라서 나는 그걸 알아차리지도 못했소오. 그렇게 할 수 있는 사람은 많지 않지이. 나는 그렇게 한 가지 일에 집중하는 사람이 아니어서 여러 가지 것들을 소일 삼아 하고 있었소오."

"그래서요?"

"그래서 뭐요오?"

"뭐라니요? 당신이 일본에서 그렇게 즐겁게 공부했던 게 뭐냐고요?"

"아아, 일본 *엔카*154)와 북미 컨트리 음악의 발전에 있어 어떤 유사성이 있는지 알아보기 위해 일본 엔카의 기원과 발전을 비교연구하고 있었소오."

"네. 난 그런 상관관계를 생각해내지 못했을 거예요. 흥미로운 아이디어네요."

"진심으로 고맙소오. 그런데 대체 가방에는 뭐가 들은 거요오?"

"맥주 말인가요?"

"옳거니, 그거 좋구마안. 그건 그렇고, 당신을 어떻게 불러주길 원

---

154) 애조를 띠는 일본 대중가요

하시오?"

"음....... *소 다 네.*155) 퍼플이라고 부르세요."

"퍼플이라고? 당신처럼 재미나고 자그마한 사람에게 따악 어울리는 구마안, 무례하게 말하려는 의도는 아니오만. 당신이 원한다면 담배 한 대 더 태워도 괜찮소오."

"네, 고마워요. 대평원의 모래바람 속에서 20년 동안 비가 오지 않는 해156)를 경험하고 나니 그 맛이 더욱 *나츠카시이.*"157)

"이십 년이 지나머언 어떤 것이든 *나츠카시이*158) 맛이 날 거요오. 나는 괜찮으니 원하는 만큼 담배를 피우쇼오."

"덴구, 당신은 좋은 사람이에요. 이제라도 당신을 만나게 되어 기뻐요. *칸파이!*"159)

그는 "*칸파이!*"하고 말하면서 그의 맥주 캔을 내 맥주 캔에다 짠 하고 부딪친다. 술을 마시자 우리의 배가 따뜻해진다. 덴구의 얼굴은 사랑스럽게 홍조를 띠기 시작한다.

"원하는 만큼 내 차에 머물러도 좋소오. 당신처럼 재미있는 히치하이커를 태운 적이 없었던 것 같소오, 엄밀히 말하자면 당신이 히치하이크를 한 건 아니지마안 당신이 계속 차에 타고 있어도오 난 괜찮소오. 눈 속을 걷는 건 어떨지 모르겠지마안 눈이 오는데 혼자 운전하는 것은

---

155) 그래 맞아요.

156) 나오에가 지난 20년 동안 담배를 피우지 못한 상황을 비유함

157) 그립군요

158) 그리운

159) 건배!

지루해질 수 있거드은. 수동기어 자동차 운전할 수 있소오?"

"물론이죠."

"이거 재미있구마안. 안다구요오?"

"고마워요, 덴구. 난 당신이 정말 좋고 너무나도 즐길 준비가 되어 있어요. 마른오징어 좀 줄까요?"

"좋수다아."

쩝쩝거리며 마른오징어를 씹는 소리와 이것을 함께 나눌 좋은 길동무. 만족한다. 예전이라면 지독히도 낡은 카우보이모자를 쓴 낯선 이의 차를 함께 타고 가는 것은 상상도 할 수 없었다. 아마 백 년 전에도, 어쩌면 내일일지도 모르겠다. 그러나 오늘은, 오늘은 괜찮다. 들어봐, 들어봐, 눈이 자동차 앞 유리를 가로지르며 트럭의 표면에서 사라지는 소리를. *후부키*160)라고 생각해. 너무나 농밀하고 짙은 회오리바람을 뒤로하고 우리 앞을 지나가는 외로운 트럭들, 그래, 전조등 불빛은 눈의 단면을 가로질러 흩어지고 하늘을 향해 밝게 비춘다. 상상해봐! 마일드세븐 담배를 피우는 카우보이이자 음악을 공부하는 학자, 덴구가 나를 태워줬었지! 그래, 오늘은 괜찮아, 정말이야. 마음과 영혼에 빛을 느낄 수 있고 그 무엇도 나의 행복을 가로막지 않는다고 느끼는 것은 너무나 근사해. 여행길 동반자를 스스로 선택할 수 있는 자유를 갖는 것. 따뜻하고 담배 냄새가 나는 픽업트럭 운전석보다 더 멋진 곳을 떠올릴 수가 없어. 말의 구수한 땀 냄새와 건초 냄새. 새로 사귄 친구와 함께 맥주를

---

160) 눈보라

마시는 것. 밖으로 나가기 위해 그 한 걸음을 내딛는 데 이십 년이라는 긴 시간이 걸렸다는 것이 우습지만, 지금까지 살면서 걸어왔던 것보다 이제 더 많이 걸을 수 있게 되었다. 지금 할 일은 한 곳에서 다른 곳으로 몸을 이동하는 것이고, 그렇게 하면 주변의 모든 것이 아주 많이 변하게 되어 새로운 눈과 귀를 가져야만 한다. 보고 듣기 위해서. 새로운 입도 가져야만 한다. 내가 변하기에 너무 늦은 건 아니다. 나는 무라사키를 남겨두고 떠나왔지만 그 아이는 자신이 있을 곳을 만들어가야 한다. 그리고 우리의 이야기는 서로 뒤엉켜 결코 변하지 않을 것이다. 그 아이는 이곳에 함께 있다. 나와 함께, 지금 이 순간조차도 말이야.

(나오에: 무라사키?

무라사키: 네, 할머니?

나오에: 그냥 네 목소리를 들어보고 싶었단다.

무라사키: 네. 할머니는 잘 지내세요?

나오에: 그래, 무라사키야. 뱃속에 맥주가 들어있고 즐거운 대화가 귓가를 맴도는구나. 나는 어떤 친구를 만났고 이제 내 몸에 온기가 도는구나.

무라사키: 기쁜 소식이네요, 할머니.

나오에: 고맙구나.)

"이런 말 하면 안 되겠지마안 당신은 혼자 꽤나 중얼거리는구마안. 내가 운전할 때 옆에 아무도 없어도오 혼자서 잠시 폭풍 수다를 떨 수도 있지마안, 당신은 완전히 다른 사람에게 얘기하는 것 같소오."

"네, 전 제 손녀딸, 다시 말해 *마고*[161]와 함께 이야기해요. '말하는 것'으로 우리가 하는 행동을 설명하진 못하겠지만. 우리는 서로의 몸이 멀리 떨어져 있는 순간에도 함께 하거든요."

"일종의 정신적인 것인지 혹은 텔레파시 같은 것인지, 난 잘 모르겠소오. 아니면 비유적으로 뭘 빗대어 말하기라도 하는 거요오?"

"조금씩 다 해당되는 것 같은데요?"

"알았소오, 알았다고요오. 이 세상에는 아주 많은 이상한 일들이 있고 나도 그럴 수 있기를 바라오오. 가끔씩 엄마와 얘기하는 것은 괜찮지마안 이것이 서로의 마음을 읽을 수 있는 텔레파시가 된다며언 엄마는 내가 원하는 것보다 더 자주 내 머릿속을 들여다보기 시작할 거요오. 엄마는 원래 그런 존재니까아, 엄마는 내가 어떤 생각을 하는지 더 많이 알게 될 테지이, 하지만 난 내가 말하기 전까지 내 생각은 나만 간직하고 싶소오, 알겠소오?"

"네, 알아요. 정확히 무슨 뜻인지 알다마다요."

---

161) 손주

"내가 지금 축 처져있는 것은 당신 때문이 아니라아 꽤 오랫동안 꼬박 운전을 해서 그런 것이고오, 맥주가 나를 졸리게 하기 때문이요오. 당신이 지루해서 그런 게 아니니 내가 하품을 하더라도 신경 쓰지 마시요오."

"내 걱정은 말아요, 덴구. 괜찮아요. 난 내 인생의 그 어떤 때보다도 지금이 훨씬 즐거운 것 같아요. 당신이 졸지 않도록 이야기 하나 해줄게요. 당신이 이런 이야기를 좋아한다면요."

"듣고 싶소오", 라고 그가 말했고, 그의 미소는 아름다웠다.

무카시, 무카시, 오무카시...

산속 깊고 깊은 숲속에, 자그마한 집에서 홀로 살아가던 *야만바*162)가 있었어요. 산 여인이었던 그녀는 아주 아주 강하고 두꺼운 팔과 *다이콘*의 뿌리처럼 튼튼한 다리를 가졌어요. 그녀는 낮에는 우엉과 *사토이모*를 심은 자신의 텃밭을 가꾸고, 밤에는 *이로리*163)의 화롯불 가에 앉아 *사케*잔을 홀짝거리고 책을 읽으면서 한가로운 삶을 살았지요. 인간들은 작고 성가셨기 때문에 그녀는 인간과 함께 있는 것을 좋아하지 않았어요. 그녀는 한가롭게 나무에 있던 새들을 바라보며 숲속에서 야생버섯을 땄어요. 그녀 혼자만의 삶은 완벽했고 그녀는 자신의 삶을 바꿔야할 필요성을 느끼지 못했어요.

---

162) 숲의 정령
163) 화로

어느 날, *야만비*는 산속, 그녀의 집에서 평소 걸었던 것보다 훨씬 더 멀리 떨어진 곳에서 길을 잃었어요. 그녀가 지나가자 나무가 흔들렸고, 그녀의 발걸음은 그녀가 지나가는 땅을 들썩이게 했어요. 그러나 그녀는 자신의 거대한 몸집에도 불구하고 조심조심 걸어갔어요. 그녀보다 작은 생명체를 밟지 않도록 조심했지요. 이 거구의 여인은 말동무를 찾고 있었어요. 그녀가 산속 집을 떠난 후로 계절이 수없이 지나갔고 그녀가 읽던 책들은 바스러져 먼지가 되기 시작했어요. 공기가 변해 있었고, 그녀는 꽤나 자주 이상한 냄새를 맡을 수 있었지만 크게 신경을 쓰지 않기로 했어요.

산을 내려올 때 그녀는 나무가 병든 것을 보았어요. 벌레가 재잘대며 윙윙거리지도 않았고, 시내는 말라붙은 채 아주 느리게 흘렀어요. 고약한 악취가 코로 들어와 담즙이 목으로 올라왔고, 그녀는 눈을 깜박거리며 눈에 맺힌 눈물을 떨구었지요. 그녀가 마주한 모든 곳에는 침묵을 배경으로 죽어가는 것들만 있었어요. 땅은 너무 피폐해져서 슬퍼할 겨를도 없었어요. *야만비*는 그녀의 발치에서 무언가 꿈틀거리는 것을 보았고, 그러자 그녀는 몸을 숙여 그것을 자세히 들여다보았어요. 한 마리의 구더기였지요.

"작은 구더기야, 이 땅에 무슨 일이 일어났는지 말해주겠니?"

"누이여, 늦었구려. 산에서 내려오는 게 늦었어요."

"초목과 물, 그리고 미풍은 어디에 있니?"

"그들은 멀리멀리 가 버렸어요. 이유는 모르겠어요. 지금 내 형제자매들이 죽은 것들의 뼈를 먹고 있어요. 더 이상 먹을 것이 없을 때 우리들도 사라져 버리겠죠"

"작은 구더기야, 말해주렴, 내 자매들은 대체 어디에 있는 거니? 내가 어울릴만한, 이 산에 살던 다른 여인들은 어디로 간 거니?"

"어제 우리가 그들의 뼈를 먹었어요. 어제 우리가 그들을 먹었다고요. 그리고 내일 우리는 누이를 먹을 거예요. 그게 구더기의 방식이거든요."

"그래, 그것이 구더기의 방식이지. 하지만 난 내일 잡아먹히지 않을 거야. 얘야, 오늘은 조금만 덜 먹으렴. 그러면 내일 너희는 나를 먹지 않아도 될 거야."

"누이의 자매들이 사라졌는데 왜 여기에 머무르려고 하나요? 누이의 말을 들어줄 사람도 없고 또 누이에게 말하는 사람도 없어서 외로울 텐데요."

"난 *야만바*고 강인해. 난 큰 소리로 외칠 거고 다시 이 대지를 일으켜 세울 거야. 듣고 싶다면 이야기 하나 해줄게."

"우리가 듣고 싶어 할 만한 이야기가 있나요? 우리는 죽은 것들의 뼈에서 꿈틀거리죠. 우리가 살아 있는 것들과 무슨 관계가 있죠?"

"너도 살아 있는 생명들 가운데 하나가 아니니?" 야만바가 조용히 물었어요.

잠시 생각한 후에 구더기는 "네, 그런 것 같아요", 라고 말했어요.

"너희가 죽어있는 것들을 먹는다면 이 순환의 끝은 너희들의 죽음이란다. 그것이 남은 전부란다."

"우리가 먹는 뼈는 단맛이 없고 쓰기만 해요. 하지만 우리는 아직 죽기는 싫어요."

"그렇다면 이리 와 봐." *야만비*는 손짓했어요. 그녀는 정적이 흐르는 땅에 누워 머리를 뒤로 기울였어요. 그녀는 거대한 입을 커다랗게 벌렸고 구더기들은 그녀 주변의 땅에서 꿈틀거렸어요. 구더기들은 하얗게 빛나는 몸으로 그녀를 덮으면서 이리저리 꿈틀대며 움직였어요. 물결치는 이불 같았지요. 구더기들은 그녀의 입속으로 뚝뚝 떨어지면서 그녀의 목구멍 아래로, 저 아래로 흘러 들어갔어요. 그리고 더 많고 많은, 훨씬 더 많은 구더기들이 죽어가는 땅에서 끊임없이 움직였어요. 구더기들은 열을 지어 계속 행진했고, 그 수가 너무나 많아서 그녀는 그들을 모두 입에 담을 수 없었지만 그들을 계속해서 들어오게 했어요. 마지막 구더기가 그녀의 입술 가장자리에서 몸을 휙 뒤집자 그녀는 한숨을 크게 내쉬더니 입을 닫고는 꿀꺽하고 삼켰지요. 그녀는 수백만의 작은 목소리들이 그녀의 뱃속에서 아우성치는 소리를 들었어요.

"빨리요! 빨리! 이 안에는 공간이 없어요! 우리는 연약해서 당신의 위벽이 우리에게 상처를 내요. 나가고 싶어요. 제발 빨리요 서둘라고요", 구더기들이 고통으로 몸부림치며 외쳤어요. *야만비*는 늘어난 무게 때문에 비틀거리며 일어났지요. 마침내 땅에서 당당하게 일어섰어요. 그녀의 발은 돌처럼 땅에 박혀있었고 그녀는 움켜쥔 *사무이*164) 두 주먹을 가슴에 대고 그녀의 커다란 가슴을 흔들었어요. 그녀가 가슴에서 거대한 하얀색 젖줄기를 짜내자, 구더기 물결이 끊임없이 그녀의 젖꼭지에서 쏟아져 나왔어요. 구더기들이 땅에 닿자 그녀의 발치에서 몸부

---

164) 차가운

림치고 부풀어 오르며 몸을 뒤집었어요. 구더기들의 몸이 점점 더 길어지고 커지면서 팔다리가 생기기 시작했지요. 손가락, 손, 다리와 발도 생겨났어요. 어떤 구더기들은 키가 크고 날씬했지만, 어떤 구더기들은 여전히 통통하고 부드러웠어요. 그들은 다 자라서 그녀 옆에서 커다란 소리로 외쳤어요. 놀랍게도 구더기들은 그녀를 엄마라고 불렀어요. *야만바*가 마지막 구더기를 그녀의 가슴에서 짜냈을 때, 연약한 피부를 가진 수많은 사람들이 그녀의 주변에 모여 있었어요.

"너희들은 약하지만, 피부가 햇볕에 그을려 멋진 갈색으로 변하면 태양이 성가시지 않게 될 거야. 어떤 아이들은 다른 튼튼한 아이들처럼 갈색 피부를 가지지 못할 수도 있어. 그러니 너희들은 서로가 서로를 잘 보살펴야만 해. 너희들이 구더기였다는 것을 명심해야 해. 주의하지 않으면 너희는 예전처럼 다시 시체를 먹게 될 거야."

*야만바*는 몹시 지쳤지만 구더기 아이들을 돌봐야만 했어요. 그녀는 혼탁한 물이 느릿느릿 흘러가는 시냇가로 가서 그 옆에 쪼그리고 앉았어요. 무릎을 꿇고 악취가 나는 시냇물에 얼굴을 담그고 커다란 입술을 오므렸지요. 그녀는 엄청난 힘으로 물을 빨아들이고, 빨아들이고, 또 빨아들였어요. 더러운 물이 그녀의 입을 가득 채웠지만 계속해서 그녀는 물을 삼키고, 또 삼켰어요. 시냇물이 마를 때까지 빨아들였어요. 물을 다 마신 후, 그녀가 천천히 움직이자 그녀의 배에서 물이 출렁거렸고 그녀는 바짝 말라붙은 강바닥에 두 다리를 벌리고 앉았어요. 그녀는 투덜거리며 쪼그리고 앉아서 물을 쏟아냈지요. 쏴아아아아아아아아. 쏴아아아아아아아아아아아아. 물줄기가 그녀의 몸에서, 그녀의 튼튼한 허벅

지 사이로 계속해서 쏴아아아아아아아아아 쏟아져 나왔어요. 그러나 그 물은 더 이상 역겹지 않았고 수정처럼 맑았어요. 그녀의 다리 사이로 달콤하고 깨끗한 물이 흘렀어요. 구더기 인간들이 맑게 반짝이며 흘러 가는 물소리에 안정을 되찾았어요. 시냇물에 그들의 손가락을 담갔지 요.

"좋은데! 물이 달콤해!" 그들은 소리쳤고 기쁨에 겨워 냇가에서 첨 벙대며 물을 튀겼어요. 작은 물방울들이 땅에 떨어지자 꽃과 나무와 섬 세한 버섯들이 땅에서 확 피어났어요. 녹음과 부드러운 새순들이 밖으 로 원을 그리며 퍼져 가면서 자라났어요. 얼마 안 있어 대지는 다시 기 운을 되찾았고 냇물은 음악처럼 흘렀지요. 구더기 아이들이 새로 얻은 몸으로 그녀 주변에서 춤을 추자, *야만비*는 미소 지었어요. 비가 내리 기 시작했어요.

"참 멋진 이야기군", 그가 손때 묻은 카우보이모자의 챙을 잡아당기며 말한다.

"고마워요."

"구더기 아이들과 *야만비*에게 그 후에 무슨 일이 일어났는지 말해 주지 않을 참이군, 그런 거요?"

"아, 그건 또 다른 이야기예요."

"그렇게 말할 줄 알았소", 라고 그가 슬픔을 과장한 채 한숨을 내쉬 며 말했다.

"*아라?*"165)

"무슨 일이요?" 그는 재빨리 내 표정을 살피기 위해 고개를 들면서 묻는다. 본능적으로 그의 발이 가속페달에서 떨어진다.

"말투가 어떻게 된 거예요?" 나는 놀란다. 그리고 혼란스럽다.

"무슨 말투 말이요?" 그가 눈살을 찌푸리며 말한다.

"발음을 길게 끄는 서부 카우보이식 억양 말이에요."

"그런 억양은 없었소. 적어도 난 느끼지 못했는데" 하고 그가 씩 웃는다.

"뭐라고요오오."

"뭐가 잘못됐소?" 덴구는 눈가에 주름이 잡히도록 웃으면서 묻는다.

"정말 이상하네요. 난 분명히, 여기서 내 귀로 당신의 억양을 듣고 있었는데 당신의 입술에는 억양이 없었던 것 같네요. 그것 때문에 우리가 귀를 통해 무언가를 여과해서 듣는 것은 아닌지 궁금해지네요. 그리고 사람들은 어떻게 자신이 들은 것이 상대방이 말한 것이라고 확신할 수 있을까요?" 내가 이 문제를 너무 오래도록 생각한다면 아마도 머리가 터져버릴 거야. 확실해!

"그렇게 야단법석을 떨지 마시오", 덴구는 자신의 모자챙을 잡아당기며 말한다. "게다가 그건 지금 중요하지 않아요. 이미 당신 머릿속에 있으니 말이오. 그건 잠시 후에 알게 되는 것만큼이나 실재적인 거니까."

"네, 당신 말이 맞을 수도 있겠네요. 마일드세븐 더 있나요?"

---

165) 어머나?

"거기 당신 발치에, 그 가방에 한 보루가 통째 있소" 하며 덴구가 고개를 끄덕거린다.

"음, 그것이 내가 모든 걸 허구로 지어낸 게 아니라는 걸 말해주네요. 그중 일부는 틀림없는 사실이니까요."

무라사키

그는 격의 없는 우아함으로 내게 요리를 해주었고, 나는 그저 테이블에 앉아서 내 옆에 있던 의자에 어색하게 발을 올린 채, 차가운 병에 든 싸구려 *사케*를 마시고 있었다. 나는 만족했다. 요리하는 것을 싫어해서가 아니라 누군가가 우아하게 요리하는 것을 보는 것은 정말 즐거운 일이었기 때문이다. 요리 수업을 들었던 난 요리하는 사람이 음식을 만드느라고 얼굴이 시뻘게져서 식재료들을 여기저기 어지럽혀 둔다는 것을 익히 알고 있다. 나는 물론, 먹는 것을 좋아한다. 그리고 그는 내게 멋진 요리를 대접해주었다. 그는 능숙한 손놀림으로 무 껍질을 벗겼고, 날카로운 식칼의 칼날을 돌려가며 당근을 장미로 변신시켰다. 나는 그의 마법 같은 솜씨에 조용히 박수를 쳤다. 그는 섬세하면서도 손쉽게 생강 피클을 종잇장처럼 얇게 썰었고, 살집이 많은 참치를 갈라서 우툴두툴한 뼈로부터 발라냈다. 칼이 오징어 속으로 너무나 얄팍하고 섬세하게 미끄러져 들어가서 오징어 살은 투명하지 않은 진주처럼 빛났다. 나는 먹었다. 신선한 해초는 너무 날 것이라 어금니 사이에서 아삭거렸고, 선홍색 참치 조각과 반짝이는 신선한 오징어는 너무 맛있고 쫀득거렸으며, 매운 겨자의 얼얼함이 코를 찡하게 했고, 머리까지 찡하게 울려서 빨리, 빨리 차가운 사케를 홀짝여야 했고, 내 얼굴은 기쁨으로 불탔다. 할머니, 난 할머니를 위해 맛보았어요.

"너 젓가락 제대로 못 잡네", 하고 그가 말했다.

"나도 알아. 난 연필도 제대로 잡지 못하는걸. 하지만 그래도 쓸 수는 있어. 먹을 수도 있고" 나는 오징어 몇 점을 *쇼유*와 *와사비*가 든 작은 종지에 찍었고 소스를 완전히 다 묻히기 위해 오징어를 뒤집었다. 오징어를 들어 내 입으로 가져갔다. 내 *하시*[166]가 조금 서툴러서 턱에 소스를 흘렸지만, 오징어는 입 안에 있었고 그건 아, 너무 맛있었다. 내가 손가락으로 턱에 묻은 소스를 닦고 있는데 그가 내 손을 잡았다. 내 손가락을 핥았다. 그는 내 손가락을 핥고, 혀로 손바닥을 미끄러지듯이 핥고, 오! 오! 날카롭게 찌르는 듯한 흥분으로 갑작스럽게 내 발꿈치를 물었고, 그의 혀와 내 손바닥, 그의 이빨이 원을 그리듯 소용돌이쳤다. 그가 피부를 부드럽게 핥았고 이빨의 가장자리, 피부의 가장자리를 아! 이빨로 스치듯 자극하고 또 자극했다. 단추들. 강렬하고 끝없는 단추들의 즐거움, 단추 구멍에서 천천히 단추가 풀렸고, 그의 손가락이 안으로 휘몰아쳐 들어와 흥분된 피부를 적시며 쓰다듬고 속삭였다. 양 손바닥이 미끄러지듯 지나갔다. 내 가슴, 내 배의 축축한 열기를 쓸어내렸다. 난 손가락으로 그의 셔츠 앞부분을 찾아내서 단추를 열어젖히고 그의 바지를 급하게 잡아당겼다. 망설일 시간이 없다. 오, 빨리, 빨리, 내 청바지를 벗어 던지고, 웃으면서 바닥에서 뒹굴었다. 그는 나와 바닥에

---

166) 젓가락

서 뒹굴었고 그가 위로, 다음에는 내가 위로, 그다음에는 그가 위로 가면서 함께 뒹굴었다. 위아래의 구분이 없어지고 다만 아찔한 쾌락의 여운이 남을 때까지 뒹굴었다. 탁자와 의자, 스시와 모든 것들이 우리 위의 공중에서 빙글빙글 돌았다.

인근 수 마일에 걸쳐 일본계 캐나다인이라고는 나 혼자뿐인 작은 시골 마을에서 성장하는 것은 힘들었다. 모두들 일본을 TV "쇼군(Shogun)"[167]에서 보았던 장소라고 생각하는 곳이었다. 할머니는 그걸 보면서 웃었다. 나는 그 프로가 좋은 이야기라고 생각했다.

우리는 레몬 진을 마시며 S자형 계곡에 주차했다. 나는 그가 서툴게 포장한 선물을 풀었고, 지금 그의 손은 내 블라우스 안에 있고 내 손은 그의 목덜미에 있다. 그에게서 다이알비누 냄새가 났다.

"티셔츠 맘에 들어?" 행크가 물었다.

"응, 고마워. 미안해, 난 우리의 20일 기념 선물을 준비하지 못했어."

"지금 뭔가 해줄 수 있잖아."

"오, 행크, 이미 말했잖아. 난 아직 깊은 관계가 되기 싫다고."

"그럴 필요까지는 없어. 성관계가 아니어도 네가 해줄 수 있는 특별한 것들이 있잖아?" 그는 반쯤 감긴 내 눈을 바라보며 물었다.

"특별한 거라니 무슨 뜻이야?"

---

[167] 1980년 제작된 일본 사무라이를 소재로 한 TV 프로그램

"알면서", 그는 난처하다는 듯이 하반신을 이리저리 움직이며 말했다. "동양식 섹스 같은 거."

"동양식 섹스가 뭔데?" 이것이 시작이었다.

"몰라. *네가* 알아야지. 넌 동양인이잖아, 아니야?" 그는 나의 둔감함, 내가 습득하지 못한 선천적인 성에 대해 짜증을 내고 있었다.

"설마", 나는 말했다. "난 내가 캐나다 사람이라고 생각하는데."

"아아, 당황할 필요 없어. 우리가 그걸 한다고 해도 아무한테도 말하지 않을 테니까."

"어떤 거?" 나는 무슨 소린지 알 수가 없었다. 그리고 행크는 보기와 다르게 정말로 좋은 사람이었다.

"있잖아. 동양식 변태적인 거. '쇼군'에 나온 것처럼."

"아, 그래", 나는 블라우스를 다시 청바지 안으로 집어넣으며 말했다.

"이봐, 어디 가는 거야?"

나는 20일 기념 티셔츠 선물을 그의 얼굴에 던졌다. 나는 내가 왜 그렇게 화가 났는지 몰랐다.

"참 나, 기가 막혀서", 나는 말했다.

"자면서 웃는 거야, 깨어 있는 거야?" 그가 물었다.

"깨어 있어." 나는 나른한 손가락으로 그의 매끄러운 가슴을 더듬으며 말했다.

"뭐가 그렇게 재미있어?"

"아, 그냥 내 첫 번째 남자친구에 대해 생각하고 있었어."

"대학생일 때?" 그를 만나기 전에 다른 남자와 얼마나 깊은 관계였는지 궁금해하는 애인의 호기심이란.

"아니야!" 하고 나는 웃었다. "중학교 때!"

"*뭐라고오오!* 맙소사, 이 지역에선 정말 빠른걸."

"그럴지도 모르지. 작은 마을이 모두 그렇다고 할 수는 없지만 대부분 이런 작은 마을에서 술 마시고 섹스하고, 기껏해야 연애하는 것 말고는 할 일이 별로 없잖아."

"첫 번째 남자친구랑 섹스는 해봤어?" 그는 턱을 손바닥에 괸 채 옆으로 누워 나를 바라보며 물었다.

"아니. 그가 날 열받게 하지 않았으면 했을지도 몰라, 그런데 날 화나게 했거든. 게다가 그는 티셔츠 보는 안목도 형편없었어. 여자친구랑 사귈 때 넌 몇 살이었어?"

"지금 내 나이." 그가 웃었다.

"귀여운 척하는 거야?"

"너에겐 절대로 안 통할 것 같은데."

"동양식 섹스하고 싶어?" 나는 동양식 몸짓으로 보일 수 있을 것 같은 포즈를 취하며 물었다.

"동양식 섹스가 뭔데?"

"몰라", 난 대답했다. "하지만 하면서 알 수 있을 것 같아."

"같이 해보자."

난, 물론, 2주 동안 모든 사람들에게 무시당했다. 내 친한 친구인 줄리와 페트리시아조차도 날 용서하지 않았다. 어쨌든 그가 나한테 선물을 사줬기 때문에.

"넌 너무 예민해", 줄리가 소리쳤다. 그녀는 내게 이야기조차 하지 않으려고 했지만 너무 화가 나서 그만 침묵을 깨고 말을 했다.

"어쨌든 뭐가 문제야? 행크가 너 때문에 너무 상심해서 아무것도 하려고 들지 않는다고! 네가 관계를 망쳤고 지금으로서는 아무도 너랑 사귀려고 하지 않을 거야."

적어도 그건 사실로 드러났다. 난 다시는 낸턴 출신의 다른 남자아이와 교제하지 않았다. 난 하이 리버나 벌칸에서 온 도시 출신의 남자아이들과 데이트를 했다. 그러나 계속 어울렸던 건 아니다. 그 사이에, 말하자면 나의 동양인 호르몬이 걷잡을 수 없이 흐르고 있었다. 카우보이의 연옥에서, 지옥 같은 농경 마을에서 자라는 것은 힘든 일이었다.

"행크한테 무슨 일이 있니? 요즘엔 전화도 하지 않고, 그 아이를 못 본 지가 족히 2주나 된 것 같구나. 이건 놀랄 일이야", 엄마가 말했다.

"소식 참 빠르네요! 뮤리엘 돈카츠와 행크 하디가 3주 전에 헤어졌어요. 탁 탁 타다다닥."

"오 뮤리엘! 그의 가족이 기독교를 믿었어도 행크는 참 좋은 아이였는데. 무슨 일 있었니?"

"엄마가 듣고 싶어 할 만한 일은 없어요."

"그런 말버릇이 어디 있니! 당연히 난 네가 어떻게 살고 있는지 신경을 써야 하는 거야! 어떤 엄마든 그럴 거야. 넌 나한테 어떤 말이든 할 수 있다는 걸 알잖니."

"엄마, 그가 나랑 동양식 섹스를 하고 싶어 했어요."

"저런, 글쎄, 성경에서는 우리가 기다려야 한다고 말하지, 음......."
엄마가 말꼬리를 흐렸다.

할머니와 나, 우리는 눈이 마주쳤고 웃기 시작했다. 엄마의 냄비와
프라이팬이 뒤에서 동시에 쨍그랑거렸다.

우리 가족이 마을에서 유일한 "동양인" 가족은 아니었다. 조와 그의 아
내 제인, 그리고 내가 잘 알지 못하는, 농장에서 일하는 베트남 출신의
많은 다른 일꾼들이 있었다. 나는 그들을 전혀 알지 못했다. 그리고 확
신하건대, 주변에는 항상 중국인들이 있었다. 메인가에서 진저 짐을 운
영하던 짐 우의 가족과 미망인 칭 부인이 있었다. 칭 부인에게는 식료
품 가게 운영을 돕던 세 딸이 있었는데, 그들은 위니펙에 있는 주유소
를 운영하고, 에드먼턴에 있는 콘도를 경영하고, 동부에 있는 법학대학
에 진학하기 위해 한 명씩 떠나갔다. 나는 칭 부인의 딸들 이름을 알지
못했는데, 그들은 내가 막 중학교에 들어갔을 때 졸업했다. 난 그들이
마을을 떠났을 때 그들이 한 일에 대해 이야기를 들었을 뿐이다. 그들
의 학급 졸업사진이 복도 벽에 걸려 있었기 때문에 그들이 나와 같은
학교에 다녔다는 것을 알았다. 두꺼운 뿔테 안경에 주름 소매가 달린
엷은 자색의 긴 원피스를 입은 사진. 수십 년 전의 것처럼 보였다. 난
내가 본 그 사진들을 전에 들었던 이야기들과 연관 지어 생각할 수가
없었다. 칭 부인의 딸들은 오래전에 떠났고 나는 그들이 지옥 같은 시

골에서 탈출한 것을 부러워했다.

짐 우 씨에게는 네 명의 자녀가 있었는데, 그의 아들 중 하나는 나보다 한 살이 많았다. 그의 이름은 셰인이었다. 셰인 우. 그리고 맙소사, 나는 카우보이 마을에서 그 이름으로 살아가야 하는 그가 불쌍했다. 아시아인의 얼굴을 가지고서 말이다. 그는 키가 작았고 그의 커다란 손발과 함께 땅딸막해서 항상 거북해 보였다. 셰인이란 이름으로 하키를 했지만, 2군 골키퍼였다. 그리고 나는 내 평생 단 한 번도, 그와 얘기해보지 않았다. 그도 나와 얘기한 적이 없었다. 공포에서 생겨난 본능으로, 난 그와 함께 있는 것이 발각되면 친구들 무리에서 왕따를 당할 거라고 생각했다. 동양인은 혼자서는 괜찮지만 집단으로 뭉칠 기미가 보이기만 하면 끝장이었다. 난 내가 일본계 캐나다인이라는 걸 자랑스러워한다고 생각했지만, 사실 난 겁쟁이였다. 셰인이 나에게 말을 하지 않았던 이유가 무엇이었는지 나는 모른다. 물어보지도 않았다.

그렇지만 우리는 내가 6학년이고 그가 중학교 1학년일 때, 딱 한 번 손을 잡은 적이 있다. 서쪽에서 먹구름이 짙게 몰려와 산기슭의 작은 언덕을 겨우 빠져나가던 6월이었다. 밤 9시경이었고, 나는 줄리네 집에서 저녁을 먹고 마을에서 자전거를 타고 집으로 가던 중이었다. 셰인은 아버지가 식당을 정리하고 가게 문 닫는 것을 도와주러 가기 위해 보도를 걷고 있었다. 하늘이 쿵쾅거리며 갑자기 어두워졌고, 우리 바로 위에서 번개가 쳤다. 바람은 미친 듯이 불었고 모래바람이 일어 자그마한 돌멩이들이 날아올랐다. 지글지글 탁! 소리가 났고 모든 가로등 불이 꺼졌다. 난 자전거에서 넘어졌다. 내가 날카롭게 소리쳤던 것 같고,

셰인이 나를 향해 걸어오다 그의 발이 내 자전거와 부딪쳐서 넘어졌다. 너무나도 깜깜해서 난 그의 얼굴을 볼 수 없었고, 그가 내게 잡으라고 내밀었던 그의 손만 보았을 뿐이다. 번개가 우리 주변의 공기를 태웠다. 내가 손을 뻗었고 그는 나를 일으켜 세웠다. 난 자전거를 잡기 위해 몸을 숙였고 오른손으로 자전거를 들어 올리며 왼손으로는 셰인의 손을 꽉 잡았다. 일식 때보다 더 어두웠고, 왜 그랬는지 모르겠지만 내가 셰인의 손을 잡아도 괜찮을 만큼 충분히 어두웠다. 비바람 속에서, 마을의 남서쪽으로 1.5마일을 걸어서 그가 나를 집으로 바래다주었다. 바람은 악마처럼 울부짖었고 내 손은 그의 손 안에, 그의 손은 내 손 안에 있었다. 그는 한마디도 하지 않았고 나 역시 아무 말도 하지 않은 채, 오른손으로 서투르게 내 자전거를 밀었다. 그는 내가 우리 집 문을 향해 가는 것을 보고 작별 인사도 없이 돌아서서 다시 1.5마일을 걸어서 마을로 돌아갔다.

셰인에게 무슨 일이 있었는지 난 모른다. 그는 고2를 마치고 나서 휴학했는데, 난 그 이유를 알지 못했다. 그의 사진은 학교 복도에도 걸려있지 않았다. 더 이상 내가 전할 만한 그의 이야기는 없었다.

(무라사키: 할머니?

나오에: *하이?*

무라사키: 할머니, 더 이상 무슨 말을 해야 할지 모르겠어요. 무엇

을 물어봐야 할지도 모르겠고요. 그게 문제가 될까요?

나오에: 아가야, 네게 어떤 대답도 해줄 수가 없구나. 난 내 대답을 막 찾기 시작했단다. 하지만 들어보렴. 이따금 내가 말하고 너는 그저 입술만 움직이면 어떨까. 그러면 네가 말하고 있는 것처럼 보일 거야.

무라사키: 멋진 생각이에요, 할머니. 고마워요.

나오에: 별말을 다 하는구나. 너도 가끔은 나한테 똑같이 해줄 수 있을 거야.

무라사키: 물론이죠, 할머니. 저도 꼭 그렇게 해드릴게요.)

할머니가 우리 집을 영원히 떠났을 때 엄마는 신경쇠약에 걸렸다. 아무튼, 진단을 받거나 공식적으로 언급된 것은 없었지만 엄마는 자신의 방에서 나오질 않았다. 엄마는 석 달 동안 침대에 있었고 한 번도 커튼을 열지 않았다. 불을 켠 적도 없었다. 난 방과 후에 엄마를 돌보기 위해 집에 머물렀는데, 내가 자발적으로 한 건 결국 하나도 없었다. 나는 고등학생이자 농구팀 선수였고 수학은 썩 잘하지 못했다. 성적을 유지하려면 학교를 빠질 수도 없는 노릇이었다. 그러나 아빠는 살면서 딱 한 번, 고집을 부렸다.

"너, 집에 있으면서 엄마를 보살펴 드리거라." 평생 한 번도 명령하지 않았던 아빠가 말이다! 아빠는 누군가의 인생에 대해 명령하는 것은 고사하고 식당에서 음식을 주문하는 것조차 못했다. 나는 커다란 충격을 받았지만 그렇다고 야단법석을 떨지는 않았다. 나는 여름방학 동안에 부족한 학업을 보충할 계획이었다. 그래서 집에 머무르면서 엄마를 돌봐드렸고 엄마가 음식을 드시게 하려고 애썼다. 엄마는 침대 한가운데에서 마치 통나무처럼 누워만 있었다. 엄마는 가끔씩 소변을 보기 위해 일어났다. 어쨌든 엄마는 바지에 용변을 보지는 않았다. 하지만 내가 어둠 속에서 침묵을 지키는 엄마와 힘겨운 시간을 보내는 동안, 내 안에 있던 뭔가가 변해갔다. 이름만 엄마였지 완전히 낯선 사람. 내가 다가서려고 결코 노력하지 않았던 관계. 난 죄책감을 느꼈다.

엄마는 소변을 보기 위해 일어났지만 목욕을 하지는 않았다. 엄마를 깨끗하게 하기 위해 나는 수건으로 엄마를 닦아줘야만 했다. 처음에는 엄마가 늘 그랬듯이 잠옷을 입었지만, 엄마를 목욕시키거나 옷을 갈아입혀야 할 때마다, 난 엄마의 몸을 받치고 엄마 머리 위로 잠옷을 벗기면서 정말, 지옥 같은 시간을 보냈다. 게다가 엄마는 거들어주지도 않았다. 엄마는 그냥 무기력하게 누워서 아무 말도 하지 않았다. 그때 마침 내게 묘안이 떠올랐다. 나는 할머니가 떠난 후 그대로 두었던 할머니 방으로 달려가 서랍을 샅샅이 뒤져서 할머니의 일본 잠옷, *네마키*를 찾아냈다. 이 잠옷은 가운처럼 만들어져서 앞부분은 몸통을 감쌌고, 옆구리에서 묶이게 되어 있어서 머리 위로 아무것도 잡아당길 필요 없이 전체를 한꺼번에 벗을 수가 있었다. 난 잠옷 한 벌을 엄마의 방으로 가져가서 들어 보였다.

"보세요 엄마, 이게 딱 좋아요! 이젠 우리가 그렇게 고생할 필요가 없어요. 엄마 옷을 갈아입히고 목욕시키는 게 더 편해질 거예요, 알았죠?" 할머니가 떠난 후, 엄마는 열흘 동안 아무 말도 하지 않았기 때문에, 난 엄마가 대답할 거라고 기대하지도 않았다.

"그...래."

나는 깜짝 놀랐다. 그러나 난 놀란 것처럼 보이지 않기 위해 애썼다.

"아빠가 오늘밤 집에 일찍 오신다고 했지만, 일꾼들이 버섯을 박스에 담고 선별하는 일만 해도 반나절이 걸릴 거예요. 내일 치누크 바람이 불 거예요. 그럴 시기거든요. 오늘 아침에 너무 추워서 아빠가 현관을 발로 차서 문을 열어야만 했어요. 현관문 밑에 얼음이 얼었거든요. 사실, 내 말은, 이런 겨울에는 집 안에 있는 게 좋다는 뜻이에요. 생각만 해도 너무 춥거든요." 나는 내 얘기가 엄마로 하여금 대화를 더 이어가게 할 수 있도록 기대하면서 재잘거렸지만, 엄마는 그 대답 이외에는 어떤 말도 하지 않았다.

"아빠, 오늘 엄마가 말했어요!" 아빠는 농장에서 돌아왔고 나는 부엌에서 치즈 마카로니를 만들고 있었다.

"정말이냐? 엄마가 뭐라고 하든?"

"엄마가 '그...래'라고 했어요."

"그게 다냐?" 아빠는 실망했다.

"그래도 대단한 거죠! 적어도 아빠는 말할 사람이라곤 자신하고 화초처럼 변해버린 엄마만 있는 이 컴컴하고 냄새나는 집에서 하루종일 앉아 있을 필요는 없잖아요! 엄마는 전문가의 도움을 받아야 할 거예요, 그렇지 않으면 딸도 미치게 만들 거라고요. 열흘이 지났고 난 엄마가 '그...래'라고 말한 게, 빌어먹을, 대단한 일이라고 생각해요!"

나는 아빠가 소리를 지르거나, 나를 흔들거나, 뭔가를 해주길 기다렸다. 열흘 동안 긴 겨울의 침묵을 경험한 후, 난 뭔가가 폭발하길 바랐다. 그러나 아빠는 아무 말도 하지 않았다. 아빠는 양팔을 활짝 벌렸고 난 난생처음 아빠의 품 안에 안겼다.

"고맙구나, 뮤리엘." 아빠가 한 말은 아빠의 가슴에서 울렸고 내 목은 짜디짠 눈물에 잠겼다.

그 후에 난 엄마가 조금이라도 말을 할 것이라고 생각했다. 천천히 차도를 보일 거야. 그러나 엄마는 다시 침묵 속으로 빠져들었고 내가 하는 어떤 말도 엄마를 다시 말하도록 만들지 못했다. 난 무기력해졌다. 다시 학교로 돌아가 주말에 파티도 가고 농구 시합에 나가는 꿈도 가져보았지만, 미래는 흐릿해 보였고 난 우울해졌다. 누군가를 우울함에서 벗어나도록 간호하는 사람의 이상적인 감정 상태는 아니었다. 집은 텅 빈 장소가 되었고, 유일한 소음이라고는 나무 바닥을 가로지르는 꿈틀대는 먼지 소리뿐이었다. 할머니의 목소리가 들리던 그 모든 시간들이 지나간 후에. 할머니의 기억, 고통, 갈망을 표현하던 언어들이 지나간 후에. 우리 집은 너무나 완벽하게 조용해서 우리의 귀는 갑작스러운 소리의 상실로 울리고 있다. 나는 생각을 내면으로, 또다시 내면으로 돌렸다.

(무라사키: 할머니! 할머니! 할머니!

나오에: *아라! 무라사카 짱?*168)

무라사키: 할머니?

나오에: *하이! 오바찬 다 요 도시타 노, 손나니 오오키나 코에 오*
*다시테?*169)

무라사키: 아, 할머니. 제가 정신을 잃은 건가요? 할머니가 하는 말
을 알아들을 수가 있어요, 그런데 어떻게 우리가 서로 소통할 수 있
는 거죠? 제가 미쳤나 봐요.

나오에: *아라,* 무라사키, 그런 말은 내가 알고 있는 사랑하는 손녀
가 하는 말이 아니란다. 세상에는 절친한 두 사람이 서로를 이해하
는 것보다 더 이상한 일들도 생기는 법이란다.

무라사키: 네, 그렇지만 시간과 공간을 초월해서요? 삶을 논하지 마

---

168) 어머! 무라사키니?
169) 응! 할머니야. 무슨 일이니, 그렇게 큰 목소리로, 무슨 일이야?

세요. 어쨌든 할머니는 돌아가셨잖아요, 아닌가요?

나오에: 당연히, 죽지 않았지! 난 아직 죽을 준비가 안 되었단다.

무라사키: 하지만 폭설은요? 살을 에는 듯한 추위와 그 밖의 것들은요? 일주일 동안 수색대가 찾아다녔지만 그 어떤 흔적도 찾을 수 없었어요.

나오에: 만약 어떤 할머니가 떠나기로 작정한다면 흔적을 지우기란 아주 쉬운 일이야. 죽다니! *맛타쿠!*170)

무라사키: 죄송해요. 하지만 할머니가 우리 모두에게 충격을 준 것은 인정하셔야 해요. 특히 엄마요. 엄마는 어떻게 해야 할지 모르는 것 같아요.

나오에: *아라.* 엄마는 괜찮은 거니?

무라사키: 아니요. 정말 안 좋아요. 신경쇠약 증세를 보이는 것 같아요.

나오에: *아라 아야.*171) 정말 미안하구나. 네가 정말 힘들겠구나. 하

170) 참 나!

지만 케이코는 더 힘들 거야. 케이코는 나보다도 마음이 강한 아이
인데 자신 안에 숨을 정도로 심하게 상처를 받았나 보구나. 무라사
키야, 네가 엄마를 도와야만 해.

무라사키: 계속 노력하고 있어요. 썩 잘하고 있진 않지만요.

나오에: 더 노력해야만 해. 엄마에게 어떤 음식을 주고 있니?

무라사키: 글쎄요, 치즈 마카로니. 핫도그. 뭐 그런 것들이요.

나오에: *맛타쿠!* 그런 음식을 먹으니 당연히 상태가 나빠지지! 생각
을 좀 해보렴!

무라사키: 아이쿠, 죄송해요, 할머니! 제가 요리하는 것을 배우거나
하진 않았거든요.

나오에: 빈정대지 말아라. 그냥 들으렴.

무라사키: 알겠어요.)

---

171) 저런

"너는 시간대를 초월해서 너무 많이 왔다 갔다 해", 넌 커피 한 잔을 손바닥에 올려놓으며 말한다. "난 무척이나 혼란스러워. 일이 어떤 순서로 일어나는 건지 정말 모르겠다고." 넌 따뜻한 커피를 입술로 가져가 후루룩 소리를 내며 마신다. 바삭바삭한 이탈리아산 비스킷을 조금씩 먹으면서 기대하는 듯이 날 바라본다.

난 홍차를 기울여 입술로 가져갔고 남아 있던 달콤하고 향기로운 우유를 핥는다. 널 무시하고만 싶다. 무가당 비스킷을 먹는 너와 너의 기대를. 그러나 그것은 무례한 일일 테고, 넌 주의를 기울이며 이성적으로 내 말을 들어왔잖아. 넌 이 이야기에 참여하고 있는 거라고.

"시간대라는 건 없어. 그건 1차 방정식이 아니야. 중간에서 시작하고 거기서부터 밖을 향해 펼쳐나가는 거야. 그건 앞뒤로 걸어갈 수 있는 평평한 표면이 아니야. 그건 엄밀히 말해 공이 아닌 공 안에 있는 것 같지만, 실제로는 수백만 개의 작은 패널들로 이루어져 있어. 그리고 각각의 패널에는 거울이 하나씩 달려있지만 그 각각의 거울은 뭔가 다른 것을 비추지. 그리고 몸을 웅크린 곳에서 고개를 돌려 위를 보거나, 주변을 둘러보거나, 아래를 보거나, 옆면을 보면 뭔가 새로운 것이나 오래된 것 혹은 잊힌 것을 볼 수 있는 거야."

"우와" 하고 넌 말한다. "와, 그건 환각 같아. 어떤 사람들은 그걸 정신착란으로 부르겠는걸."

"응, 그럴지도 모르지. 하지만 어떤 사람들은 그걸 마법이라고 부를지도 몰라."

"수리수리 마수리(Abracadabra)", 넌 말한다. "앗! 앗! 열려라 참

깨! 치 친 뿌이 뿌이!172) 내가 좋아하는 피넛버터 샌드위치야, 뚝딱 나
와라!" 넌 약간 기괴한 방식으로 두 팔을 흔들며 큰 소리로 외친다. 커
피숍의 모든 사람들이 널 바라보고 있고, 난 눈물이 날 때까지 계속 웃
는다.

---

172) 마법을 걸 때 외치는 주문

"아빠", 나는 몇 가지 과일을 잘라 그것을 요구르트에 섞으며 말했다. "오늘 아빠가 엄마를 잠시 돌봐주셔야 해요. 캘거리에서 쇼핑을 좀 해야 해서 차가 필요해요."

"농장이 바빠. 고속도로는 미끄럽고, 다른 날 가려무나."

"아빠, 전 오늘 꼭 가야겠어요."

"그래 알았다, 뮤리엘."

고속도로는 차 바퀴로부터 빙글빙글 돌며 빠르게 지나갔다. 혼자였지만 그 순간을 즐기고 있었다. 구불구불한 눈길이 도로 표면에 엉켜 있었다. 위험한 상황에서 빠르게 운전하는 스릴. 라디오에서 음악이 요란하게 쾅쾅거려서, 난 자동차의 엔진소리나 차에 부딪히는 세찬 바람소리를 들을 수 없었다.

난 경찰차가 경광등을 계속 번쩍이는 것도 알아차리지 못했고, 경찰이 내 옆에 차를 세우고 사이렌을 켤 때까지 경찰을 인식하지 못해서 너무나 놀라 갑작스럽게 그의 차선을 살짝 침범했는데, 경찰은 충돌을 막기 위해서 그만 차가 달려오는 차선으로 피해야만 했다.

"제기랄!" 하고 나는 욕을 했다. "이런 제기랄! 이런 제기랄! 이런 제기랄!" 난 속도를 늦추면서 라디오를 껐고 그 옆에 차를 세웠다.

경찰관은 순찰차에서 부츠를 번쩍이며 내렸고, 난 그의 상기된 얼굴이 원래 낯빛이길 바랄 수밖에 없었다.

"너는 참 골치 아픈 애로구나. 시속 148km로 위험하게 운전하고 있었고 공무집행방해로 체포될 수도 있다. 면허증을 소지할 정도의 나이라면 면허증이 취소될 수도 있고, 네 아빠의 머리에서 눈이 튀어나올 만큼 벌금이 나올 수도 있어. 면허증 좀 보자. 자동차 등록증하고 보험증도"

나는 아무 말도 하지 않고 단지 그에게 서류들을 건네줬다. 그는 천천히 그것을 훑어보더니 차로 돌아가 본부인지 어딘지 무전을 치면서 이따금 위를 쳐다보며 내 뒤통수를 바라보았다. 그는 불길할 정도로 늦게 돌아왔다.

"그래, 네가 뮤리엘 돈카츠구나, 흠. 얼마 전에 할머니가 실종되었다고 하더구나. 정말 안타까운 소식이구나. 이번에는 봐줄게. 스트레스까지 많이 받았던 모양이구나. 그래도 과속위반 딱지는 줘야겠다. 이런 악천후에 과속하면 안 되는 거야. 라디오만 크게 틀어놓지 않도록 주의하렴."

그러고 나서 그는 웃었는데, 나에게 과속위반 딱지를 주면서도 여전히 그는 진심으로 웃어주었다. 야비하거나 거들먹거리는 웃음이 아니라 다정하고 친근한 미소였다. 그것이 나를 정말 미안하게 만들었고, 무언가 알 수 없는 이유로 눈에 눈물이 고이기 시작해서, 난 눈물이 흐르지 않도록 눈을 계속 깜빡거려야만 했다.

그 후, 나는 차를 더 천천히 몰았고 라디오 볼륨을 줄였다. 우측 차선을 유지하며 라이트를 켰다. 차량 햇빛 가리개에 붙여놓은 지도를 확인했고 마르퀴스 드론 트레일인지 뭔지 하는 곳에서 빠져나갔다. 17번가 남동쪽에 도착할 때까지 공항 표지판을 따라가다가 우회전해서 첫 번째 사거리에서 좌회전하라고, 아빠가 말씀하셨지. 아빠가 어떻게 그곳을 알고 계셨는지 모르겠다. 어쨌든, 아빠가 거기로 식료품을 사러 가셨던 것 같지는 않은데, 혹시 가셨던 걸까? 내 말은, 우리 집에는 일본에서 보내온 할머니의 소포 이외에는 일본 음식이 하나도 없었다는 뜻이다. 아빠는 이민 생활을 하는 내내 동양 음식을 전혀 구입한 적이 없었는데, 어떻게 동양 식료품 가게를 알고 계셨던 걸까? 식료품을 사셨을까? 그리고 할머니. 어떻게 할머니는 그곳을 알고 계셨을까? "캘거리 남동쪽에 있는 동양 식료품 가게로 가거라", 라고 할머니는 말씀하신다. "아빠한테 가는 길을 물어보렴." 할머니는 외출한 것 같지는 않았다. 아니, 내가 모르는 사이에 집에서 나가셨던 걸까? 하지만, 어쨌든 내가 이해할 수 없던 것들에 대해 생각할 시간이 없다. 디어풋 트레일에서 주변 차들이 흙탕물을 튀기면서 경적을 빵빵 울려대며 마구 달렸고, 게다가 난 와이퍼 세정제도 없는 상태였다. 난 그저 안전이 최고라고 혼자 중얼거리며 사람들이 내 뒤에 너무 바짝 붙으면 급정거하기를 반복했다.

딸랑딸랑하고 소리를 내는 문, 그 소리가 혼잡한 고속도로를 달리느라 손에 땀이 나도록 스트레스를 받은 나를 안정시켜 주고 있었다. 난 문가에 서서 맡아본 적이 없는 낯선 향료 냄새를 깊게 들이마셨다. 넋이 나간 듯했다.

"안녕, 네가 샘 돈카츠 씨의 딸이로구나, 가족끼리 닮아서 알아보겠다, 만나서 반갑다." 그녀는 목에서 허벅지 중간까지 오는 흰색 앞치마를 두르고 계산대 뒤에서 꼿꼿하고 건장하게 서 있었다. 그 위로 보이는 그녀의 머리는 눈사람 같았다. 그녀는 함박웃음을 지었는데, 그녀의 치아는 살짝 굽어 있었다.

"안녕하세요", 하고 나는 말했고 딱히 할 만한 더 좋은 게 없어서 손을 약간 흔들었다. 난 놀랐다. 아빠가 여기 왔었다고? 이 가게에?

"아빠는 어떻게 지내시니? 요새 몇 주간 오시는 걸 통 못 봤구나. 조미김이 거의 다 떨어져 갈 텐데."

"아빠가 김을 드신다고요?" 입이 떡 하니 벌어졌다.

"재미있는 분이셔, 네 아빠는. 절대로 말을 많이 하는 법이 없고 오직 김만 사 가신단다. 단무지도 좀 드셔보세요, 하고 내가 말했단다. 우리 가게의 특산품인 *라멘*[73] 좀 드셔 보시라고 말했지. 그렇지만 아니, 네 아빠가 사가는 건 늘 김뿐이란다."

"엄마도 이곳에 오셨나요?" 나는 내 눈으로 보고 귀로 들어 진실이라고 생각했던 것들에 대해 의심을 품기 시작하며 물었다. "엄마도 뭔가를 샀나요?"

"내가 아는 한 그렇지 않단다. 네가 문으로 걸어 들어오는 걸 보기 전까지는 샘한테 딸이 있다는 것도 몰랐단다. 그렇지만 네가 다른 사람일 수가 없지. 넌 네 아빠의 젊은 시절 외모랑 너무 닮아있구나. 가발만 더한다면 말이야."

"와, 정말 감사합니다. 대단한 묘사군요."

"와! 하! 하! 하하!" 그녀는 큰 소리로 마구 웃어댔다. "애야! 놀리려던 의도는 아니었단다. 네 아빠는 정말 멋진 남자고 넌 관심을 끌 만한 외모를 가진 소녀란다."

"어머, 과분한 칭찬이네요."

---

[73] 라면

"와! 하! 하! 하하! 내가 도와줄 일이 있니?"

"네, 사실은. 여기 어딘가에 목록이 있어요." 나는 내 뒷주머니를 뒤져서 접혀있는 커다란 종이 한 장을 꺼냈다.

미소	타쿠완[174]
가츠오부시	쇼가[175]
와카메[176]	토푸[177]
콘부[178]	핫쿠사이[179]
미린[180]	다이콘
노리[181]	쇼유
낫토	붓카게[182]
야마이모[183]	사토이모
산마[184]	아지 노 히라키[185]

---

174) 단무지

175) 생강

176) 미역

177) 두부

178) 다시마

179) 배추

180) 요리용 맛술

181) 김

182) 가케 우동

183) 참마

184) 꽁치

이카[186]   돈카츠 소스

근메[187]   라멘

"꽤나 많은 목록이구나", 그녀가 내 어깨 너머로 쳐다보면서 내 머리를 향해 깊은 한숨을 내쉬며 말했다. "식료품이 다 떨어졌나 보구나, 그렇지?"

"모르겠어요. 할머니께서 목록을 주셨는데, 저는 이 단어들이 무엇을 뜻하는지는 알지만 그게 무엇인지는 전혀 모르겠어요."

"실어증 같은 거 아니니? 사고라도 당한 거야? 개인적인 일인 것 같구나, 그렇지. 내가 너무 주제넘게 나서는 거라면 말하렴."

"뭐라고 하셨어요? 너무 많은 것들이 머릿속에서 뒤죽박죽 대고 있어서요."

"걱정하지 말아라. 내가 도와주마."

"그런데", 갑자기 뭔가가 떠올랐다. "돈카츠 소스의 돈카츠요?"

"뭐라고?"

"그게 제 이름과 같은 돈카츠인가요?"

"몰랐다는 말이니?" 그녀가 매우 놀라워했다.

"네, 그런 것 같아요." 나는 얼굴이 더욱 달아오르는 것을 느꼈지만 그것을 알아야만 했다.

---

185) 말린 전갱이

186) 오징어

187) 쌀

"네 아빠한테 물어보는 게 좋겠구나", 그녀는 몇 개의 통조림 바닥에 가격표를 쏜살같이 붙이면서 내 얼굴을 힐끗 쳐다보며 말했다. "나는 유래 같은 것에 대해서는 잘 모른단다. 완전히 다른 의미의 글자일 수도 있고, 아니면 진짜 이름으로 변한 별명일 수도 있어."

"아빠가 기억하실지 모르겠어요. 제발 말씀해주세요. 지금 알고 싶어요." 내게 *돈카츠*의 새로운 의미는 내가 그것을 맛볼 수 있을 만큼 가까이 와 있었다.

"음, 내가 유일하게 알고 있는 *돈카츠*는 음식이야."

"맙소사", 난 또 다른 충격을 견뎌낼 수 있을지 짐작도 못 한 채 중얼거렸다.

"그건 빵가루를 입혀서 튀겨낸 돼지고기 커틀릿의 종류야."

"아, 세상에나."

"난 네 이름이 아주 독특하고 흥미롭다고 생각한단다. 어쩌면 네 친가 식구들이 식품업이나 요식업에 종사했을지도 몰라. 혹시 모르지, 네 아빠의 가족들이 그것을 발명했는지!" 그녀는 이야기를 확장해서 이야기의 주제를 훈훈하게 만들었다.

"못 견디겠어요."

"추운 겨울 저녁에 *돈카츠*를 저녁으로 먹는 것보다 더 근사한 일은 없단다. 그것은 너를 배부르게 해줄 뿐만 아니라 기가 막히게 맛도 있어서 다들 게 눈 감추듯 먹어 치우지. 누구나 *돈카츠*를 아주 좋아하니까. 아마 너도 먹어 봤을 거야."

"한 번도 먹어본 적이 없어요."

"저런!" 그녀는 깜짝 놀라면서 말했다. "아이고, 그럼 안 되지!" 그녀는 몇 안 되는 책과 잡지가 쌓여있는 선반으로 서둘러 가서 그것들을 훑어보았다. 그리고 얇고 화려한 사진이 있는 일본 요리책을 골라 그것을 그녀의 허벅지에 탁 하고 내려쳤다. 먼지가 날려서 나는 두 번이나 재채기했다.

"이거 받으렴. 그냥 주는 거야. 돈카츠 만드는 법을 배워서 한번 먹어보렴. 할머니께서 널 자랑스럽게 여기도록 해봐."

"감사합니다!" 나는 책장을 넘기면서 한 번도 먹어본 적이 없는 음식 사진들을 보고 군침을 삼켰다.

"우선 요리책을 내려놓으렴", 하고 그녀는 말했다. "네 쇼핑 목록에 있는 것들을 보여주마."

나는 쇼핑카트를 밀며 그녀의 뒤를 따라갔다. 그녀는 자그마한 농산물 코너 앞에 멈추어 서서 특정 채소들을 가리키며 그 이름들을 크게 말했다.

"다이콘." 내 팔뚝만큼이나 길고 커다란 하얀 무.

"하쿠사이." 세이프웨이에서 본 적 있는, 잎이 장식처럼 많이 달린 배추.

"쇼가." 신선한 생강 뿌리, 문자 그대로의 번역은 아님.

"사토이모." 덩이줄기가 아니라 잔뿌리가 거의 없는, 둥근 공 모양의 뿌리채소

"걱정 마라, 일단 저것들을 먹어보면 그 맛을 잊지 못할 거야." 그녀는 복도를 휩쓸고 다니며 쇼핑카트 안에 식료품들을 담았다.

"*미린, 노리, 미소..* 요리책이 도움이 될 거다. 엄마는 백인이시니?"

"아니요, 엄마가 일본 음식을 요리하지 않을 뿐이에요."

"저런, 그거참 안됐구나. 결국 먹는 것이 우리를 만든단다. 쌀은 얼마나 필요하니?"

"아, 지금은 몇 파운드 정도면 될 것 같아요."

"25파운드나 50파운드 단위로만 나온단다."

"아!" 난 나의 무지함에 당황해서 얼굴을 붉히며 말했다. "그럼 25파운드짜리로 주세요. 아빠가 항상 사 간다고 하신 게 뭐였죠?"

"조미김이란다. 따뜻한 밥에 최고지."

"그것도 좀 살게요."

"알았다. 그 정도면 목록에 있는 건 다 산 것 같구나." 그녀는 계산대에서 가격을 입력하기 시작했다. 난 당황했다. 낯설지만 친근한 음식. 아빠와 아빠의 김. 우리의 이름.

"모두 187달러 49센트란다."

"오 이런!"

"값이 올랐단다. 너도 알다시피 대부분 수입품이거든. 어쩔 수 없단다. 돈은 충분히 가져왔니?"

"전 큰맘 먹고 영화도 한 편 보고 새 청바지도 하나 살까 했는데, 안 되겠네요."

"원하면 몇 가지를 도로 가져다 놔도 돼." 그녀는 짙은 눈썹을 치켜떴다. "다시 계산해도 괜찮단다, 그렇게 바쁘진 않거든."

"아니에요, 괜찮아요. 어쨌든 어두워지기 전에 집에 가야 하니까요."

"잔돈 여기 있다. 차까지 옮기는 걸 도와주마." 그녀는 쌀자루를 한쪽 어깨에 메고 다른 쪽 팔 아래에 있던 상자 하나를 움켜잡았다. 문이 딸랑거리며 울렸다. 나는 차 트렁크를 활짝 열어 그 안에 상자를 놓았다. 아주머니가 쌀자루를 내려놓을 때 난 다시 물었다.

"그런데 아주머니 이름은 뭐예요?"

"스시란다."

이제 나는 어떤 것에도 놀라지 않는다. 난 손을 내밀었다.

"도와주신 모든 일에 감사드려요, 스시 아줌마."

그녀는 힘차게 악수하며 내 머리를 쓰다듬었다.

"*돈카츠*가 어떻게 됐는지 나중에 말해주렴."

나오에

내가 가만히 앉아 있었을 때, 씽씽 불어오는 바람을 왜 그렇게도 싫어했는지 생각하면 웃음이 나. 곁눈질만으로 사람들이 보려는 것을 눈치채는 것은 쉬운 일이라고 생각해. 그러나 인간의 몸이란 결코 객관적인 건 아니야. 항상 위험이 도사리고 있으니까. 지금은 편안해, 배에 맥주를 두둑이 채우고, 입에 담배 한 개비를 물면서, 따뜻한 트럭에 앉아 바람을 음미하기에는! 난 얼음으로 뒤덮인 고속도로를 가로지르며 쉭쉭거리는 눈발의 소리도 거의 다 들을 수 있어. 꿈틀거리며 빠르게 휙 지나가는 그 소리에 현기증이 날 정도야. 황홀해.

"덴구!"

"아이쿠, 뭐요?"

"도랑에 빠질 뻔했어요!"

"이런, 미안해요." 그는 주먹을 눈에 비빈다. "맥주를 마시지 말았어야 했는데. 놀라지 않았기를 바라오."

"내가 운전을 해야겠어요."

"확실히 수동 자동차를 운전할 줄 아는 거요?" 그가 한쪽 눈썹을 좀 더 위로 치켜뜬 채 나를 힐끗 쳐다보았다.

"물론이죠. 걱정 마세요", 나는 그의 어깨를 두드리며 말한다. "운전은 나에게 맡기고 당신은 잠을 좀 자도록 해요."

"정말 자신이 있다면 그렇게 해요. 난 피곤해서 죽을 지경이니까." 덴구는 비상 점멸등을 켠 채 저속기어로 바꾸면서 천천히, 천천히 브레이크를 밟는다. 이렇게 폭설이 휘몰아치는 동안에는 아무도 이런 상황을 알아볼 수 없을 거야. 우리 차를 들이받지 않고서는 말이야.

"이제 우리는 어디로 가죠?" 내가 묻는다. 목적지는 상관없어. 당당한 출발만이 있을 뿐이야.

"나도 모르겠소", 그가 턱을 문지르며 말한다. 우리는 멈춰 섰고 바람이 너무 강해서 트럭이 좌우로 흔들거린다. "당분간은 그냥 쭉 앞으로 갑시다." 그가 문을 열고 밖으로 나가자 얼음 같은 돌풍이 너무 빠르고 차가워서 내 콧구멍에서 탁탁! 소리를 내고, 자동차 앞 유리 안쪽이 쨍 하는 소리를 내면서 얼어붙는다. 난 미끄러지듯 운전대에 앉아 의자를 최대한 끝까지 세운다. 덴구는 내가 앉아있던 곳에 털썩하고 앉는다. 그는 두 손을 비빈다.

"앞으로 직진", 나는 이렇게 말하며 기어를 1단에 놓는다. "아주 쉽네요."

"네, 난 잘게요." 그런 후 그가 순식간에 코를 골아서, 처음에 난 그가 장난친다고 생각했다.

얼음 섞인 눈이 너무 짙게 내려서 별들의 떠들썩한 소리를 들을 수가 없다. 별들의 소리는 희미하고 산발적으로 들린다. 이 엄청난 추위와 저 높이 겹겹이 쌓인 구름층만 있을 뿐이다. 너무 어둡고 소리가 분명치 않아서 난 농가의 불빛조차 볼 수가 없다. 저쪽에 반드시 불빛이 있을 거야. 하지만 바로 앞에서, 구름에 반사되어 보이는 주황색 불빛을 본다. 도시 위를 떠도는 불빛. 이런, 이건 캘거리가 틀림없어! 모두가 찾아가는 캘거리가 틀림없어. 비행기에서 내려서 캘거리에 딱 한 번 가보았는데, 기억이 날 정도로 오래 머무른 것은 아니었다. 캘거리는 칙칙하고 희미한 주황색으로 덮여 있었는데 그것은 정상적인 색은 아니었다. 혹은 수천 척의 낚싯배가 눈 내리는 바다 위에 떠 있는 것인지도 모르지. 지금은 그게 더 기분 좋은 모습이다.

캘거리에 잠깐 들르는 것을 덴구가 좋아할까. 그는 계속 앞으로 가자는 말만 했지 쉬자는 말은 결코 하지 않았다. 난 어쩌면 돈카츠를 먹을 수 있을지 몰라. 아니야, 시간이 너무 늦어 근사한 식당은 문을 닫았을 거야. 스미티즈(역주: 술집) 같은 곳을 제외하곤 말이야. 모르겠어. 그리고 지난 이십 년 동안 내가 안 먹어본 건 없다고! 케이코, 네 기분을 상하게 하려는 건 아니지만 내 혀는 음식다운 음식에만 반응한다. 추억의 음식 말이야. 맥러드 트레일(역주: 캘거리 중심도로)은 왜 이렇지? 신호등은 계속 있고, 이런 이른 아침에도 벌써 차들이 많네. 이렇게 터무니없이 쭉 뻗은 도로가 대체 얼마나 오랫동안 계속되는 거야? 길 이름으로 붙여진 맥러드라는 사람은 분명히 이 길처럼 기골이 장대하고 시끌벅적한 사람이었을 거야. *맛타쿠!*188) 잠깐! 냄새가 나, 아주 맛있는 냄새가. 어디서 나는 냄새일까? 알겠어! 차이나타운이야. 한밤중에도 배고파하는 사람들을 위해서. 첫 새벽의 굶주린 시간들. 이 냄새가 나는 걸 보니 문을 연 식당이 한 곳은 있을 거야. 물론 음식이 똑같지 않다는 건 알지만, 맛이란 단순히 코와 혀가 연결되어 느낄 수 있는 거니까. 지금 내가 그곳을 찾아갈 수만 있다면 말이지. 그러게, 지도는 필요 없어. 창문을 내려 차이나타운의 냄새가 나를 인도하게 할 거야. 이 도시 위의 주홍빛 구름 지붕, 적어도 그건 괜찮아. 적어도 그게 공중으로 냄새가 빠져나가는 걸 막아주니까. 아아아아! 거기야. 그래, 거의 맛을 느낄 수 있어. 계속 운전해, 할멈! 저 앞에 있다구, 계속 운전해, 맥러드 트레일 도로가 끝나는 지점에 있을 거야, 분명해! 덴구는 아기처럼 잠을 자는데 이렇게 만족스럽게 코 고는 소리라니! 피곤했었나 봐, 하지만 난 그렇지 않아. 노인은 잠을 잘 필요가 없거든, 노인들은 잠을 자며 오랜 세월을 보내왔고 의지에 따라 완전히 깨어있으면서 잘 수도 있으니까. 혹은 잠을 자면서 완전히 깨어있기도 하지. 그건 하나면서 똑같은 것이 되고, 속삭인 이야기는 거의 잊히는 법이 없어. 아니지, 만약 내가 유언장을 썼다고 해도 내 유언장에는 사람들의 관심을 끌 만한 건

---

188) 아, 진짜!

아무것도 없어. *아라!* 앞에 있는 게 뭐지? 너무나 많은 경찰차와 소용돌이치는 온통 시뻘건 불빛. 사고가 난 게 틀림없어. *아라- 마*189), 아무도 안 다쳤기를. 그런데 왜 우리가 멈추어야 하지?

탁 탁 탁.

뭐야! 손전등으로 창문을 두드리다니 이렇게 무례할 수가 있나!

"창문을 여세요, 부인!" 그가 살얼음이 끼어있는 유리창에 대고 소리친다.

맛타쿠! 무슨 일인지 궁금해진다. 배가 고파서 창자가 뒤틀린다. 난 언성을 높이는 젊은이의 비위를 좀 맞춰주기 위해 창문을 조금 내린다.

"음주단속입니다, 부인. 오늘 저녁에 술 드셨습니까?"

"매너도 없어요? 손전등을 얼굴에 비춰서 우리가 당신 신분증은 고사하고 얼굴도 못 보게 해놓고, 게다가 부르는 호칭에 상대방의 동의도 없이 사람을 부인이라고 부르다니!"

"......"

"할 말이 없어요? 내가 어디선가 손전등을 봤는데, 아 여기 있네요, 자, 어때요, 맘에 들어요? 불빛으로 얼굴을 비추니 그렇게 유쾌한 건 아니죠?"

"죄송합니다, 아가씨. 하지만 트럭에서 내려 주셔야겠습니다."

"왜요, 난 아무 짓도 안 했고 당신이 무례하게 손전등으로 창문을 쳤잖아요! 사람의 눈에 그런 걸 비추면 보이는 건 점밖에 없다고요!"

"내려주십시오. 강제로 내리게 하고 싶지는 않습니다."

---

189) 어머나 세상에

"*맛타쿠!* 강제로 해보시던가. 마음대로 하세요! 마음대로 하라니깐! 얼굴을 그렇게 붉히지 마세요! 그러기 전에 당신의 머리에서 뭔가가 터져버릴 테니까. 보세요, 나 차에서 내렸다우. 이런 눈보라 속에서 내가 감기라도 걸리길 바라는 거예요?"

"이 선 위를 걸으십시오."[190] 그가 내 옆에 너무 가깝게 선 채로 말을 해서 난 그의 얼굴을 올려다보아야만 한다.

"뭐라고요?! 웃기지 말아요."

"어서 걸으세요, 안 그러면 공무집행방해로 당신을 시내로 연행해야 합니다." 그는 자신의 다리 옆쪽을 손전등으로 세게 두드리고 있다. 우리는 긴장하고 있다.

"공무집행방해는 아직 시작조차 안 했잖아요, 어째서—"

"퍼플!"

"*아라*, 덴구? 이런 소란과 불빛 속에서 잠을 잔다는 게 어렵죠. 몹시 피곤할 텐데 깨워서 미안해요. 이 젊은이와 의사소통이 되지 않아 어려움을 겪고 있어요. 당신은 다시 잠을 자도록 하고, 난 당신이 치 친 뿌이 뿌이하고 주문을 외우기 전에 돌아올게요."

"퍼플, 난 우리가 다시 출발할 수 있도록 그냥 당신이 흰색 선을 따라 걸어야 한다고 생각하오." 덴구는 걱정이 되어 그의 두 눈썹을 심하게 들썩거린다.

"안 할 거예요! 이 사람은 무례하기만 했고 단지 그가 저따위 제복

---

190) 전자식 음주측정기가 개발되기 전, 북미지역에서 한때 시행하던 음주 측정법으로 운전자가 흰색 선 위를 균형을 잃지 않고 걸어가야 한다.

을 입었다고 해서 경찰관 말을 들을 필요는 없어요."

"*무라사키, 고노 히토 노 유 코토 키카나이 토 다이헨나 코토 니 나루 요. 네? 타노무카라*"191), 덴구가 연신 웃으면서 낮은 소리로 말한다.

"좋아요, 당신이 그렇게 말한다면요. 그렇지만 난 아직도 그가 혼쭐이 나야 한다고 생각해요."

"방금 이 여성에게 무슨 말을 한 거요?" 콧수염으로 덮인 앳된 입술의 젊은 경찰관이 묻는다.

"현지 국가의 법을 준수하는 것이 중요하다고 말했소, 경관 나리."

"네, 물론이죠. 이민자들이 문제를 만들고 싶지 않다면 항상 명심해야 할 거요. 어서, 저 선 위를 걸으세요."

*치키쇼!*192) 내가 당신처럼 배려 없는 사람을 위해 선 위를 걸어야 하다니. 난 선을 따라 발가락을 내밀고, 재빨리 팔꿈치를 옆구리에 대고 두 다리를 쭉 펴면서 까치발을 한 채, 중심반경의 한 지점에 놓인 내 머리를 받침목으로 삼는다. 날아오르며 내 몸을 공중으로 도약한다. 우아하고 가볍게, 나는 내 몸이 흐릿해져서 하늘과 땅의 경계가 없어질 때까지 점점 더 빠르게 회전한다. 경찰관의 하얀 얼굴만이 달처럼 둥글게, 둥글게 회전한다. 내 두 다리는 V자 모양이었지만 너무 빨리 돌아서 마치 원이 빙글거리는 것만 같다. 내 팔꿈치는 여전히 옆구리 옆에 있고 나는 빠르고 우아하게 빙빙 돈다. 엄청난 돌풍이 밖으로 뻗어 위로 치솟은 탓에 경찰들이 쓰고 있던 모자가 모두 밤하늘로 날아오른다.

---

191) 무라사키, 이 사람이 말한 것을 듣지 않으면 큰일 날 거야. 응? 부탁이니까.
192) 젠장!

오래된 신문들, 버려진 털모자들, 벙어리장갑들이 공중으로 날아간다. 나는 가볍게 착지하고, 우아하게 까치발을 한 채 밖으로 한 발짝을 내딛는다. 가볍게 인사한다. 경찰들이 착용한 모자들이 하늘에서 부드럽게 떨어져 그들의 머리에 다시 내려앉고, 젊은 경찰관은 현기증이 나는지 눈이 빙글빙글 돌아간다. 나의 놀라운 쇼에 감동한 다른 경찰들이 살짝 환호한다. "세계 최상급 체조 선수네" 하고 그들은 중얼거리며 모자를 조금 들어 나에게 경의를 표한다. 카우보이나 영국인처럼. 뭔가 서양적인 것임에 틀림없다. 나는 단숨에 트럭으로 뛰어올라 망연자실하게 입을 벌리고 있던 덴구를 깨우고 엔진의 회전속도를 올린다. 운전하는 동안 서양식 키스를 날려주면서 말이다.

"위험한 짓을 한 거요, 퍼플. 아까 그곳에서 당신 때문에 겁이 났었소"

"덴구, 나는 아주 오랫동안 얌전하게 앉아 있었어요―만약 평소에 하던 방식을 바꾸지 않는다면 분명히, 난 영원히 그곳에 갇혀 있을 거예요. 게다가, 난 그 애송이 경찰이 맘에 들지도 않았어요. 그는 인종차별주의자의 표정을 하고 있었거든요."

"어떻게 그런 말을 할 수 있소!" 그가 놀란다.

"몰라요, 그냥 그런 느낌이 들었어요. 거의 확실해요. 그는 이해나 공감 또는 연민의 여지가 없는 듯한 표정을 하고 있었어요. 혹은 사랑도 모르는 듯한 표정이요. 입가에 띤 희미한 조소 속에 그게 숨어있었거든요. 마치 당신에 대해 알아야 할 모든 것들을 안다고 생각하면서 그가 보고 있는 것을 좋아하지 않는다고, 결코 좋아할 일도 없을 거라고 생각하는 것처럼 말이에요. 내 말은 그게 인종차별주의자처럼 보인다는 거예요. 내가 한 번도 그런 적이 없다는 말은 아니에요. 나도 예외는 아니니까요. 그것을 나 자신의 얼굴에서 찾아내기란 더 어려운 거죠. 그것을 자기 자신으로부터 찾아내려면 훨씬 더 주의를 기울여야만 해요."

"당신이 무슨 말을 하는 건지 알 것 같소. 그렇지만 그것을 일반화하지 않도록 조심해야만 해요. 이제부터 경찰과 함께 있을 때는 주의하시오, 알겠소? 그리고 묘기는 이제 그만. 사람들이 당신을 알아볼 거요. 당신이 기억되고 싶지 않다면 말이오. 하지만 당신이 아까 고속도로에서 혼자 걷고 있었던 것이, 나에게는 당신이 기억에서 벗어나려는 것처럼 보였소." 덴구는 단호해 보이지만 한편으론 아주 매력적으로 보인다.

"마치 기억에서 벗어나는 것이 가능한 것처럼 말이죠. 난 당신이 과거를 버릴 수 없다는 것을 아주 오래전에 알았어요. 그건 항상 당신과 함께하죠. 사람들이 나를 기억하라고 하세요. 차라리 몇 가지 묘기를 부릴 줄 아는 할머니로 기억되는 것도 나쁘진 않겠네요."

"대체, 그 공중제비 같은 건 어떻게 할 수 있었던 거요?"

"절대로 말하지 않을 거예요! 자, 우리는 만찬을 먹으러 차이나타운으로 갈 거예요. 제가 대접할게요."

"뭘 축하하는 거요?" 그가 웃는다.

"그게 뭔지 생각해 볼게요."

"환상적이야!" 덴구가 입에 바닷가재 살점을 가득 물고는 생강맛이 강한 크림을 입술에서 뚝뚝 흘리며 말한다. "난 이렇게 맛있는 바닷가재는 전에 먹어본 적이 없소." 그는 자신의 새끼손가락부터 엄지손가락까지 손가락을 훑는다. 동행자가 음식을 아주 맛있게 먹는 것을 보는 것은 행복하다. 난 젓가락을 사용해서 집게발에서 천천히 살점이 나오게 한다. 그런데 '젓가락'은 무슨 뜻일까? 누가 그걸 만들었을까? 세상은 뒤죽박죽이고 아무에게도 들려주지 않아 잊힌 것들로 쌓여간다. 하지만 지금은 먹자, 지금은 먹을 때니까. 말해야 할 때도 있지만 맛있게 먹어야 할 때도 있다. 먹는다는 것. 그것보다 더 근본적인 것은 무엇일까?

루비 식당. 흠, 식당이라기보다는 카페 같지만 음식은 기가 막힌다. 한밤중에 배가 고픈데 식당 문을 연 곳이 있다면 불평할 수는 없겠지. 아아, 차를 좀 마신다. 먹는다. 바삭바삭한 녹색 *가이 란*193)이 내 입맛에는 약간 쓰다. 새우, 오징어, 그리고 가리비도, 모두 다 짜고 타는 듯이 맵다. 그리고 차우멘194), 튀김 요리와 기타 소스류. 음식의 맛 때문에 내 얼굴 전체가 화끈거렸고, 이것이 20년이라는 긴 세월 동안 삶은 소고기와 마카로니를 먹은 탓에 늘 그리워했던 배의 얼얼함을 충족시킨다. 확실히, 나도 오징어와 *오센베이*를 먹던 시절이 있었다. 그리고 한번은 무라사키를 위해 *세키항*195)을 요리해준 적도 있었다. 그러나 예전에 먹었던 대부분의 음식들은 포장된 박스에서 차디찬 채로 꺼내

---

193) 배춧과 식물
194) 중국 면 요리
195) 찰팥밥

먹어야만 했다. 나는 어디부터 시작해야 할지 몰라서 내 앞 테이블에 놓인 많은 음식에 손을 뻗지도 못한 채, 따뜻한 난로의 증기에 몸을 맡긴다. 이런 음식. 그것은 내 몸보다 영혼을 성장시킨다. 난 충만함을 느낀다.

"맥주 한 잔 줄까요?" 덴구가 입술에 묻은 소금 몇 알갱이를 핥으며 묻는다.

"아니요", 나는 접시에 바닷가재를 더 얹으며 말한다. "오늘 밤에 넉 잔을 마셨고 기억도 못 할 만큼 잔뜩 취하고 싶지는 않아요. 하지만 당신은 마시고 싶으면 마셔요. 계속 운전해서 갈 거면 내가 운전해도 괜찮고요, 혹시 쉬고 싶다면 호텔은 언제라도 찾을 수 있어요."

"음, 나쁜 생각은 아닌 것 같소. 난 뭐랄까, 맥주 한두 잔을 더 마시고 싶고, 꽤 오랫동안 트럭 운전석에서 잤으니까. 샤워를 하는 것도 좋을 것 같은데."

"그럼 호텔이지요. 난 왜 지금까지 단 한 번도 호텔에 묵은 적이 없을까요! 하룻밤 사이에 너무 즐거운 시간을 보내서, 이걸 내가 다 감당할 수 있을지 모르겠어요. 돈은 좀 있어요?" 내가 묻는다.

"물론, 돈은 좀 있소만, 많진 않아요. 기름값 때문에 아껴 써야 하거든. 돈을 구걸하는 건 아니지만 가진 돈 좀 있소?"

"글쎄요, 현금이 있긴 하지만 만일의 경우를 대비해서 남겨두고 싶어요. 현금은 앨버타주를 벗어날 때까지 사용하고 싶지 않은데, 신용카드는 괜찮을 것 같아요."

"앨버타에서 현금을 사용하지 않으려는 특별한 이유가 있소?" 덴구

가 그의 카우보이모자 챙을 잡아당기려고 손을 뻗으면서 묻지만, 우리
가 탁자에 앉았을 때 이미 그는 예의 바르게 모자를 벗었기 때문에 잡
아당길 것이 없다.

"당신이 걱정할 필요는 없어요."

"당신이 곤란에 처하지 않는다고 장담한다면 그렇게 하리다", 그는
햇볕 때문에 눈을 찡그리며 걱정스럽게 말한다.

"맥주 한잔 더 해요, 덴구."

"내가 한잔 더 하더라도 개의치 마시오."

나는 먹고 마신다. 새우, 오징어, 가리비, 그리고 바닷가재가 눈앞의
접시에 쌓여 있는데 더 바랄 게 뭐가 있을까? 지금 이 순간 내 행복을
측정해본다면 내가 가장 행복한 사람일 거다. 어금니 사이에서 탁탁거
리는 바닷가재 껍질이 주는 소박한 즐거움, *하시*로 맛있는 살이 나오게
하고, 진한 파향이 나는 마늘생강 크림소스를 훑으면서, 안에 남아 있
던 육즙을 빨아먹고, 바다처럼 신선한 맛 좋은 바닷가재 살을 우적우적
씹는다. 컵에 담긴 홍차를 후루룩 소리 내어 한 모금 마시고 새우와 가
리비를 먹으려고 한다. 밥공기를 들어 마지막 남은 밥을 젓가락으로 싹
싹 비운다. 나는 무라사키를 위해 먹는다. 케이코를 위해 먹는다.

난 내가 카우보이와 호텔에 묵게 될 거라고 생각해본 적이 없다. 내가
일본을 떠나게 될 거라고 기대해본 적도 없다. 내가 결혼을 하고 이혼
을 하게 될 줄은 결코 몰랐다. 내가 다른 언어를 사용하는 딸을 낳게
될 거라고 생각해 본 적은 더더욱 없었다. 사람들은 절대 생각하지 못

한다. 결코 기대하지 않는다. 결코 알지도 못한다. 하지만 이런 일들은 여전히 일어난다.

*후부키*가 지나갔고 구름이 충분히 흩어져 달님이 이따금 얼굴을 내밀고 있다. 내가 어렸을 적 부모님과 함께 살 때, 우리가 비옥한 토지로 여전히 부자였을 때, 우리는 함께 달을 보며 특별한 만두를 먹었었다. 시게는 어머니의 무릎에, 그리고 나는 아버지의 무릎에 앉곤 했다. 그리고 어머니는 말씀하시곤 했다.

"보려무나, 어떻게 토끼가 달에서 *모치*(196)를 만들고 있는지 보렴. 교대로 쌀을 빻고 있단다."

하지만 난 달에서 토끼를 본 적이 없었다. 볼 수 있기를 바랄 뿐이었다.

캘거리 시내의 높은 건물들은 대부분 희미하다. 몇 개의 불빛들이 켜져 있을 뿐이다. 가끔, 어떤 사람이 걸어서 길을 건너고, 불이 꺼지고, 그 옆방의 불이 켜진다. 누군가 야간청소를 하고 있다. 누군가는 항상 깨어 있다. 구름이 하늘을 갈랐고, 구름이 조용히 밀려가자 주황색 가로등에 의해 희미해진 창백한 별들은 반짝거린다. 구름이 서스캐처원주를 향한 걸까? 궁금하다. 덴구는 모자를 쓰고, 부츠를 신고, 코트 단추를 목까지 채운 채 잠들어 있다. 그는 너무 피곤해서 자신이 말하지 않은 이야기의 무게를 어깨와 허리가 부러질 만큼 무겁게 짊어지고 있는 것이 틀림없다. 적어도 난 그의 꼭 죄인 발에서 부츠를 벗겨내려고 했지만 그를 깨우고 싶지는 않다. 그가 쉬도록 놔두는 게 좋겠다. 잠자는

---

196) 찹쌀떡

것을 포기할 수만 있다면 더 많은 것들을 할 수 있을 텐데 아쉽다. 일상의 근심으로부터 머리를 쉬게 할 필요가 없다면, 공상 속에서 살 수 있다면, 그리고 가냘픈 한 가닥의 잠과 불안으로 마음이 불편해지지 않을 수 있다면. 우리 주변에서 어떤 마법을 만들어낼 수 있을 것인가. 매일 아침 우리는 일상의 증오 덩어리를 대신 삼키며 그것을 쓰디쓴 커피로 씻어 내린다. *체!* 이제 그만둬! 이런 우울한 얘기는 이미 충분해. 태어났잖아. 운이 좋다면 사는 거야. 그리고 살아있는 동안, 한두 가지 일을 할 수도 있는 거야. 아닐 수도 있고. 그건 결국 본인의 몫이야. 케이코 집에 있는 그 의자에 이십 년 동안 처박혀 지낸 다음에, 비로소 난 한두 가지 일을 시작할 준비가 된 것 같다. 네가(역주: 나오에) 나이를 먹었을지는 모르지만 그것이 네게 준비된 계획이 없다는 뜻은 아니야. 눈을 너무 천천히 깜빡이지 말자.

무라사키

내가 집에 돌아왔을 때, 날은 이미 어두워져 있었고 말라비틀어진 케첩이 묻은 접시가 바닥에 놓인 채로, 아빠는 텔레비전 앞에서 잠들어 계셨다. 난 2층 엄마 방으로 올라가 플러그를 꽂아 취침등을 켰다. 엄마는 적어도 눈은 뜨고 있어서 아직 깨어있는 듯했고, 엄마 무릎에 있던 쟁반에는 차가운 스크램블 에그가 한 접시 놓여 있었다. 케첩이 옆에 있었고 두 조각의 토스트가 얇은 껍질처럼 딱딱하게 굳어 있었다.

"음, 할머니 말이 맞아요. 엄마가 이런 음식을 먹고 절대 좋아질 리

가 없죠. 이 음식은 정말 쓰레기 같아요. 걱정 마세요, 엄마. 할머니가
조언을 해주셔서 저는 스시란 이름의 어느 아주머니를 만났는데 글쎄,
아빠가 벽장에 김을 숨겨두고 드신대요. 삶은 더 좋아지기 마련인가 봐
요."

엄마는 움직이거나 눈을 깜빡이진 않았지만 난 기분이 좋아졌고 엄
마도 그럴 거라는 것을 알았다. 난 쿵쾅거리며 계단을 내려가 모든 식
료품들을 꺼냈다. 소시지와 막대형 치즈, 남은 감자 샐러드를 쓰레기통
에 버렸다. 내가 좋아하던 많은 식료품들을 조심스럽게 치워버렸다. 난
주방의 모든 전등을 탁하고 켜고 나서 라디오를 틀었다. DJ의 감미롭
게 흥얼대는 소리가 내 마음을 안정시켰고, 여전히 나는 텅 빈 우리 집
에서 식구들 목소리를 찾았다. 그리고 주방 탁자에 앉아 요리책을 읽기
시작했다.

돈카츠 (빵가루를 입혀 튀긴 돼지고기 커틀릿) *그건 사실이다.*

부엌 조리대 사방은 온통 빵가루 천지였고 내 발밑에서도 바스락거
리며 밟혔다. 난 얼굴이 시뻘겋게 달아올랐고 밤 11시 45분, 내 생애
최초로 돼지고기 조각을 기름에 튀겼다. 분명히 **돈카츠**는 얇게 자른 생
양배추와 함께 담아내는데, 난 세 개의 접시를 준비해서 그 한쪽에 양
배추를 올려놓았다. 이름의 첫 글자 t를 계속 대문자로 썼고, 그것이 우
리 이름이라는 생각을 계속했다. 튀기는 건 끔찍했다. 난 얼마나 익었
는지를 몰랐기 때문에, 처음 두 개는 너무 빨리 꺼내서 겉은 튀겨졌지

만 안쪽 고기는 여전히 선홍빛으로 피가 흘렀다. 기생충이 있을지 몰라서 두려웠다. 그래서 나는 그것들을 다시 기름에 넣었는데, 시간이 너무 지나는 바람에 겉에 입힌 빵가루가 눅눅해져서 모두 다 떨어졌다. 나는 기름을 자갈길에 버리기 위해 밖에 나가야 했고 처음부터 다시 시작해야만 했다. 두 번째는 너무 오래 튀겨서 생가죽보다 더 질겨졌다. 그러나 그때 난 돈카츠가 익지 않았을 때는 가라앉았다가 익으면 떠오른다는 것을 알게 됐으니 헛된 노력은 아니었다. 이것은 무엇을 의미할까?

세 번째 덩어리들이 금빛으로 가볍게 떠올랐고 고기는 딱 적당하게 익었는데도 부드러웠다. 그리고 내가 열심히 요리하는 동안 지나간 자리마다 빵가루가 날아다녔고, 아빠는 자신의 고향과 너무나도 가까운 어떤 꿈을 꾸고 있어서 그 음식의 달콤함에 젖어 있었다. 아빠는 명한 채로 일어나서 음소거 상태의 텔레비전을 껐다. 아빠는 케첩이 말라붙은 접시를 집어 들어 개수대에 갖다 두었다. 나는 내가 어지럽힌 지저분한 접시들을 모두 설거지하고 물기를 닦아 치웠다. 내가 몸을 돌려 아빠를 보았을 때, 아빠는 무릎에 손을 포갠 채 부엌 식탁에 앉아 있었다. 아빠는 포크와 나이프, 그리고 돈카츠 소스 병으로 식탁을 차렸다. 삼 인분의 상차림이었다. 내가 만든 *미소국*은 너무 오래 끓여서 미역이 거의 다 녹아 있었지만 그래도 국그릇에 담았다. 밥을 세 공기 뜨고 작은 접시에 시큼한 냄새가 나는 노란색 *타쿠완*을 놓았다. 난 자랑스럽게 내가 직접 만든 금빛 돼지고기 커틀릿을 얇게 썬 양배추와 함께 접시에 담았다. 새벽 1시 53분이었다. 웃긴 걸, 우리 이름과 같은 걸 먹을 거라니, 하고 나는 생각했다.

"엄마, 엄마, 저녁 식사가 준비됐어요", 난 위층을 향해 소리치며 행운을 빌었다. 침묵. 그러고 나서 마룻바닥이 삐걱거렸다. 느릿하고 머뭇거리는 발걸음이 방 밖으로, 복도 아래로, 그리고 계단 아래로 이어졌다. 할머니의 *네마키*를 입은 엄마는 마치 꿈을 꾸고 있는 여자 같았다. 몽유병 환자. 엄마가 계단 아래에 도착했을 때 나는 손을 내밀었고 엄마는 내 손을 잡았다. 우리는 함께 식탁으로 걸어갔다. 엄마는 앉기 전에 잠깐 멈추었고 엄마 앞에 놓인 음식을 바라보았다.

"*하시*는 어디에 있지?" 엄마가 물었다. "젓가락." 엄마의 목소리는 오랫동안 말하지 않아서 갈라졌다.

"젓가락은 없어요", 난 부드럽게 말했다. "젓가락이 있었던 적은 없었어요, 엄마. 그냥 포크랑 칼로 드세요, 알았죠?"

"잠시 기다려라." 밖에 눈이 내리고 있는데도 아빠는 양말 바람으로 밖으로 달려 나가 양손에 나뭇가지를 가지고 한걸음에 돌아왔다. 아빠의 얼굴은 자랑스러운 미소로 가득했다. 아빠는 의자에 앉아 재빠르게 야전용 다용도 칼을 꺼냈다. 아빠는 나뭇가지를 깎기 시작했고, 손에 든 나뭇가지가 매끄러워질 때까지 나뭇가지에 있는 작은 옹이와 잎 자국을 칼로 제거했다. 아빠는 나무껍질과 나무 조각들을 부엌 바닥에 온통 털어냈으나, 엄마는 아빠가 두 번째 나뭇가지를 매끈하게 만들어 엄마의 손에 쥐여줄 때까지 한마디도 하지 않고 기다리기만 했다. 아빠는 엄마에게 손수 만든 *오하시*를 건네주었고 엄마는 고맙다는 표시로 고개를 끄덕였다. 엄마는 *미소국*을 담은 그릇을 입술로 가져가서 후루룩 마셨다! *즈루 즈루즈루 즈루즈루.*197) 엄마는 장국을 후루룩 소리를 내며 마셨고 나는 너무나 놀랐다. 아빠는 계속 나뭇가지를 깎았고 두 벌의 젓가락을 더 만들었다.

"아, 저도 아빠한테 드릴 게 있어요." 난 냉장고로 달려가 조미김이 든 작은 단지를 꺼냈다. 뚜껑을 열어 그것을 아빠 앞에 놓았다.

"고맙구나", 하고 아빠가 말하며 내게 젓가락을 집어주었다. 젓가락은 내 손에서 어색하게 느껴졌고 난 그것을 제대로 잡을 수가 없었다. 입으로 음식을 가져갈 수도 없었다. 아빠는 너무 집중해서 밥공기 위에 김을 수북하게 쌓아 올리는 중이라 이런 내 처지를 눈치채지 못했다. 엄마는 *미소국*에서 고개를 들어 나를 바라보았다. 엄마는 자신의 포크와 나이프로 내 고기를 잘라주었고, 내 돼지고기와 양배추에도 돈카츠 소스를 골고루 조금씩 뿌려주었다. 엄마는 내가 두 손으로 이리저리 돌리고 있던 젓가락을 빼앗아 움켜쥔 내 손을 폈다. 그리고 젓가락의 두툼한 끝부분을 내 손바닥에 놓고 그 위에 주먹을 쥐듯 내 손가락을 감쌌다. 엄마가 내 손목을 90도로 구부리자 젓가락 끝이 바로 아래로 향했다. 나는 뻣뻣하고 어색하게 접시 위에서 했던 단순한 찍는 동작만 할 수 있었다. 엄마가 날 놀리는 건가 싶어 나는 엄마의 얼굴을 올려다보았다.

"어서 먹으렴. 어린아이처럼." 엄마의 목소리는 너무 탁하고 무미건조해서 알아들을 수가 없었다. "그렇게 먹으렴."

나는 천천히 고개를 끄덕였고 무언가 이해하기 시작했다. 나는 아

---

197) 후루룩 후루룩 후루룩

빠를 힐끗 보았고, 아빠도 자신의 포크와 나이프로 돼지고기 커틀릿을 잘랐다. 어느새 아빠는 지휘자처럼 손쉽고 우아하게 젓가락을 잡고 마치 제비처럼, 물고기처럼, 재빠르면서도 자연스럽게 젓가락질을 했다. 그리고 엄마도 마찬가지였다. *오하시*는 엄마의 손에 잘 맞았다. 그럼에도 불구하고 나는 그게 아니라고 믿었었다. 나는 접시를 향해 *하시*를 손에 쥐고는 젓가락 끝으로 고기 한 조각을 찍었다. 긴장된 상태에서 그것을 입으로 가져가 망설이면서 한 입 베어 물었다. 빵가루가 바삭거렸고, 돼지고기는 연하면서도 살이 단단했으며, 소스는 톡 쏘면서 짭짤했다. 맛있었다! 기뻐하며 한 조각을 통째로 입에 넣고 씹었다. 밤과 새벽 사이의 무거운 침묵 속에서 *돈카츠*를 먹는 것은 이상한 조합이었다.

포옹도 입맞춤도 없었고, 내 탓이라는 말도 없었다. 마치 우리가 말하지 않은 모든 것들이 일순간에 터져 나와 우리의 과오를 서로 용서라도 하는 것처럼, 그렇게 갑자기 말문이 트인 것도 아니었다. 우리는 앉아서 조용히 먹기만 했다. 아무도 말하지 않았고 단지 입술과 혀로 입맛 다시는 소리만 냈다. 우리는 누군가 *돈카츠* 소스가 부족한 것처럼 보일 때마다 그것을 건네주었다.

하지만 엄마나 나에게는 변화의 시간이었다. 아마 우리 둘 모두에게 그랬을지도 모른다. 우리는 매일 자정 무렵에, 내가 일본 요리책을 보고 만든 음식과 아빠가 나뭇가지로 만든 *오하시*로 저녁을 먹었다. 엄마는 천천히 말을 되찾았고, 아니 어쩌면 내가 엄마의 말을 듣기 시작했는지도 모르겠다. 다음날 엄마는 일어나지 않았고, 엄마가 할 거라고 생각했던 집 안 청소를 시작조차 하지 않았다. 엄마는 하루 종일 침대에 누워 혼자 중얼거리면서 가끔씩 웃었다. 엄마가 웃는 소리를 듣는 건 기분 좋은 일이었다. 난 집안일을 꾸려가고 업무상 걸려온 전화를 받기 위해 여전히 집에 있었다. 그러나 사실은 엄마의 낭랑한 웃음소리를 듣기 위해서였다.

(무라사키: 할머니.

나오에: *하이?*

무라사키: 엄마가 좋아지고 있어요.

나오에: 아, 그 말을 들으니 너무 기쁘구나.

무라사키: 게다가, 전 일본 요리도 만들고 있어요.

나오에: 애야. 할머니는 너무 행복하구나. 그래, 일본 음식을 요리하는 게 좋으냐?

무라사키: 네, 좋아요. 그런데 할머니?

나오에: *하이?*

무라사키: 할머니는 엄마의 웃음소리가 듣는 사람의 마음을 따뜻하게 해주고 감동시킨다는 걸 알고 계셨어요?

나오에: 예전에는 알았었지.

무라사키: 전 이제서야 알아가고 있어요.

나오에: 엄마한테 귀 파달라고 부탁해보렴.

무라사키: 뭐라고요?!

나오에: 무라사키야, 그냥 엄마한테 부탁해보렴.

무라사키: 더러워요!

나오에: 그냥 부탁해봐.

무라사키: 알았어요.)

　"엄마", 나는 좀 당황하기도 했지만 동시에 호기심을 느끼면서 침대 모서리에 앉아 엄마에게 부탁했다. "귀 청소 좀 해주실래요?" 난 엄마가 무슨 말을 할지, 무슨 행동을 할지 궁금해하며 엄마의 얼굴을 바라보고 있었다. 엄마는 넋이 나간 듯했다.

"할머니 방에 가서 바느질 상자 맨 밑에 있는 *미미카키*를 찾아오렴", 엄마는 햇빛이 안으로 들어오게 하기 위해 엄마 방의 커튼을 끈으로 고정시키며 말했다. 난 할머니가 떠났을 때와 똑같은 상태로 있는 할머니 방으로 뛰어 올라갔다. 할머니의 반짇고리는 2×4인치 크기로, 집에서 만든 침대 머리 선반에 있었다. 나는 침대에 앉아 그 안을 유심히 살펴보았다. 실타래와 반짝이는 바늘 쌈지, 각기 다른 단추와 뜨개실, 그리고 천 조각이 든 주머니가 하나 있었다. *미미카키*를 찾으면서 그것이 무엇일지 그리고 그것을 보면 내가 알아볼 수 있을지 궁금해한다. 가늘고 긴 나무 막대, 대나무인가? 한쪽 끝에 작은 숟가락처럼 생긴 머리, 그리고 다른 쪽 끝에는 면봉에 민들레 홀씨가 달린 것처럼 푹신거리는 솜털이 공 모양으로 달려 있다. 아아아아, *미미카키*. 나는 엄마 방으로 갔고, 엄마는 손에 크리넥스 티슈 한 장을 든 채 누워 있다가 막 일어나려던 참이었다. 엄마가 침대 한쪽을 가볍게 두드렸고 나는 그곳에 앉았다. 엄마가 부드럽게 내 팔을 당겨서 나는 엄마의 무릎을 베고 누웠는데, 창유리를 통해 들어오는 햇볕이 따뜻하고 포근했다. 엄마는 조심스럽게 내 귓불을 당겼고, 다른 쪽 손바닥으로 내 아래턱을 받쳐서 각도가 딱 알맞게 되었다. 엄마의 옷에서 나는 따뜻한 향기가 공중으로 퍼져나갔다. 두 눈이 저절로 감겼고 긴장이 풀렸다. 편안했다.

"저런, 엄청 많구나."

"정말요?"

"네가 들을 수 있다는 게 신기하구나."

"정말요?" 나는 그 안에 무엇이 있는지, 내 귓속을 들여다보고 싶었다.

"귓구멍이 아래로 곧게 뻗어있구나. 할머니는 내 귓구멍이 아주 꼬불꼬불해서 귀 파기가 아주 힘들다고 하셨거든."

"할머니가 예전에 엄마 귀를 파주셨어요?" 난 깜짝 놀랐다. 난 요즘 들어, 상당히 자주 놀라게 되는 것 같다. 이게 무슨 뜻인지 궁금했다.

"암, 그렇고말고. 할머니도 정말 귀를 잘 파셨단다."

"엄마나 할머니는 왜 한 번도 제 귀를 청소해 주지 않으셨어요?"

"해달라고 한 적이나 있니?"

"아니요—"

"그것 봐라", 엄마가 말했다. "이제 더 이상 말하지 말거라. 그래야 귀를 파지. 그리고 움직이지도 말거라."

"살살 해주세요, 엄마", 하고 난 속삭였다. 눈을 감고 생각에 잠겼다. 그리고 내 귓속 깊은 곳에서 *미미카키*를 느꼈다.

두려움인지 동경심인지 혹은 내가 알지 못하는 무언가에 대한 기대감으로 몸서리가 쳐졌다. 대나무가 부드러운 살을 뚫고 섬세한 조직을 관통하는 그 미지의, 첫 번째 귀 파기에 대한 갈망과 스릴감. 난 두려움과 갈망 사이에서 위태위태하게 두 눈을 감은 채, 황금빛 꿀처럼 가볍지만 묵직한 바로 그 지점, 민감한 피부 위를 스치며 기대감과 강렬한 쾌감 사이의 섬세한 지점을 배회했다. 엄마의 무릎 위에서 엄마를 믿고 누워있는 것, 나의 연약한 두개골, 내 두 다리가 몸에 밀착되었다. 내 주변에 따뜻하게 느껴지는 엄마의 숨결과 옷, 한 무리의 벌떼, 한 줌의 씨앗. 나와 내 무거운 눈은 꼭 감겼고, 태양은 내 옆에서 길게 기지개를 켰고, 시간은 팽팽한 피부처럼 가늘게 떨렸다. 그리고 대나무가 민감한 귓구멍을 부드럽게, 부드럽게 가장 부드럽게 긁어주는 것. 그 감각은 믿을 수 없을 만큼 황홀했다. 기쁨으로 입에 침이 고였고 극도의 쾌감으로 발가락이 오그라들었다. 사각사각거리는 소리가 귀에서 너무 크게 울렸고, 귀지를 서서히 파내고 나자 귀 안의 가벼운 가려움증이 사라졌다. 엄마는 부드럽게 *미미카키*를 들어 올려 귀지를 크리넥스 티슈에 털고 귀이개를 다시 넣었다. 전에는 만져진 적이 없던 피부지만, 내가 지금까지 전혀 알지 못한 아주 부드럽고 간지러운 곳의 귀를 파는 것은 대나무가 고막을 파고드는 위험을 감수하는 스릴이면서 말로 형용할 수 없는 극도의 쾌감이었다.

"아프니?"

"멈추지 마세요", 나는 태양이 내 얼굴과 몸, 엄마의 옷 향기까지 따뜻하게 해주는 것을 느끼면서 대답하고, 엄마의 귀 파는 솜씨는 참을 수 없을 만큼 완벽해서 그 쾌락을 참느라 이빨이 아파오고, 내 입에서는 과즙음료와도 같은 달콤한 맛이 난다.

놓치고 있던 것을 한 번도 들어본 적이 없다니 우스운 일이 아닌가. 엄마가 내 양쪽 귀를 파준 후에, 난 내가 전에 결코 들어본 적이 없는 소리를 들었다. 어쨌든 난 그 소리를 기억하지 못했다. 난 그 소리가 내 귀로 좀 더 온전히 전해질 수 있도록 고개를 좌우로 기울이며 경이로운 기분으로 주변을 걸었다. 어리둥절했다.

분명히, 매미는 길고 긴 번데기 과정을 거친다. 매미는 7년이라는 긴 시간 동안 어둡고 축축한 땅속에서 조용히 산다. 나무뿌리의 수액을 빨아 먹으면서 그들이 본 적이 없는 무언가를 꿈꾸며 앞을 보지 못하는 땅속의 눈으로 하늘을 바라본다. 7년이라는 긴 시간 동안 그들은 하얗고 부드러운 몸을 비벼대며 톱니 모양의 날카로운 양팔 끝부분으로 땅을 뚫고 길을 만들어 간다. 침묵과 암흑으로 7년을 보낸 후, 매미는 땅을 뚫고 밖으로 나와 나무껍질 위로 올라간다. 밤의 장막을 지나 아침이 되면 말라버린 허물만이 남는다. 무늬가 있고 부서지기 쉬운, 새롭게 생긴 날개를 달고 매미는 다른 나무로 날아가서 햇볕을 쬐고 앉아, 빛이 내리쬐는 동안 목청껏 신나게 노래를 부른다. 매미가 짝짓기를 하고 인생을 끝마칠 때까지의 기간이 오직 7일밖에 되지 않기 때문에, 그들은 가슴의 조음기관으로 신나게 소리 높여 맴맴거리고 윙윙거리고 쉭쉭거리고 징징거린다. 매미는 절대 입을 다물지 않는다.

난 한 번도 매미를 본 적이 없다. 매미 소리도 들어본 적이 없다. 내가 매미에 대해 알고 있는 것은 아마도 남들에게 들은 얘기일 것이다. 그것은 믿음의 문제이다.

3부

행복한 결말로 끝나는 이민자의 이야기

무카시, 무카시, 오무카시. . . . 어떤 것도 불가능하진 않다. 물론 합당한 범위 내에서.

3부. 기억과 환상 사이에서 놓치거나 잃어버리거나 사로잡혀 있는 모든 것들. 또는 원치 않는 종양처럼 몸에서 잊히거나 숨겨지거나 제거된 모든 것들.

혹은

갈망, 무언가에 대한 욕망.

일어난 적이 없는 무언가에 대해 망각하거나 기억하는 것. 한 가지 사건이 언제 끝나고 또 다른 사건이 언제 시작하는지 궁금한가? 그리고 이 둘을 분리할 수 있다면.

3부.

없어진 부분.

4부

(무라사키: 할머니. 할머니, 도와주세요. 절 도와주세요.

나오에: *아라, 무슨 일이니 아가야?*

무라사키: 이따금 저는 너무 외로워서 견딜 수가 없어요. 여기하고 여기가 이렇게 아프고 목이 이렇게 불안정하게 떨리는데, 그건 제가 한번 울기 시작하면 다시는 울음을 그치지 못할 것처럼 느끼게 해요.

나오에: 애야, 그건 성장통이란다.

무라사키: 어떻게 제가 아직도 성장할 수 있죠? 전 거의 서른 살이

라고요.

나오에: 그렇다면, 넌 언젠가 성장이 멈출 거라고 생각하니? 그건 네가 죽는 날이란다. 고통은 견디기 힘들지만 아주 중요한 거야. 곧 알게 될 거다.

무라사키: 그런 얘기는 지금 듣고 싶지 않아요. 제 안에 있는 이 끔찍한 고통밖에 안 보이니까요.

나오에: 넌 강해질 거야.

무라사키: 전 강해질 수 없어요.

나오에: 아니야, 넌 강해질 수 있어.

무라사키: 강해질 수 없다고요.

나오에: *와가마마*198) 굴지 말아라. 너 혼자만 외로움의 고통을 견딘다고 생각하는 거니? 바보 같은 아이로구나! 그렇게 생각한다면 넌 아직도 어린아이야.

---

198) 제멋대로

무라사키: 할머니는 97살이니 강해지는 건 쉽지요. 아마 할머니는 207살일지도 몰라요.

나오에: 애야, 그런 고통은 점점 더 힘들어지는 거란다.

무라사키: 그렇다면 죽는 게 낫겠어요.

나오에: 그래, 그러는 게 낫겠구나.

무라사키: 할머니!

나오에: 넌 내가 네 손을 영원히 잡고 있기를 바라는 거냐? 네 부탁을 들어주진 않을 거다. 스스로 헤쳐 가거라. *와루이 고토 유와나이 카라.*199)

무라사키: 제가 어떻게 이 이야기를 혼자 계속해 갈 수 있죠? 온전히 사실 그대로의 이야기가 아니잖아요. 제가 하지도 않은 말을 할머니가 했다고도 하고, 제가 했다고도 하고, 왜곡하는 거잖아요.

나오에: *체!* 뭐야, 갑자기 양심이라도 찔리는 거냐? 너도 알다시피 난 네가 말하지도 않은 것을 말했다고 할 수도 있단다.

---

199) 내가 간섭을 안 할 테니까.

무라사키: 정말요?

나오에: 물론이지.

무라사키: 하지만 전 새로운 생각이 떠오르지 않아요. 새로운 이야기 말이에요. 늘 제자리걸음인걸요.

나오에: 어리석게 굴지 말아라. 아무도 새로운 생각을 하지 않으니까. 예기치 못한 수많은 것들. 그리고 지랄 같은 온갖 일들도 일어날 수 있는 거야.

무라사키: 할머니! 어디서 그런 말을 배우셨어요?

나오에: 무라사키야, 그런 말들은 항상 네 주변에 있단다. 넌 왜 항상 내게 *아마에루*200)를 부리는 거냐? 영원히 널 응석받이로 키우고 싶진 않구나.

무라사키: 제가 다른 사람에게 *아마에루*를 부릴 수 있겠어요?

나오에: 네 엄마라면 가능하지 않을까?

---

200) 어리광

무라사키: 농담이시죠!

나오에: 한밤중에 태양이 뜰 때는 더 이상한 일들도 생기는 법이란다.

무라사키: 뭐라고요! 지금 유콘에 계세요?

나오에: *맛타쿠*, 그렇게 문자 그대로 해석하지 말거라, 무라사키야. 우리가 대화를 하느라 몹시 지친 것 같구나.

무라사키: 네 알았어요, 알았다고요.)

무라사키

물고기 비늘처럼 생긴 이상한 겨울 눈이 내렸다. 엄마를 돌보기 위해 집에 머무르는 석 달 내내 치누크 바람이 한 번도 불지 않았고, 난 장을 보러 나갈 때를 제외하고는 외출한 적이 없었다. 2주에 한 번씩, 나는 구매할 물건 목록을 아빠에게 건네주고 동양 식료품 가게에서 음식을 사 오시도록 했다. 스시 아줌마는 항상 내게 딸기맛이 나는 포키 막대과자를 한 상자씩 보내주셨다. 공짜로 말이다. 난 텔레비전으로 '리플리의 믿거나 말거나(Ripley's Believe It Or Not)'를 보면서 딸기맛 초콜릿이 겉에 입혀진 막대과자를 전부 다 먹어 치웠다.

나는 엄마와 단둘이서 삐걱거리는 벽과 구석에 거미줄이 쳐진, 겨울같이 차가운 집에 있었다. 난 이 집에서 살았던 사람들이 다락방에 두고 간 책들을 찾아서 읽었다. 사실 이 집이 항상 여기에 있었던 것은 아니다. 그것은 원래 하이 리버에서 지어졌었고, 누군가 한밤중에 다 쓰러져가는 이 집을 트레일러에 싣고 왔다. 이 집의 중심이 너무 많은 하중을 받는 바람에 사람들은 그것을 다시 완벽하게 맞출 수가 없었다. 온 집안에 갈라진 미세한 틈새가 있어서 그곳으로 바람이 끊임없이 새어 들어왔다. 다락방에는 책들이 있었고 바람이 불 때마다 이따금 벽에 붙어 있던 이상한 사진들이 심하게 흔들려 떨어지곤 했다.

갑자기 엄마와 내가 절친한 친구가 된 것은 아니었다. 우리가 말하지 않았던 모든 것들을 그렇다고 잊어버린 것도 아니었다. 그 3개월은 중립적인 시기였고, 우리는 말하지 않았던 것들을 소리 내어 크게 말할 수 있었다.

"엄마." 난 침대 헤드에 기댄 채 엄마의 침대에 앉아 있었다. 엄마는 내 앞에 앉았고, 난 엄마의 머리를 빗겨주고 있었다.

"응?" 엄마가 꿈꾸는 듯 말했다. 머리를 빗겨줄 때마다 엄마의 몸이 흔들거렸다.

"무라사키가 무슨 뜻이에요?"

엄마는 흔들리는 몸을 바로 하고 눈을 떴다.

"보라색." 엄마는 다시 좌우로 몸을 흔들기 시작했다.

보라색이라고, 나는 생각했다. 우웩. 자수정 같은 느낌의 보라색이라니! 가지의 수액이나 둥그렇게 부푼 포도의 보오오오오라색. 흐으으

으음.

"엄마는 할머니가 왜 나를 '보라'라고 불렀던 것 같아요?"

"모르겠다. 몇 가지 이유가 있겠지."

"그럼, 엄마 생각은 뭔데요?" 나는 엄마가 대화를 멈추지 않도록 상냥하게 물었다.

"계속 머리를 빗겨주렴."

"아, 죄송해요. 할머니가 무슨 생각으로 그러셨는지 말씀해 주실래요?"

"글쎄, 보라색이 할머니가 가장 좋아하는 색이었을 거야."

"아." 실망했다. "쳇, 그게 다군요."

"아니면. . . . ."

"아니면 뭐요?"

"글쎄다, 일본에서 10세기 후반에 태어난 무라사키 시키부란 이름의 어떤 여자가 있었단다."

"이게 좀 더 근사하게 들리는데요."

"그녀는 최초의 소설을 쓴 작가지. 우리가 아는 한", 엄마가 다시 고쳐 말했다. "음, 그게 두루마리에 쓰였기 때문에 서양인의 시각으로 보면 소설 같지 않지만, 그녀는 일기나 일종의 교훈서가 아니라 장편소설을 쓴 최초의 사람이니까."

"와, 그거 멋진데요."

"그리고 그것뿐만이 아니야", 엄마는 이야기에 열을 올리며 말을 이어갔다. "지금까지 그녀는 보통 사람을 주인공으로 만든 최초의 작가라는 평을 받기도 한단다.”

“와. 엄마는 그 책을 읽어봤어요?”

“아주 오래전에.”

“제목이 뭐예요?”

“*겐지 모노가타리.*”

“그게 무슨 뜻이에요?”

“대충 말하자면, *겐지 이야기*란다.”

“어떤 이야기예요?”

“질문이 아주 많구나, 그렇지 않니?”

“음, 전 엄마가 대답을 멈출 때를 대비해서 가능한 많이 알고 싶거든요”, 난 엄마의 머리를 오래도록 쓰다듬으며 빗질하면서 말한다.

“현실적이구나. *겐지 모노가타리*는 겐지라는 이름을 가진 어떤 귀족과 왕궁에서의 그의 삶, 그리고 여인들과의 다양한 모험에 대한 이야기란다.”

“아.” 다시 실망했다. “히로히토 국왕이 톰 존스[201]가 되어 정박 중인 배에서 왕실의 러브 보트(Love Boat)[202]라도 연출하는 건가요?”

“생각해낸 것 하고는! 그것을 읽어보기 전까지는 판단하지 말아라, 뮤리엘, 사실, 네가 겉으로 드러나지 않은 그 이면을 읽을 수 있다면, 11세기 황실 여성의 삶이 어떠했을지에 대한 절절한 설명이 될 거야.”

“죄송해요. 낸톤 도서관에 그 책이 있는지 궁금해요.”

---

201) 헨리 필딩이 저술한 『기아 톰 존스의 이야기』의 주인공
202) 1980년대 미국 ABC TV에서 방영한 코미디 드라마

"대학 도서관에 있나 알아보렴."

"그럴까 생각 중이에요. 고마워요. 저녁으로 특별히 드시고 싶은 게 있나요?"

"으음. 네가 만든 거라면 뭐든지 좋단다, 뮤리엘."

• • •

그녀는 모든 사람들이 밟고 지나가는 발 매트를 감정 없이 세게 밟고 쿵쿵거리며 계단을 내려갔다. 그녀의 할머니 의자는 여전히 복도에 있었다. 그것은 나무로 만들어진 가구 그 이상의 존재였다. 그 의자는 화려하게 조각된 팔걸이도 없었고 사람의 몸에 맞춰 굴곡지게 만들어지지도 않았다. 아무런 장식이 없는 평평한 등받이 하나가 있었고, 팔걸이도 없어서 편안함을 줄 수도 없었다. 그것은 20년이 넘도록 건재한 모습으로 할머니의 엉덩이가 앉아서 생긴, 우묵하게 패인 흔적만을 보여주는 단순한 의자였다. 아무도 앉지 않아서 그 의자는 흉물처럼 놓여 있었고, 그 주변을 걸어 다니는 것은 내 마음을 훨씬 더 불편하게 했다. 그 젊은 여성(역주: 20대 후반의 무라사키)은 의자의 앉는 부분을 만지려고 손을 뻗었지만 닿기도 전에 손을 움츠렸다. 그리고 몸서리를 쳤다. 조심스럽게 의자 주변을 돌아서 부엌으로 들어갔다. 바닥과 벽 사이의 공간, 창틀 주변의 미세한 틈을 통해 바람이 미끄러져 들어왔다. 그녀는 싱크대 위에 있는 시계를 확인했다, 5시 36분이었다. 밖은 벌써 어두웠다. 그녀는 맨 팔로 팔짱을 끼고 양손으로 얼음장같이 차가운 피부를 열심히 빠르게, 위아래로 문질렀지만 잠깐 피부 표면을 따뜻하게 해줄 뿐이었고, 창문을 덜컹거리게 만든 갑작스러운 돌풍과 함께 곧 그 온기가 사라졌다. 저녁을 먹기엔 너무 이른 시간이고 책을 읽기에는 너무 늦은 시간이라, 그녀는 30분 동안 뉴스를 보기로 했다.

그녀는 거실에서 세 벽면으로 난 창을 통해 그 창문들이 보여주는 풍경을 볼 수 있었다. 그녀가 텔레비전의 전원을 켜기 위해 몸을 구부렸을 때, 거실 창문의 바로 바깥에서 무언가가 그녀의 시야 가장자리를 따라 소용돌이쳤다. 그녀는 재빨리 주변을 둘러보았지만, 그 움직임은 그녀의 초점 거리를 벗어나 있었다. 그 소녀(역주: 어린 시절의 무라사키)[203]는 다시 무언가 휙 하고 움직이는 것을 느꼈고 그 움직임을 피하기 위해 몸을 돌렸다. 그녀는 눈으로 창문을 따라 움직이는 것을 쫓아가려고 재빠르게 몸을 날렸지만 그것은 계속해서, 어지럽게, 나선형으로 집을 빙빙 돌았다. 소녀는 끊임없이 몸을 날려 쫓아갔지만, 항상 꼭 한 박자가 늦어서 그것을 볼 수 없었다. 그녀의 발아래 땅이 기울어지며 경사가 졌고 그녀의 눈은 메스꺼움으로 눈물이 났다. 그녀는 휘청거리며 복도로 갔고 할머니 의자에 끌려가듯 다가갔다. 요동치는 집에서 유일하게 안정적인 물건이었다. 마룻바닥이 그녀의 발아래에서 갑자기 기울어지고, 벽이 쭉 늘어나더니 줄어들면서 주전자, 토스터, 진공청소기가 공중을 휙휙 날아다녔다. 죽은 나방의 사체들이 특정한 비행 패턴을 흉내

---

203) 무라사키는 할머니 의자를 바라보면서 악천후 속에서 가출한 혹은 실종된 나오에를 떠올린다. 그 당시 무라사키는 어린 소녀였기 때문에, 할머니 의자를 보면서 그곳에 앉아있던 할머니에 대한 기억과 더불어 어린 시절의 자신을 떠올림으로써 성인이 되었음에도 불구하고 자신을 어린 소녀라고 생각한다.

내는 것처럼 바닥으로부터 소용돌이쳤다. 그녀는 떨리는 손으로 의자 등받이에 손을 뻗었다. 의자를 한번 만지자 모든 것이 고요해졌다. 토스터는 주방 조리대로 다시 돌아가 있었고 주전자는 스토브 위에 있었다. 진공청소기는 벽장 밑에 놓였다. 복도 구석에 죽은 나방들이 쌓였다. 소녀가 재빠르게 몸을 돌리자 무릎 뒤쪽이 의자의 앉는 부분에 부딪혔고, 그러자 그녀의 심장이 너무 크게 뛰어 숨을 고르게 쉴 수가 없었다. 그녀는 오래도록 몸을 떨면서 숨을 헐떡이다가 숨을 크게 들이마셨다. 두려움과 갈망을 느끼며 그 의자에 앉았다.

그녀는 의자의 윤곽, 그 형체에 몸이 맞춰져 가는 것을 느꼈다. 그녀의 두 다리는 마루 위에서 움츠린 채 대롱거렸고 그녀의 손가락은 돌출된 뼈를 감싸고 있었다. 그녀의 엉덩이는 의자의 오목하게 패인 부분에 맞춰져 앉아 있었다. "의자가 딱 맞는 것처럼 느껴져", 그녀는 골디락204)의 목소리로 소곤대며 말했다. 차가운 복도에 앉아 그 어떤 생각에도 방해받지 않았다. 단지 앉아서 스며들어온 바람이 차디찬 마룻바닥에 먼지로 무늬를 만드는 것을 지켜보았다. 잠깐, 혹은 수십 년 동안 알지 못하거나 신경도 쓰지 않은 것처럼 앉아있었다.

깜짝 놀라서 위를 쳐다보았다. 침묵을 지키던 그녀의 어머니가 어둠 속에서 어렴풋이 보였다. 어머니는 계단의 맨 꼭대기에 서 있었는데, 너무 컴컴해서 소녀는 어머니의 눈과 입술을 알아보기 어려웠다. 할머니의 *네마키*에서 은은하게 퍼지는 희미한 빛만 알아볼 수 있었다.

"할머니, 이렇게 어두운 데 앉아 계시면 눈이 나빠지잖아요. 복도에

---

204) 『골디락과 곰 세 마리 이야기』의 주인공

앉아 계시겠다고 고집을 부리신다면 적어도 전등은 켜고 계세요. 정말로, 좀 더 신경을 쓰시길 바라요."

"덴키 난카 이라나이요. 요케이 나 오세와."205) 그 젊은 여성은 말을 하며 몸을 덜덜 떨었다. 팔과 목에서 털이 곤두섰고, 너무 심하게 몸을 떨어서 그녀는 자기 허벅지 아래로 오줌이 뚝뚝 떨어지는 것을 느낄 수 있었다. 그녀의 엄마는 크게 한숨을 쉬고 쿵쿵 걸어 자신의 침실로 돌아갔다. 그 소녀는 움직이지 않고 그 의자에 앉아 있었다.

● ● ●

___

205) 전등 따위는 필요 없어. 쓸데없이 참견하기는.

"네 할머니가 너에게 빙의 된다는 말이니?" 넌 묻는다.

"아니, 그런 게 아니야. 빙의 문제가 아니라—그보다는 '함께하는 것'과 같은 거야. 혹은 '돌아오는 것'일 수도 있고 모르겠어. 말하면서 내가 이 모든 이야기를 다 만들어 내고 있는 건지도 몰라." 난 그의 시 큰둥함을 무시한 채 성급하게 비상용 담배 한 갑을 찾아 뒤적거린다.

"뭘 찾고 있어?"

"담배 한 갑. 여기 한 갑 놔뒀거든."

"아노네"206), 하고 너는 말하고 당황해서 뒤통수를 긁는다. "지난 일요일에 네가 외출했을 때 내가 피운 것 같아."

현기증이 난다. "무슨 말이야. '피운 것 같다' 니? 폈거나 안 폈거나 둘 중 하나겠지. 네가 네 담배를 가져와서 피워버리지 않았다면 말이 야." 넌 고개를 설레설레 흔든다.

"세상에." 나는 한숨을 쉬고 눈을 흘긴다. "가게로 운전해서 가는 건 고사하고 차를 타려고 밖에 나가는 것조차 얼어 죽을 만큼 춥다고."

"내가 나가서 담배를 사다 줄까?"

"아니야. 그 정도는 아니야. 과자 좀 구워야겠어. 마음이 좀 심란 해."

"네 귀신 얘기 때문에 그래?" 너는 두려움이나 의구심에 휩싸여 눈을 크게 뜨면서 묻는다.

"그건 귀신 얘기가 아니야. 네가 귀신 얘기라고 생각하지 않는 한. 그건 믿음의 문제야."

---

206) 저기 말이야

나오에

아아아! 김이 나는 뜨거운 물로 가득한 욕조만큼 근사한 것은 없어. 물이 아주 뜨거워서 발가락을 한 번에, 하나씩 담그며 애를 써야만 목욕다운 목욕을 할 수 있는 거야. 물이 너무 뜨거워 피부가 침이나 바늘을 건드리는 것처럼 따끔거리고 간지러워서 피부 표면을 문지른다면, 빨갛게 매질한 것 같은 통통한 자국이 열 때문에 올라올 거야. 하나의 언어인데 어떤 것은 표현할 수 있고, 다른 것은 표현할 수 없다는 게 웃기지. 내가 물, 하고 말할 수 있지만 그것이 뜨거운 물인지 차가운 물인지 어떻게 알겠어. 말하는 것과 이해되는 것 사이의 우스운 한계. 내가 *미즈*[207]라고 말하면, 나는 아마도 길고 축축하게 젖은 밧줄 끝에 달린 물통으로 우물에서 길어 올려졌을 것 같은 차가운 물 한 잔을 얻게 되겠지. 내가 *오유*[208]라고 말하면, 분명히 누군가가 김이 나는 뜨거운 물로 욕조를 가득 채워줄 거야. 그래, 소리와 발화의 한계로 인해 무언가 항상 잘못 해석되지. 물, 하고 내가 말한다면, 난 내가 무엇을 얻게 될지 결코 알지 못하는 거야.

그렇게 오래 살면서 어떻게 수년 동안 단 한 번도, 새로운 생각을 해보지 않았는지 우습다. 자녀가 성장하는 것을 보며 시간의 흐름을 가늠하고 자신을 찾아가는 것. 그리고 여전히 해야 할 일들이 많이 있다는 것. 물론, 저녁으로 무엇을 먹을지 고민하면서 시간을 보낼 수도 있

---

207) 물
208) 따뜻한 물

겠지, 하지만 그렇게 고민한 음식이 뱃속에 들어간 후에 사람들은 어디에서 무슨 생각을 하는 걸까? 동물의 서열에서 최고라고 아주 잘난 체하겠지. 우리는 동물 세계에서 최강자야. 우리가 생각할 수 있기 때문에 동물보다 더 우월한 거야. *체!* 마지막 인류가 생각을 했는지, 우월했는지, 열등했는지 누가 알겠어?

자신이 생각하지 않는다고 생각하는 사람은 없어. 우리는 이렇게 어리석고 이기적이고 우쭐대는 인간인 거야. 하지만 난 나 자신을 속이는 사람은 아니야. 접시에 가득한 크림색 바닷가재, 욕조에 가득한 뜨거운 오유로 마음을 달랠 수 있거든. 과다한 사용이지.

(나오에: 무라사키야?

무라사키: *하이?*

나오에: 세상에, 이렇게 빨리 *헨지!*[209]

무라사키: 가끔은 예의 바른 게 나쁘지 않다고 생각했어요.

나오에: 그래서 엄마와 대화를 나누고 있었던 거니?

무라사키: *하이.*

---

209) 대답하다니!

나오에: 그래서 귀도 팠고?

무라사키: *하이.*

나오에: 기쁘구나. 딸이라면 엄마가 귀를 파줄 정도로 친해야지.

무라사키: 할머니도 아시겠지만, 많은 사람들이 그걸 이해하지 못할 거예요.

나오에: 문화적으로 볼 때 귀 파는 것은 특별한 거란다.

무라사키: 백인 의사들은 어이없어한다고요.

나오에: 글쎄다, 모든 사람을 다 만족시킬 수는 없는 법이지.

무라사키: 그래서 전 찾고 있어요.

나오에: 무라사키야?

무라사키: *하이?*

나오에: 네가 이야기를 하나 해주면 좋겠구나.

무라사키: 뭐라고요? 그럴 수 없어요. 그것도 큰 소리로 말이죠. 이야기를 어디에서부터 시작해야 하는지도 모르는걸요. 할머니께서 제게 이야기를 해주셔야지요. 할머니도 알다시피, 할머니는 뭔가 듣고 싶어 하는 손주에게 옛날이야기를 들려주시는 거예요.

나오에: 네가 내 말을 들었던 적이 있었니? 내 이야기를 들었던 적이 있었어?

무라사키: *하이.*

나오에: 그럼 그 이야기들이 재미있었니?

무라사키: *하이.*

나오에: 그렇다면 이야기가 서로 공유되어야 한다고 생각하지 않니. 이야기를 말하는 것과 이야기를 듣는 것에는 동반자 관계가 있고 그건 똑같이 중요하다는 뜻이 아닐까?

무라사키: 음, 할머니가 그렇게 말씀하신다면 할머니 말씀이 맞는 것 같기도 해요.

나오에: 무라사키야, 이제 우리는 겨우 어느 정도 말하고 듣게 되었

구나. 우리는 둘 다 말할 수 있어야만 해. 우리 둘 다 들을 수 있어야만 하지. 만약 그 입장이 고정된다면, 이야기는 결코 존재할 수 없는 거야. 이야기에서 이야기가 자라나고 또 그 이야기에서 다른 이야기가 자라나는 거니까. 듣는 것은 말하는 것이 되고, 말하는 것은 듣는 것이 된단다.

무라사키: 뭐라고요오오오오오오

나오에: 그러니 이리 와서 내게 멋진 이야기를 들려다오. 난 실크 같은 열기가 목까지 차오르는 뜨거운 욕조에 앉아있단다. 이제 *사케나 쇼츄*210)를 마시지 않고도 머릿속에 번뜩 떠올라 만들어 낼 수 있는 이야기를 말이야.

무라사키: 쇼츄가 뭐예요?

나오에: 넌 늘 질문을 하는구나. 그건 무언가를 배우는 좋은 방법이지만 난 아직도 네가 들려주는 이야기를 기다리고 있단다.

무라사키: 알았어요, 준비됐다고요. 자, 시작할게요. 하지만 웃지 않겠다고 약속해주세요.

---

210) 소주

나오에: 약속하마.)

무카시, 무카시, 오무카시 . . .

(무라사키: 할머니?

나오에: *하이?*

무라사키: 아직 준비가 덜 된 것 같아요.

나오에: 저런. 언제쯤 준비가 될까, 아가야?

무라사키: 잠시만요. 아주 잠시만요. 그런데 제가 시작할 때 제 곁에 있겠다고 약속해 주세요. 이야기를 하다가 말문이 막히거나 하면 너무 무서울 것 같은데 그럴 때는 어떻게 해요?

나오에: 날 믿으렴. 내가 함께 있어 주마. 그리고 네가 말문이 막히거나 하면 다시 말할 수 있을 때까지 널 위해 내가 대신 말해줄게.

무라사키: 우리가 그렇게 할 수 있어요?

나오에: 무라사키야, 우린 못할 게 없단다.)

"그건, 웃기는 일이오. 당신은 당신의 *마고*를 무라사키라고 부르고 나에게는 당신을 퍼플이라고 부르게 하는군. 왜 그렇게 하는 거요?" 덴구는 미지근한 물을 그의 손바닥에 담아 그 물이 내 척추를 따라 흐르게 하면서 묻는다.

"*아라!* 언제 들어왔어요? 난 당신이 욕조 안으로 들어오는 걸 알아차리지도 못했어요!"

"당신이 말하고 있는 걸 들었고 난 듣고 싶었으니까", 그는 내 눈을 힐끗 보면서 말한다. "당신 기분이 상하거나 뭐 그러지 않았으면 하오."

"*에*211), 글쎄요, 괜찮은 것 같아요. 당신이 너무 조용하게 듣고 있어서 난 당신이 듣고 있다는 것도 몰랐어요."

"그래서, 누가 무라사키고 누가 퍼플이요?"

"단어는 다르지만, 해석하면 그 둘은 같은 뜻이에요."

"그래서 당신은 무라사키의 말을 대신해주고 무라사키는 당신의 말을 대신해주고 있는 거요?" 덴구는 손끝으로, 그의 손바닥으로, 내 등을 만지고 등 아래를 쓰다듬는다. 나는 천천히 뒤로 기댄다.

"그렇게 해석할 수도 있죠", 나는 말한다. 내 눈은 졸리지만 내 피부는 식어가는 물 안에서 따뜻해져 간다.

"그 이상의 해석도 가능한 거요?" 그가 속삭인다.

"그럼요."

"지금 섹스하고 싶소?"

"내 몸이 대답하도록 하죠"

---

211) 어어

무라사키

나이가 11살이고 보이는 것이라고는 지긋지긋한 시골뿐일 때 엄마를 미워하기란 쉽다. 내 얼굴형과 눈매, 머리 색깔이 사람들이 나를 대하는 태도에 영향을 미친다는 것을 깨닫게 된 시기였다. 나는 사람들의 얼굴에 스쳐 지나가는 표정을 보기 전까지 내가 다르다고 생각해 본 적이 없었다. 깨닫게 된 것이 더 좋은 것인지 아니면 깨닫지 못한 것이 더 좋은 것인지, 나는 알지 못한다. 이것을 몰랐을 때, 다행히 난 순수했었다. 마침내 내가 이것을 의식하게 되었을 때 내가 얼마나 불행하게 될지 알 수 없었다. 노년의 리처드 3세만이 힘든 시기를 겪고 있는 것은 아니었다.

엄마는 처음부터 알고 있었다. 원래 알고 있었다고 해도 엄마가 전적으로 선택한 것은 그 인종적 차이를 하얀 양의 복슬복슬한 털가죽 아래 숨기기로 한 것이었다. 이것이 엄마의 유일한 안전장치였다. 엄마는 캐나다라는 거대한 인종의 용광로를 선택했고, 난 엄마가 선택한 결과에 의지한 채 살아가야 했다.

나는 쿵쿵거리며 현관을 한 번에 두 계단씩 올라갔고 스크린 도어를 열어젖히며 성급히 안으로 들어갔다.

"*아라!*" 할머니가 말했다. "*도시타노?*"[212]

할머니는 평소처럼 할머니 의자에 앉아 계셨다. 우리의 파수꾼. 우리의 보호자. 상당히 불편한 나무 의자였는데도 할머니는 쿠션을 전혀

---

212) 무슨 일이니?

사용하지 않았다. 그녀의 발은 마루 위에서 대롱거렸다. 밖을 볼 수 있는 창문도 없었고, 단지 붙였다 떼었다 하는 작은 플라스틱 "스테인드 글라스" 한 장이 다이아몬드 모양의 문틀에 있었다. 너무 높이 있어서 그것을 통해 밖을 내다볼 수는 없었다. 나는 조심스레 할머니의 무릎에 앉아 내 양팔로 할머니의 가녀린 목을 감았다. 할머니는 나를 보고 미소 지으며 내 긴 생머리를 쓰다듬어 주셨다.

"있잖아요, 할머니? 제가 학교 오페레타에서 주연을 맡았어요! 이상한 나라의 앨리스 역을 맡아서 외워야 할 대사가 엄청 많지만 근사하지 않아요? 제가 주연을 맡았다고요!"

"*이코치!*"213) 할머니는 자신의 거친 손바닥으로 내 턱을 받치고 손가락으로 내 뺨을 어루만졌다. 나는 할머니에게 키스했다. 벌떡 일어나서 부엌으로 달려갔다.

"엄마! 엄마! 있잖아요!"

"무슨 일이니, 뮤리엘? 문을 쾅 하고 닫지 않으면 좋겠구나."

"제가 학교 오페레타에서 앨리스 역을 맡게 되었어요!"

"와, 정말 멋지구나!" 엄마는 장부를 적다가 고개를 들어 나를 바라보았고 집게손가락으로 안경을 밀어 올렸다. 엄마는 어색하게 내 어깨를 토닥거렸다. "정말 자랑스럽구나. 네 목소리는 정말 아름답고 이제 모든 사람들이 네가 부르는 노래를 듣게 되겠구나. 아빠한테 전화해야겠다."

"내일 방과 후에 어머니 모임이 있어요, 아셨죠?" 나는 내 머리카

---

213) 장하구나!

락을 잘근잘근 깨물었다.

"물론이지, 얘야", 엄마가 말했다. "시간 맞춰서 갈게."

엄마는 외출용 지갑을 들고, 정장 구두를 신고 정시에 왔다. 엄마는 머리를 말아 올렸고 엄마의 풍성한 컬은 엄마의 머리를 실제보다 두 배나 더 커 보이게 만들었다. 엄마의 눈썹은 새롭게 잘 다듬어졌고 원래 색보다 더 진하게 그려져 있었다.

"톤 카수 부인, 오셔서 정말 반갑습니다. 우리는 어린 뮤리엘이 너무나 자랑스럽습니다. 그렇게 아름답게 노래하는 목소리라니, 누가 짐작이나 했겠습니까?" 스피어 선생님은 엄마에게 활짝 웃어 보였다. 선생님은 엄마의 팔꿈치를 별안간 잡아당기더니 엄마를 한쪽으로 데려가셨다. 선생님은 이리저리 곁눈질하더니 눈동자를 굴리면서 목소리를 낮추고는 속삭였다. 나는 조심스럽게 바짝 다가갔다.

"어머님과 상의드리고 싶은 미묘한 문제가 있어요."

"말씀하세요", 엄마가 웃으면서 말했다.

"음, 따님 머리 문제예요. 어머님도 아시죠, 뮤리엘이 맡게 될 역할 말인데요. 이상한 나라의 앨리스 이야기 아시죠, 아닌가요?"

엄마는 미안하다는 듯이 머리를 좌우로 흔들었다.

"음, 어머님도 아시다시피, 앨리스는 영국 소녀 이야기예요. 아름다운 금발 머리의 영국 소녀지요. 아시겠지만, 연극에 대해 엄밀히 말하자면 뮤리엘은 금발 머리를 해야만 해요. 그렇지 않으면 아무도 뮤리엘이 어떤 역할을 맡아서 하는지 모를 거예요. 검은 머리의 앨리스가 출연할 수는 없으니까요."

"물론입니다." 엄마는 고개를 끄덕였고 나의 공포는 커져만 갔다. "그건 무대와 의상의 특성이죠, 안 그런가요?"

"물론이죠!" 스피어 선생님이 환하게 웃었다. "어머님께서 이해하실 줄 알았어요. 저는 멋진 금발가발을 생각하고 있었답니다. 요즘은 너무나도 멋진 가발을 잘 만드니까 아무도 눈치채지 못할 거예요. 아니, 사람들은 장차 인기스타가 될 신입생이 학교에 들어왔다고 생각할 거예요. 어머님은 정말 자랑스러워하실 거예요!"

"저희가 뮤리엘의 머리를 염색해줄 수 있어요. 몇 달이 지나면 탈색이 되는 염색약이 있을 거라고 생각해요. 그렇게 하면, 뮤리엘은 앨리스 역할을 정말 훌륭하게 해낼 수 있을 거예요. 개막공연 이전에 앨리스로 살면서 앨리스가 될 수 있다고요!"

"톤 카수 부인! 어머님은 정말 협조적이시군요. 다른 어머님들도 어머님만 같으면 좋겠어요. 아니, 제가 로고스키 부인에게 연극이 개막되기 전에 따님이 적어도 10파운드를 감량해야 한다고 말씀드렸더니 사소한 언쟁 끝에 그냥 일어나 가버리셨어요. 딸을 끌고 가면서 말이죠. 불쌍한 것, 아이가 연극에 출연하기를 정말 손꼽아 기다렸는데 말이에요."

담소를 나누고 있는 엄마와 스피어 선생님이 내 아름다운 검은 머리를 금발로 물들인다고? 난 겁에 질렸다. 금발 머리를 한 내가 앨리스 역할을 하며 살아간다고? 낸톤에서? 엄마는 무슨 생각을 하고 있는 걸까? 난 우스워 보일 거고 괴물처럼 눈에 띌 거야.

"엄마!" 난 화난 목소리로 조용히 말했다. "엄마, 난 생각을 바꿨어.

난 더 이상 앨리스를 하고 싶지 않아. 난 미친 모자 장수 역할을 할 거야. 그러면, 그냥 모자만 쓰면 되잖아. 아니면 항상 웃는 고양이를 하던 가! 고양이는 째진 눈을 가지고 있잖아. 그러면 문제가 해결되잖아, 엄마?"

엄마는 완전히 나를 무시하고 스피어 선생님과 함께 의상과 머리 염색, 그리고 배우에게 적합한 식단에 대해 여유롭게 이야기를 나누었다. 학교에서 집으로 돌아오는 길에 엄마는 약국에 들러 나를 안으로 끌고 들어갔다. 포츠 부인과 헤나 머리 염색의 장점에 대해 의논하기 위해서였다.

엄마가 나를 너무 자랑스러워했기 때문에 그날 밤 우리는 저녁 식사로 햄을 구웠다. 아빠는 그저 웃으며 내게 셰리주(역주: 스페인산 백포도주) 한 잔을 따라주셨다. 그것은 끈적거리고 무척이나 달았다. 나는 고개를 끄덕거렸고, 포도주를 홀짝거리며 마시면서 구운 파인애플 슬라이스와 함께 육포 몇 조각을 먹었다. 할머니는 문 옆에 있는 할머니 의자에 앉아 있었고 할머니 목소리는 바람처럼 늘 한결같았다. 때때로 할머니는 머리를 바깥으로 내밀고는 복도 맞은편 끝에서 나를 보고 윙크하며 미소를 지으셨다. 엄마와 아빠는 할머니를 보지 못했거나 보지 못한 척했다. 부모님은 특별한 행사 때 먹는 구운 햄과 장식으로 놓인, 검게 그을린 파인애플을 드셨다.

할머니는 우리와 함께 식탁에 앉지 않았고 우리는 단 한 번도, 할머니와 함께 식사한 적이 없었다. 우리는 할머니가 침대에서 식사하시도록 위층으로 식판을 가져다드렸다. 우리가 젤리를 먹고 연한 밀크티를

다 마신 한참 후에야 말이다. 하지만 할머니는 엄마가 할머니를 위해 만든 음식을 거의 드시지 않았다. 할머니는 할머니 옷장 서랍에 숨겨둔 맛있는 간식거리를 드셨고, 매일 밤 창밖에서 기다리던 코요테들에게 육포를 던져 주셨다.

엄마는 이번 한 번만, 내가 설거지하는 것을 면제해 주셨다. 나는 위층으로 올라가 머리가 아프다고 말씀드렸는데도 내가 너무 신나서 그런 거라고, 엄마가 아빠한테 말하는 것을 들었다. 난 내 방으로 들어와 불을 켜지 않았다. 침대에 누워서 천장을 가로질러 서서히 움직이는, 점차 커져가는 그림자를 보았다.

나는 깨어있는 상태에서 몸을 덜덜 떨었다. 방은 온통 깜깜했고 난 오늘인지 혹은 그다음 날인지 알지 못했다. 난 옷을 입은 채 침대에 누워있었고 집안이 조용했다. 삐걱거리는 소리. 그리고 난 그것을 느꼈다. 내 엉덩이 아래가 따뜻하면서 축축해졌다. 오 하나님. . . 내가 바지에 오줌을 싼 건가! 내가 바지에 오줌을 쌌다고! 나는 뛰어올라 전등을 탁하고 켰다. 내 연한 청색 이불이 모두 구릿빛 갈색으로 얼룩져 있었다. 설사인가? 내가 바지에 똥을 쌌다고? 뭐? 오 이런 하나님. . . 그건 피였다. 난 많은 피를 흘리고 있었다. 죽어가고 있다. 피를 흘리며 죽어가고 있었다. 난 청바지 단추를 풀고 지퍼를 내렸다. 서투르게 팬티를 청바지와 함께 내리고 쳐다보았다. 피가 아주 많이 있었다. 정말로, 그건 너무나도 많은 양의 피였다. 나는 내 다리 사이로 피를 찔끔찔끔 흘리면서 그곳에 서서 훌쩍거리며 울고 있는 것도 몰랐다.

*"무라사카 짱? 도시타! 손나 코에 다시테?"*214)

"할머니! 할머니, 제가 피 흘리며 죽어가요. 엄마나 응급차를 좀 불러주세요." 난 울음을 참기 시작했다.

"*도레 미세테고란*"215) 하고 할머니는 내 옆에 웅크리고 앉았다. 난 겁에 질렸고, 할머니가 보지 않기를 바랐으나 할머니는 피 묻은 내 팬티와 침대 위에 있던 이불을 보고야 말았다.

"*요카타! 얏빠리. 신빠이 이라나이 요. 츠키노 모노가 하지맛탄 다요. 온나니 다이지나, 다이지나 코토요.*"216) 할머니는 부드럽게, 따뜻하게 미소 지었고 나는 모든 것이 괜찮다는 것을 알았다.

"아." 나는 울면서 미소 지었다. "그게 다예요!"

"*소유 코토!*"217) 할머니는 내 서랍장에서 한 벌의 속옷을 꺼냈고 나를 화장실로 데려갔다. 할머니는 내가 피 묻은 속옷을 벗도록 도와주셨고, 그것을 세면대에 놓으셨다. 할머니는 장롱을 뒤져서 직사각형 모양의 흰색 종이 뭉치를 가지고 오셨다. 그것은 좁고 긴 지면으로 덮여 있었고 가운데 부분 아래에는 접착식 테이프가 붙어있었다. 할머니는 그것을 재빨리 잡아당겨 접착밴드를 내 팬티라인 안쪽에 붙였다.

"아", 하고 나는 말했다. 그리고 팬티를 입었다. 할머니는 수도꼭지를 틀어서 뜨거운 물과 차가운 물을 한 번, 두 번, 세 번 조절하고 안쪽 팔목으로 물 온도를 확인했다. 할머니는 부드럽게 내 손을 잡았고 흐르

---

215) 어디 보자.

216) 다행이야! 걱정 안 해도 돼. 월경을 시작했구나. 여자에게 중요한, 아주 중요한 거란다.

217) 그런 거구나!

는 물 아래에서 내 손목을 꽉 붙들었다. 수온이 내 체온과 거의 비슷해서 물이 따뜻한지 차가운지 알 수 없었다. 물이 내 손목으로 흐르고 있는 감각만 느낄 수 있었다. 할머니는 흐르는 물살 아래에서 내 팬티를 쥐고 계셨는데 정말 마법처럼 피가 천으로부터 씻겨나갔다. 희미한 얼룩만이 남았다. 할머니는 그것을 비틀어 짜서 세탁물 바구니 안으로 던졌다.

"오이데!"218)하고, 할머니는 다시 내 손을 잡았다. 나는 행복했지만 내가 왜 그런 기분이 들었는지는 알지 못했다.

"거기 무슨 일 있어요? 아시잖아요, 우린 잠을 자려고 해요. 배려 좀 해주시라고요!" 엄마는 방에서 소리쳤다. 엄마가 아빠 얼굴을 정면에 대고 소리쳤기 때문에 아빠는 불현듯 잠에서 깨어나 신음소리를 냈다.

할머니와 나, 우리는 할머니의 침실로 가면서 킥킥거렸다. 할머니는 이미 깨어 계셨기 때문에 할머니 방에는 전등이 켜져 있었고 먹물로 쓴 글씨가 적혀있는 한지가 있었다.

"뭘 쓰시는 거예요, 할머니? 편지 같은 거예요?" 난 생각에 잠겨 물었다. 보게 되면 읽을 수 있기를 바라면서 말이다. 할머니는 고개를 가로저으며 커다란 박스 더미들이 차곡차곡 쌓아 올려진 자신의 벽장을 뒤지기 시작했다. 할머니는 가운데 상자 하나를 가리키면서 나에게 그것을 꺼내라고 손짓을 해보였다.

"그렇게요, 문제없어요", 난 중얼거렸다. "이 상자들이 무너져 내리

218) 이리 와!

면, 엄마는 그게 뭐든 간에 화를 낼 거예요." 그러나 난 소리를 거의 내지 않은 채 그것을 겨우 내려놓고 뚜껑을 열었다. 할머니는 내 옆에 쪼그리고 앉아 그 안에 있던 일본신문, 잡지, 더 작은 몇 개의 상자들, 그리고 안에 무언가 들어 있는 천 가방을 들어 올렸다. 할머니는 무늬가 있는 종이로 싸인, 가장 작은 상자와 끈으로 묶인 작은 가방을 꺼냈다. 나는 상자 뚜껑을 열면서 보석이나 보물을 기대하며 그 안을 뚫어지게 쳐다보았다. 그 안에는 몇 알의 콩 이외에 다른 것은 아무것도 없었다. 버건디(역주: 프랑스산 포도주)처럼 붉으며 뿌리가 나올 곳이 작게 표시되어 있는 콩이었다. 그런 후 할머니는 천 가방을 열면서 내가 그 안을 볼 수 있도록 윗부분을 젖혀주었다. 그 안에는 둥글고 하얀 씨앗들이 들어 있었다.

"어머나, 콩이네요?" 난 손가락을 상자 안으로 밀어 넣으며 그것들을 휘저었다. "그리고 쌀도 있네요. 멋져요, 할머니."

"*타다 노 마메 토 코메 쟈나이오 요*"[219], 할머니가 단호하게 말씀하셨다.

"죄송해요."

할머니가 나를 아래층으로 데려가는 동안 우리 발밑에서 나무 바닥이 삐걱거렸고, 우리는 서로 쉿! 조용히! 하면서 소리 없이 웃었다. 할머니는 콩을 가지고 와서 미지근한 물이 담긴 그릇에 담아 불렸다. 할머니는 두 손가락을 V자 모양으로 만들어 들어 올렸다.

"두 시간 동안 물에 불려야 해요, 그렇죠?"

---

219) 보통의 콩과 쌀이 아니란다.

나는 이층으로 올라가 더러워진 이불을 가지고 아래층 세탁실에 있는 커다란 개수대로 내려왔다. 물의 온도가 내 체온과 같은지 확인하기 위해 손목으로 물의 온도를 한 번, 두 번, 세 번 확인했다. 피가 예쁜 핑크빛이 되어 물속으로 퍼져갔다. 나는 엄마가 위층 안방 침실에서 발꿈치로 바닥을 쿵쿵 칠 때까지 빨래를 하며 콧노래를 불렀다. 아빠의 신음소리가 마룻바닥을 통해 들렸다. 난 이불을 비틀어 짠 후 세탁기와 건조기 위에 널었고, 그랬더니 바닥에 물이 고여 물웅덩이가 생기기 시작했다.

할머니는 부엌 식탁에 앉아 계셨다. 할머니는 약간 검거나 깨진 쌀알을 골라내며 볍씨를 자세히 살펴보고 계셨다. 나도 할머니 옆에 앉아서 도왔다. 내가 깜박하고 잠이 들었던 게 분명한데 전에 한 번도 맡아보지 못한, 김이 모락모락 나는 구수한 밥 냄새 때문에 잠에서 깼다. 할머니는 난로 주변에 서 계셨고 솥에서 무언가를 두 개의 밥공기에 담고 계셨다. 난 화장실로 가서 머리를 단정하게 했다. 얼음처럼 차가운 물로 세수했다. 내가 돌아왔을 때 할머니는 할머니 앞에 밥 두 공기를 놓고 이미 식탁에 앉아 계셨다. 그렇지만 쌀이 달랐다. 그것은 하얀 것이 아니라 짙은 보라색이었고 여기저기에 콩이 점점이 박혀 있었다.

"오메데토"220) 할머니는 손을 뻗어 할머니의 거친 손바닥으로 내 뺨과 턱을 감싸 쥐었다.

"감사합니다" 하고, 나는 머리 숙여 인사했다. 내 밥그릇을 들어 올렸다.

---

220) 축하해

"세키항"221), 이라고 너는 말한다. "다른 특별한 기념일에도 그걸 먹지."

"아." 난 약간 실망한다. 난 그것이 여자만을 위한 것이기를 바랐다.

"내가 팥밥을 만들 수 있어."

"정말?" 난 다시 활기를 찾기 시작한다. "정말 먹어보고 싶어."

"무엇을 축하할까?" 넌 묻는다.

"걱정 마. 내가 뭔가 생각해볼게."

"우리가 콩을 불리는 두 시간 동안 무엇을 하고 싶니?"

"꼭 물어봐야 해?"

---

221) 찹쌀에 삶은 팥을 넣어 찐 밥으로, 경사스러운 날이나 기념일에 먹는 일본 전통 행사 음식이다.

그는 캘거리 평생교육원에서 꽃꽂이와 일본 다도를 가르쳤다. 그의 학생들은 대부분 저녁에만 수업을 들을 수 있는 여성들이었다. 그는 이 강의를 하면서 많은 돈을 벌지는 못했다. 그래서 그는 부수입을 얻기 위해 야간경비 일을 했다. 난 새벽이 오기 전에 신문을 배달했고, 우리는 날이 밝고 환해지는 동안 함께 누워 있곤 했었다.

난 내 손가락으로 그의 부드러운 배에 원을 그렸고 내 발가락으로 그의 발을 간지럽혔다. 그는 늘 나른해하면서도 따뜻했다. 태양은 너무 멋진 깃털 이불이었다.

"이따금 난 네 할머니와 이야기를 나누고 싶어", 그는 졸린 듯 말했다.

"넌 . . ."

하지만 그는 잠들었다.

"이거 맛있는데", 나는 구수한 팥밥을 한가득 입에 머금고 말했다. "이건, 예전에 딱 한 번 할머니께서 날 위해 만들어 주셨던 팥밥만큼이나 맛이 있네."

"그럼 우린 무엇을 축하하고 있는 거지?" 그가 *세키항*을 한 공기 더 뜨면서 물었다.

"사랑 이야기."

"*나나?*"222)

"사랑 이야기. 현재 우리의 사랑 이야기. 부끄럽지 않아. 난 우리가

---

222) 뭐라고?

사랑 이야기를 만들어갈 수 있고, 그걸 매우 자랑스러워할 거라고 생각했어." 난 내가 이렇게 선언한 것에 대해 우쭐한 기분이 들었다. 큰 소리로 말한 것에 대해서도

"우리가 결혼할 거라는 얘기야?" 그가 진지하게 물었다.

"물론 아니지. '사랑 이야기'와 '결혼'은 나란히 놓고 보면 모순일 거야. 사랑 이야기나 좀 더 하는 게 어때? 넌 나와 결혼하는 걸 몹시 싫어하게 될 거야." 나는 조심스럽게 밥에서 콩을 골라내면서 속내를 털어놓았다. 그의 얼굴을 피하면서 말이다.

"우리 부모님께서 가을에 널 보러 오실 거야", 그가 내 눈을 바라보며 말했다.

"왜?"

"왜냐하면 우리가 계속 동거하고 있으니까. 내가 너에 대해 많은 편지를 썼거든. 부모님은 우리가 결혼해야 한다고 생각하시고, 나도 부모님 생각이 옳다고 생각하니까." 그는 진지했다.

"이게 프러포즈야?" 난 서글프고 화가 났지만 한편으론 매우 행복해하면서 물었고, 머릿속이 혼란스러워 단어를 신중하게 선택할 수가 없었다.

"무라사키, 난 물어볼 필요가 없다고 생각했어. 난 우리 관계가 인생의 동반자라고 생각했어."

"캐나다 기러기[223]들처럼 말이지, 안 그래? 원앙새들처럼 말이야."

"농담하는 거 아니야", 그가 말했다. 그는 화가 치밀어 오르고 있었

---

223) 늘 함께 있는 사이좋은 부부를 비유함.

고, 난 그를 탓할 수가 없었다.

"나도 농담하는 거 아니야." 난 일어섰다. 그리고 내 빈 밥그릇을 쨍그랑 소리가 나도록 싱크대 안으로 던져 넣었다.

"그렇다면 넌 왜 여기 있는 거야, 내 밥을 먹고 낮에는 나와 함께 잠을 자면서, 지금 넌 왜 여기에 있는 거야?"

"왜냐하면 그러고 싶으니까. 그리고 너도 내가 그러길 바라잖아."

"난 다만 네가 우리에게 집중했으면 좋겠어", 그가 말했다. "사람들이 서로 사랑할 때 다들 그렇게 하잖아, 안 그래?"

"나도 그러고 있어."

"그렇다면 증명해봐."

"난 지금 이 순간 우리에게 집중하고 있어. 바로 지금 말이야. 하지만 네가 그 문제로 계속 귀찮게 하면 내 마음이 변할지도 몰라."

"네가 자꾸 딴생각을 하는데 내가 어떻게 널 믿을 수 있겠어? 이건 일생에 단 한 번뿐인 관계야. 이것보다 더 좋아지지 않는다고 우리는 수많은 삶을 살 수 있지만 이렇게 특별한 관계는 다시는 찾아오지 않을 수도 있어. 뭘 더 바라는 거야?"

"네가 걱정하는 것이 그런 거라면, 분명히 말하지만 내가 또 다른 애인을 원하고 있는 건 아니야. 단지 난 내 일생을 너에게 바칠 수 없다는 거야. 특히 앞으로 무슨 일이 벌어질지도 모르고, 우리가 감당하기 어려운 더 큰 문제가 우리의 삶에 개입될 수도 있는 거고."

"그렇지만 넌 일상에서 일어나는 이야기가 될 만한 모든 것들에 빠져 있잖아", 그는 나의 일관성 없는 모습에 실망한 채 말했다. "넌 이야기를 할 때마다 네가 알지 못하는 어떤 생각에 잠겨 있기도 해."

"지금 난 우리의 사랑 이야기에 집중하고 있어. 그걸로 충분하지 않아?"

"네가 생각하는 모든 것을, 넌 이야기로 바꾸려고만 해. 난 하나의 이야기가 아니야. 너도 마찬가지고. 우리는 느끼고, 생각하고, 나이를 먹고, 또 그러면서 배워가는 거야. 네가 나를 때린다면, 그건 아플 거야. 네가 나를 떠난다면, 난 울 거야. 그런 일들을, 넌 완전히 지울 수만은 없는 거라고."

"지우려는 게 아니야. 그 이야기를 각색해서 다른 이야기로 다시 써보려는 거야." 난 창가에 서서 네가 다듬으려고 했던 창밖의 넝쿨소나무를 쳐다보았다.

"네가 이런 식으로 나온다면 난 할 말이 없어. 넌 내가 사랑했던 사람들 중에서 가장 힘든 사람이야."

"과거 시제네?"

"외출해야겠어." 그리고 그는 미소 짓지 않았다.

"이봐", 네가 말한다. "넌 지금 우리의 삶에서 실제로 일어나고 있는 일과 가공의 이야기를 뒤섞고 있어. 글쎄, 내가 그걸 좋아할 수 있을까. 난 실제 우리 삶에서 그 이야기들을 분리했으면 좋겠어. 우리가 지금 살고 있는 것으로부터 말이야." 넌 그릇들, 밥솥, 그리고 하시를 설거지 한다. 너는 불안해하고 있고 네가 행복할 때 설거지하는 소리보다 더 시끄럽게 달그락거리는 소리를 낸다.

"그럴 수 없어. 내가 하는 이야기는 앞으로 벌어질 미래에 대해 말 하는 거야. 무슨 일이 일어날지. 난 우리의 미래가 펼쳐지기 전에 그것 에 대해 이야기하고 있는 거라고." 난 소파 등받이를 만지고, 한 줄로 늘어서 있는 책들의 책장을 빠르게 넘기고, 검은 오디오 위에 쌓인 먼 지를 한 손가락으로 훑으며 거실을 서성거린다.

"하지만 네가 만든 우리의 미래를 내가 좋아하지 않으면 어떻게 할 래? 우리의 미래에 대해 나도 이야기를 좀 하는 건 어때? 너는 수건으 로 손을 닦고 절망스러운 듯이 손으로 네 머리카락을 헝클어트린다.

"내가 내 이야기를 완성했을 때, 네가 다른 이야기를 시작하고 싶 다면 그렇게 해. 네가 내 이야기를 들었던 것처럼 나도 예의를 갖춰서 들어 줄게. 최소한 그렇게는 할 거야", 하고 나는 고쳐 말했다.

"우리의 미래를 가지고 이렇게 미적거려야 하는 건지 잘 모르겠어. 그건 운이 안 좋게 끝날 수도 있어", 넌 진지하게 말한다.

"그건 운과는 전혀 관계가 없어. 글쎄, 어쩌면 약간은 관련이 있을 수도 있겠지. 하지만, 대부분 우리는 스스로 우리의 삶을 바꿀 수 있는 힘을 가지고 있잖아. 난 운명에 의존하고 싶지는 않아."

"정 그렇다면—"

나는 손가락 하나를 네 입술 위에 올려놓고 너를 바닥으로 데려간다. 네 머리가 내 무릎을 베게 하고 난 네 이마에 M자 모양으로 자란 매력적인 머릿결을 쓰다듬는다.

"날 믿어봐."

나는 식기 건조대에 그가 올려 둔 접시의 물기를 닦고, TV가 켜져 있진 않았지만 그 앞에 앉았다. 선물용 목마와 이빨224), 그리고 원앙새에 대해 생각했다. 그게 무엇이든 간에 말이다. 사랑과 고통이 어떻게 그렇게 가까이 서로 함께 묶일 수 있는지 우습다. 내가 아주 어리다면 M자 이마 라인을 한 남자가 요리도 할 수 있고 헌신적으로 날 사랑해 줄 수 있다는 생각만으로도, 난 아마 꽉 하고 죽어버렸을 거다. 해피엔딩을 사랑했던 난, 나 자신을 경멸했다. *헨쿠츠.*225) 이 말이 맴돌았다. 완고한 대조였다. 아니, 나를 더 잘 설명할 수 있는 말을 떠올릴 순 없었지만 그건 단지 그런 것만은 아니었다. 무언가가, 내가 영원히 이곳에 머무르지 못하게 하는 그 무언가가 내 마음 한구석을 저릿하게 만들었다. 할머니가 여기에 있다. 바로 지금 여기에 있다. 할머니는 예전에도 나와 함께 있었고 앞으로도 그럴 것이다.

"*타다이마*"226), 그가 피곤한 목소리로 말했다. 난 여전히 소파에 앉아 있었다.

---

224) 원문에 기재된 '선물용 목마와 이빨(gift horses and teeth)'과 관련하여, 서양 속담에 <Don't look a gift horse in the mouth>가 있다. '받은 선물에 대해 불평하지 말라'는 뜻이다. 다시 말해 누군가 말을 선물로 주었는데, 이 말이 좋은 말인지 확인해보려고 입안을 꼼꼼히 살펴보는 것은 선물을 준 사람의 호의를 무시한다는 말이다. 따라서 선물에 대해 좋고 나쁨을 따져서는 안 된다는 일종의 은유, 구체적으로 인생에 있어 수반되는 사랑과 그에 따른 고통을 회피하지 말고 모두 다 받아들여야 한다는 것을 의미한다.

225) 고집쟁이

226) 나, 왔어

"왔어, 수업은 어땠어?"

"괜찮았어. 가능성이 보이는 학생들이 몇 명 있어. 뭐 하고 있는 거야?" 그는 내 옆에 있던 의자에 앉았다. 꽃줄기의 강한 풀내음이 그의 손과 옷에서 은은하게 퍼져 나온다.

"아무것도 안 해. 그냥 생각하고 있어."

"무슨 생각해?"

"불현듯 어떤 생각이 떠올랐어. 네가 공항에 도착했을 때부터 너를 알고 지내왔는데, 넌 YMCA에서도 영어 수업을 들은 적이 없었잖아. 그런데도 네 영어가 상당히 유창해서 같이 얘기할 때 네게 억양이 있다는 것조차 모르겠으니 말이야."

그는 믿을 수 없다는 듯이 나를 바라보았다.

"하지만 너와 말할 때 난 일본어로만 얘기하잖아. *지분 데 와카라 나이 노? 이츠모 니혼고 데 하나시테이루 노니.*"227) 呆れるよ(아키레루요).228)

이런.

• • •

그는 욕조 가장자리에 머리를 대고 상체를 뒤로 젖히며 두 눈을 감았다. 그녀는 그윽한 눈으로 바라보면서 손가락으로 그의 발가락을 간지

227) 너 혼자서는 알 수 없는 거니? 항상 일본어로 말하고 있는데도.
228) 참, 어이가 없네

럽혔고, 그의 발바닥을 힘 있게 쓰다듬었다. 그는 한숨을 쉬었다. 그녀는 그의 두 다리를 벌리면서 그녀의 무릎을 아래로 밀어 넣었고 그의 발목을 원을 그리듯 어루만지며 손바닥으로 그의 종아리 뒤쪽을 꽉 쥐었다. 비누로 매끄러워진 두 손이 자연스럽게 그의 종아리를 어루만졌고, 그의 허벅지를 따라 그의 두 무릎을 원을 그리듯 부드럽게 애무했다. 그녀는 그의 다리를 손으로 격렬하게 주물렀고, 그는 자신의 몸에서 욕정이 퍼져가는 것을 느꼈다. 그의 벌어진 입술 사이로 숨결이 가빠졌다. 그녀는 손가락 하나로 그의 허벅지 안쪽을 따라 올라가 부드럽고 매끈한 피부를 쓰다듬었다. 그는 신음했다. 그녀는 미소 지으며 대담한 손길을 펼쳤다. 터치, 불도마뱀의 부드러운 피부. 그녀가 손을 떼자, 그는 숨을 다시 들이마시더니 숨을 멈추었다가 아쉬움에 한숨을 쉬었다. 그녀의 대담한 손길이 다시 펼쳐졌다. 터치. 터치. 부드러운 불도마뱀. 그는 숨을 멈추었다. 그녀는 그의 배를 혀로 애무하면서 그의 자그마한 젖꼭지를 부드럽게 물었다. 그의 눈썹, 그의 뺨, 그의 눈에도 부드럽게 키스했다. 그녀는 골반을 약간 들어 올렸다. 욕조의 따뜻한 물이 밀려왔고, 그녀의 머리카락에 맺혀있던 땀방울이 그녀의 얼굴과 가슴을 따라 비 오듯 흘러내렸다. 그리고 그녀는 자신의 골반을 그의 몸 위로 움직여 그를 안으로 깊이 넣었다. 그들은 천천히, 부드럽게 몸을 떨었고 그러자 그녀의 허벅지와 그의 배 주변에서 욕조의 물이 출렁이기 시작했다. 그들은 전율을 느끼며 미끄러졌다. 그는 등을 아치처럼 구부렸고 그녀는 그를 누르고, 또 누르면서 가쁜 숨소리를 내기 시작했다. 그녀는 웃었다.

• • •

헤럴드지
앨버타의 다문화 목소리, 4부
오늘날의 일본계 캐나다인들

제 이름은 케이코입니다, 하지만 절 케이라고 불러주세요. 저는 이십 년 동안 앨버타에서 살았고 이곳에서 사는 것이 아주 좋습니다.

눈과 얼음이 덮여 있는데도 불구하고 매년 봄마다 피어나는 야생 크로커스보다 더 연약한 것도 없지만, 소생하는 삶을 더 잘 상징하는 것도 없을 거예요. 전 은퇴해도 절대로 밴쿠버로 이사 가지 않을 거예요. 그곳에는 너무나 많은 일본인들이 이민 온 것을 후회하고 있으니까요. 전 그들이 늘 과거를 그리워할 거면 왜 일본을 떠나왔는지 절대 이해할 수 없습니다.

제가 이민 오기로 결정했을 때, 저는 새로운 나라가 제 고향이 될 거라고 마음먹었습니다. 한꺼번에 모든 것을 다 가질 수는 없으니까요. 어떤 아이가 두 문화를 번갈아 바꾸어 가며 생활하는 것은 너무나 혼란스러운 일이에요. 이상적인 두 가지 기준들. 만약 어떤 아이가 정상적이고 사회적으로 허용되는 삶의 방식을 따르고자 한다면, 여러분은 다른 현지인들처럼 살아야만 합니다. 이것은 자신의 출신국 문화에 대해 부끄러워하는 것이 아니라, 합리적이고 현실적인 문제와 관계가 있습니다. 만약 여러분이 캐나다에 거주하고 있다면 여러분은 캐나다인처럼 살아야만 하고, 저 또한 제 딸을 이런 방식으로 키웠습니다. 그것은 정말, 아주 단순한 사실입니다.

이것이 새로운 이민자들에게 드리는 저의 조언입니다. 저는 이곳에서 행복하고 안락한 삶을 살아왔고 그 외의 다른 어떤 곳에서도 사는 것을 원하지 않습니다. 이곳이 저의 고향입니다. 이 사람들이 제 이웃입니다.

• • •

제 이름은 무라사키입니다. 엄마는 저를 뮤리엘이라고 부릅니다. 하지만 제가 비서구권 문화 출신이라는 것을 알게 되었을 때, 저는 그 이름으로 불리기엔 너무 커버렸어요. 그것이 어떤 것을 의미하든지 간에요.

저는 하이 리버에서 태어났지만 캘거리 남부의 작은 시골 마을, 낸톤에서 성장했어요. 내 머리색이 검다는 이유로, 혹은 백인들이 "쇼군 미니시리즈"를 시청했다는 이유만으로 인종에 대한 편견이 생겨난다는 것을 깨닫게 되는 나이가 되면, 캐나다에서 산다는 것은 힘들어요. 저에게는 일본어만 할 줄 아는 할머니 한 분이 계셨는데, 전 일본어를 배운 적이 없어서 단 한 번도 할머니와 얘기해본 적이 없어요. 저에겐 선택의 기회가 주어지지 않았지요.

저는 제가 길러진 방식과 훈육된 방식에 대해 많은 비통함을 느껴요. 제 뿌리에 대한 질문이 많았지만 그 누구도 대답을 해준 적이 없었어요. 우리가 살았던 곳은 문화적 차이를 장려하지 않았거든요. 그곳은 문화적 통합을 위한 공간만을 가지고 있었죠. 만약 여러분이 불문율의 행동규범을 따르지 않는다면 여러분은 타인으로서, 의심과 불신의 대상으로 소외될 거예요.

내가 아무것도 몰랐을 때는 마음이 편안했어요. 사람들이 말하는 모든 것을 그대로 받아들일 수 있었으니까요. 전 멈추지 않고 계속 질문을 하고 있고, 앞으로도 그럴 거예요. 지금 살고 있는 곳은 안전한 장소가 되어야 하지만, 내가 전혀 안전하지 않다고 생각하는 때가 종종 있어요.

그리고 난 지금 내가 사는 곳이 어딘지 생각해야만 해요.

• • •

키요카와 나오에 와 이루. 무카시 모 이타. 코레카라 노치 모 이루. 카나다 와 히로이. 짓토 미미 오 수마시테 키테 고란. 이론나 코에 가 키코에루 카라. 코코로 노 미미 오 모테타라 네.[229] 당신은 당신의 이웃을 알고 있나요? 알고 싶기는 한 건가요? 앞으로 알고 싶어 할까요? 여러분이 집을 떠나 이 길을 걷기 시작한다면 전 어디선가 여러분을 만나게 될 거예요.

• • •

무라사키

엄마는 상태가 더 좋아지셨다. 이제는 음식도 곧잘 드셨다. 난 엄마의

---

[229] 키요카와 나오에는 있어요. 옛날에도 있었어요. 앞으로도 있을 거예요. 캐나다는 넓어요. 가만히 귀를 기울여 봐요. 여러 가지 소리가 들릴 테니까. 마음의 귀를 가지고 있다면요.

머리를 빗겨 드렸고 가끔씩, 외로울 때, 엄마에게 귀를 파달라고 했다. 어느 날 엄마는 침대에서 일어나 할머니의 *네마키*를 벗었다. 그리고 그 것을 접어서 할머니의 옷장 서랍에 넣었다. 엄마는 엄마 바지와 블라우 스를 입고 두꺼운 롤러로 머리를 다시 말았다. 엄마는 눈썹 정리를 하 고 원래 색보다 더 진하게 눈썹을 그렸다. 난 조금은 서글픈 마음으로 부산하게 움직이는 엄마를 지켜보기만 했다.

"엄마, 기분이 좀 좋아졌어요?"

"응, 훨씬 좋아졌단다. 고맙구나, 뮤리엘." 그리고 그것이 끝이었다. 우리는 할머니와의 이별에 대해서도 말하지 않았고 할머니와 엄마가 친밀하게 소통을 하지 못한 이유에 대해서도 이야기하지 않았다. 왜 할 머니와 엄마가 서로 애기를 나누지 않았는지, 왜 엄마가 삼 개월 동안 아파해야 했는지, 엄마와 할머니가 일본을 떠날 때 엄마가 중요한 것들 을 왜 그곳에 남겨두고 왔는지에 대해서도 우리는 함구했다. 엄마와 나, 우리에게 해피엔딩이 있을 거라고 생각해 본 적은 없었지만, 결국 엄마 는 병세가 호전되었다. 그럼에도 불구하고 난 여전히 우울하기만 했다. 우리가 서로 소통할 수 있는 지점에 이르기 위해 엄마가 아파야만 했다 는 사실이 우습다. 어쩌면 다음에는 내가 아파야 할지도 모르겠다.

엄마는 건강을 회복했고, 나는 학교로 돌아갔다. 엄마는 여전히 라 자냐를 요리하고 닭고기와 몇 덩어리의 소고기를 굽지만 때때로 휴일 이 낀 주말에, 엄마는 "나의 작은 요리책"이라고 불리던 요리책에서 무 언가를 골라서 급히 내게 요리를 부탁하곤 했다. 그리고 난 알았다.

"미안해", 그가 말했다. "내가 널 난처하게 만든 게 아니었으면 좋겠어. 난 약간 구식이거든." 우리는 커다란 *후톤* 한가운데에 나란히 누워 있었다. 그는 뒤에서 내 허리를 두 팔로 끌어안은 채, 내 목덜미에 그의 얼굴을 묻었다.

"나도."

"너도 구식이야?" 그가 희망에 찬 목소리로 말했다.

"아니, 나도 미안하다는 뜻이야. 내가 구식인지는 모르겠지만 난 정말 그렇게 생각해본 적이 없어. 어떤 것들에 대해서는 구식일지 모르지만 결혼에 대해서는 그렇지 않거든. 내가 결혼을 하지 않겠다는 뜻은 아니야. 그렇지만 결혼 제도와 헌신에 관한 생각은 너와 달라. 너도 알다시피, 나는 1만 마일이 떨어진 곳에서도 너한테 헌신할 수 있거든."

"어디로 갈 생각이야?"

"최근에 그런 생각을 했어."

"아."

그는 똑바로 돌아누우며 천장을 쳐다보았다. 보이지는 않지만, 앞에서 뒤로, 뒤에서 앞으로 움직이는 공기를 따라 짜이고 있는 먼지투성이의 거미줄을 바라보았다. 나는 내 손을 그의 멋진 M자형 머리에 살며시 넣었다. 그의 얼굴 윤곽을 따라 손바닥으로 그의 턱을 감쌌다. 그의 눈에 눈물이 고여 있었다. 나는 몸을 숙여 그의 뺨과 이마, 그의 눈에 입맞춤했고 그의 슬픔을 혀로 느꼈다. 나는 손을 아래로 뻗어 그를 내 안 깊숙이 넣었다. 우리는 천천히, 부드럽게 몸을 떨고 또 떨었고, 바로 우리 위의 공중에서는 거미줄이 짜이고 있었다.

당신들(역주: 무라사키와 나오에)230) 이 떠나기로 작정해서 훌쩍 여행길을 떠나면 사람들은 이러쿵저러쿵 많은 말을 할 것이다. 사람들은 그 이유에 대한 명쾌한 답을 얻기 위해 당신들에게 무언가 꼬리표를 붙이려고 하겠지. 그들 주변의 모든 것들에 대한 이유를 달아서 말이다. 그녀는(역주: 무라사키 혹은 나오에) 애를 태우며 무언가를 찾고 있다. 아니면 그녀가 멀리 달아나고 있는지도 모르겠다. 그것을 보이는 그대로 받아들이지 않고, 그 가치를 어떻게 측정할 것인가?

　여행은 내(역주: 무라사키의) 머릿속에서 시작된다. 지금 내 앞에 계신 할머니와 똑같은 생각과 말과 함께 말이다. 그리고 내가 떠난다면, 내가 떠난 후에 사람들이 걱정하지 않도록 가끔씩 엽서를 보낼 것이다.

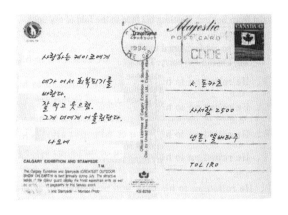

---

230) 이 장면에서 무라사키와 나오에는 거의 동일 인물로 간주할 수 있다. 예를 들어, 이미 여행을 떠난 나오에와 이제 막 여행을 시작하려는 무라사키는 서로가 서로의 모습을 비추는 거울과 같은 역할을 하는 것이다. 따라서 무라사키가 공식적인 화자라고는 하나, 이 시점에서 누가 실질적으로 말을 하고 있는지에 대해서는 알 수가 없고, 또한 중요하지도 않다.

"내가(역주: 나오에) 당신을 덴구라고 불러서는 안 되겠죠. 제가 당신을 어떻게 부르길 원하는지 말씀해주셔야 해요. 제가 건방졌네요", 라고 말하면서, 그녀는 자신의 팔을 그의 가슴에 올려놓았다. 그녀는 목욕을 해서 쭈글쭈글해진 손가락을 그의 부드러운 배 위로 미끄러지듯이 가져갔다. 그는 침실용 스탠드로 손을 뻗어 구겨진 담뱃갑에서 마일드세븐 한 개비를 꺼냈다. 그리고 그녀를 향해 고개를 돌리며 눈썹을 치켜올렸다. 그녀는 그것을 받아서 그녀의 귀에 끼웠다. 그는 다른 한 개비를 꺼내 톡톡 치면서 호텔 성냥으로 담배에 불을 붙였다. 레지스 호텔.

"내가 어렸을 때, 우리 아빠는 농장의 일꾼이었소. 말하자면 농장관리인이었지. 그래서 우리는 언덕이 시작되는 서부의 구릉지대에서 살았소. 아빠는 동이 트기 전, 밖이 얼어 죽을 만큼 추운 그런 이른 아침에 잠에서 깨어, 침대에서 나오자마자 황소에게 사료를 주고, 몇 개의 크고 둥근 건초 다발들을 저 먼 곳에 있는 목초지로 실어 나르고, 젖소들의 젖을 짜고, 기니 암탉이 갓 낳은 신선하고 따끈한 청란을 얻기 위해 닭장을 둘러보고, 너무나 가까이에서 울어대는 나이 든 칠면조를 발로 차고, 족히 세 시간에 걸쳐 꼬박 일한 다음 돌아오면, 태양은 구릉지대의 낮은 덤불 위로 그 모습조차 드러내지 않곤 했소. 아빠는 몸이 온통 차가워진 채 방으로 돌아와 얼음장 같은 코를 내 목에 들이댔고, 그러면 난 비명을 지르며 아빠와 아빠 애인이 사용하는 침실로 달려가 아빠 애인 옆에 꼭 붙어 있곤 했고, 이불을 머리까지 덮고 자는 것을 좋아했던 아빠 애인은 머리를 이불 밖으로 내밀고는, 당신 일은 다 마친 거예요? 라고 말하곤 했소 아빠는 응, 하고 말을 하고 나를 공중으로 던져 침대에 떨어지게 했고, 난 계속해서 웃어댔지. 어서 가서 세수하고 옷을 입어라, 아들아. 오후가 거의 다 되어간다, 하고 아빠가 말했소 그러면 나는 세수하러 갔고 가스레인지 위에서 들썩이는 갈색의 뜨거운 커피향을 맡을 수 있었소. 그리고 탁 하고 깨진 달걀, 휘저어 마구 뒤섞인 샛노란 노른자위, 내가 맨발로 서 있는 차가운 욕실 바닥, 자넷이 토스트를 굽는 냄새, 그리고 달걀을 휘젓는 아빠의 모습. 난 머리에 물을 적셔 가운데 가르마를 타보려 하지만 머리의 한쪽 부분이 들떠서 평평하게 할 수 없었고, 새로 산 청바지와 낡은 카우보이 부츠, 그리고 외출용 셔츠를 입고 다시금 머리에 물을 적셔 밑으로 눌러보지만 아니, 머리가 고정되지 않았소 주머니 하나가 뜯겨 나간 자리에 군청색 정사각형 자국이 보이는, 파란색 실내복을 입은 자넷과 여전히 소똥 냄새가 배어 있는 구수한 건초향을 풍기는 아빠, 그리고 아래층에서 들려오는 우유에서 크림이 분리되는 소리. 그것이 합법적이기만 하면, 아빠는 나이에 대해 야단법석을 떠는 사람이 아니었고, 내가 할 수 있는 것과 할 수 없는 것에 대해서도 소란을 피우지 않았기 때문에 나는 토스트 두 조각과 케첩을 뿌린 계란, 그리고 커피 한 잔을 다 마실 수 있었소 아들아(son), 등교 첫날이라 신나니? 아빠가 물었소 자넷은 토스트를 향긋한 커피에 살짝 찍다가 고개를 들어 쳐다보았고, 그게 내(역주: 자넷)가 아니라 너(역주: 덴구)라서 너무 행복하다면서 말을 이어갔소 내가(역주: 자넷) 학교를 다니던 시절에는 6학년까지만 다니면 됐었지. 하지만, 누가 알겠어, 네가(역주: 데구) 그것을 좋아했을지도 모를 일이지. 그녀의 머리는 여전히 헝클어져 있었지만 붉게 빛나는 예쁜 갈색이었소. 모르겠어요, 하고 난 말했지, 아마도 그렇게 말한 것 같소. 그러나 그렇게 대답한 것은 내가 커피를 한 잔 더 마셔서 딴사람이 되었던 게 분명하오. 동이 트기도 전에 스쿨버스가 도착했고, 버스 안에 있던 학생은 유일하게도 나 혼자였소. 왜냐하면 등교하는 학생 중에서 내가 가장 먼 곳에 살았기 때문이었소. 나와 버스 운전기사 에드, 우리는 한참을 더 가야 했고, 다른 누군가가 타기 전에 내가 세어 보았는데, 글쎄 그가 삼십 분 동안 하품을 다섯 번이나 하더군. 마침내 날이 밝았고 레이지 S 랜치에 정차해 샘슨 자매를 태웠지만, 그들은 상급생들이었고 맨 앞좌석에 앉아 있는 나를 거들떠보지도 않고 구부정하게 지나가더니 뒷자리에 앉더군. 우리는 다른 농장과 농가에 더 자주 정차했는데, 모든 아이들이 버스 뒷좌석에 앉는 바람에 난 그 누구도 앞자리를 선택하지 않는다는 것을 알게 되었소. 이따금씩 있는 결혼식과 협동조합 소시장에서 알게 된 몇몇 아이들이 있었지만, 우리는 서로 너무 수줍어하고 긴장해서 버스에서 얘기조차 나누지 못했고, 학교에 가까워지자 어떤 선생님을 만나게 될지 몹시 궁금해지더군. 점점 더 긴장을 하는 바람에 위장에 있던 커피가 온통 질퍽거리고 출렁거려서 결국, 나는 트림을 했지. 사실 난 유치원에 다닌 적이 없소. 그곳에 가기엔 우리가 너무 먼 곳에 살았기 때문인데, 설사 차로 간다고 해도 반나절 동안의 색칠하기와 숫자세기를 위해 유치원에 간다는 것은 너무 무리였지. 난 수제 버터와 구수한 소똥 냄새가 나는 아빠와 자넷이 사용하는 낡은 침대 한가운데서 잠을 자며 집에 있기를 바랐었소. 마침내 우리는 학교에 도착했고, 난 모든 아이들이 먼저 내릴 때까지 기다렸다가 건물 안으로 들어가는 아이들을 따라갔는데, 아이들이 각자 반으로 뿔뿔이 흩어지는 바람에 난 갈길을 잃게 되었소. 그렇지만 난 어른에게 묻지 않았소. 종이 울렸고, 난 그것이 내가 어딘가에 있어야 한다는 걸 의미한다고 생각했기에 어떤 교실을 향해 가만가만 걸었지. 교실에는 나보다 덩치 큰 아이들이 책상에 앉아 있었는데, 파란 눈의 금발 머리 선생님이 몸을 아래로 굽히는 바람에 선생님 얼굴이 내 얼굴 바로 위로 오게 되었고, 그곳에서 누런이를 드러내고 씩 하고 웃지 않았겠소. 몇몇 아이들이 킥킥거렸고, 누군가 내가 바지에 오줌 싼다는 데 내기 건다고 말하는 걸 들었소. 난 얼굴이 확 달아오르는 걸 느꼈고 새 청바지는 커피를 마신 내 배에 꽉 꼈소. 선생님은 내게 너무나도 큰 목소리로 물었지, 넌 몇 학년이니? 이름은 뭐지? 나는 침을 꿀꺽 삼키고, 일 학년이요, 하고 대답했소. 제 이름은 썬(Sun)이에요. 그 순간 온 교실이 웃음을 터뜨렸고, 난 샘슨 자매 중 한 명도 같이 웃는 걸 들었소. 그거 재미있구나, 금발 머리 선생님이 말했소. 그건 중국 이름 같은데, 넌 중국인처럼 보이지 않는구나. 확실히 그게 네 이름이 맞는 거니? 네, 난 확고하게 말했소. 아빠는 항상 저를 썬이라고 불러요. 알겠다, 하고 선생님이 말했소. 그럼 네 아빠의 이름은 뭐니? 당연히, 대드(Dad)요! 하고 내가 말했소. 모두가 귀청이 째지도록 웃어댔지. 난 눈물이 글썽거렸고 목이 메었소. 심지어 선생님께서도 웃고 계셨지. 마침내, 그 남자 선생님이 말했소, 썬(Son)은 네 이름이 아니란다. 그건 남자아이를 말한단다. 네 아버지께서는 아빠이기 때문에 너를 아들(son)이라고 부른 거야. 대드(Dad)는 아버지와 같은 의미야. 알겠나? 그러자 모든 것들이 주변에서 빙글빙글 돌았고, 단어와 이름들이 서로 소용돌이치며 꽝 하고 부딪쳐 한곳을 강타하는 바람에 기존에 알고 믿어왔던 무언가가 나와 충돌할 수 있는 견고한 벽이 되어 버렸소. 그래서 난 두 잔의 커피와 아침 식사를 선생님의 신발에 고스란히 토할 수밖에 없었지. 이윽고 자넷이 픽업트럭으로 나를 데리러 왔고, 그 안에서 난 그녀의 무릎을 베고 누웠는데 그사이 그녀가 내 등을 내내 토닥여준 것이 잊히지 않소"

그는 세 번째 담배를 꺼내며 그녀를 쳐다보았다. 그녀(역주: 나오에 혹은 무라사키)는 손바닥을 위로 하고, 손가락은 편안한 상태로 약간 구부린 채 반듯이 누워있었다. 그는 그녀가 잠들었다고 생각했다.

"그럼 당신은 이름이 없군요." 그녀가 눈을 감고 말했다.

"그런 셈이지. 나도 잘 모르겠소"

"외롭겠군요."

"다른 사람들하고 있을 때만 그렇소"

"지금 외로운가요?" 그녀는 앉아서 침대 헤드에 기댔다. 그런 후 그녀의 귀에 끼워두었던 담배를 향해 손을 뻗었다. 그는 그녀를 위해 성냥에 불을 붙여 주었고 성냥을 불어서 끄는 대신 흔들어서 껐다.

"당신과 함께 있는 것은 그리 나쁘지 않소. 당신의 이야기들, 거기에는 텅 빈 허울 이상의 그 무언가가 담겨 있고, 내가 학교에 다니기 전에 느꼈던 그 감성을 거의 되찾게 될 것만 같은 기분이요"

"지금 당신이 멋진 이야기를 해주셨어요." 그녀는 생각에 잠기며

재를 털었다.

그는 천천히 미소 지었다.

"그러니까, 당신은 계속 변하는군요", 그녀가 말했다. "아니라면 내가 어떻게 당신의 말을 번역할 수 있겠어요. 난 종종 당신이 어떤 사람인지 모르겠어요. 당신은 여전히 *스코시*[231] 일본어를 구사하는 바로 그 사람인가요, 아니면 제가 꾸며낸 가공의 인물인가요?"

그는 놀라서 눈썹을 치켜뜨고, 눈을 크게 뜬 채 그녀를 바라보았다.

"무슨 말이오? *에이고 히토츠 모 하나시테나이 토 오모우 케도*[232] 우린 계속 일본어로 말하지 않았소?"

아.

● ● ●

무라사키

사람들은 항상 행복한 이야기를 듣고 싶어 한다. 너(역주: 무라사키)를 생각하게 만드는, 어쩌면 약간 교훈적이며 마음이 따뜻해지는 결말의 이야기, 그래, 그것은 의미 있지만 너무 긍정적이었어. 좀 더 조심하자. 사람들은 이러쿵저러쿵 말들이 많거든. 왜 너는 해피엔딩의 이야기를 할 수 없는 거니? 넌 왜 그렇게도 냉소적이고 우울해야만 하는 거야?

---

231) 부족한
232) 영어를 한마디도 사용하지 않았다고 생각하는데.

그건 단지 네가 그것을 어떻게 듣느냐에 달린 거야. 이건 행복한 이야기야. 모르겠니? 난(역주: 나오에와 합쳐진 무라사키) 줄곧 미소 짓고 있었다.

난 혼자서 낸톤에 갔고, 엄마는 내가 남자친구와 싸웠는지를 가장 먼저 물었다.

"아니에요, 엄마, 우린 싸우지 않았어요. 혼자 오고 싶었어요." 나는 부엌 식탁에 앉아서 엄마가 분주하게 왔다 갔다 하는 것을 보고 있었다. "엄마, 제 귀 좀 파주실래요?"

"할머니 방에 가서 *미미카키*를 가져오너라", 오븐의 타이머를 맞추며 엄마가 말했다. 닭가슴살을 재료로 한 즉석 냉동식품. 난 터벅터벅 계단을 걸어 올라가 할머니 방으로 갔고, 여전히 그곳은 할머니가 떠날 때와 똑같은 상태로 있었다. 난 엄마가 왜 그 방을 청소하는지 이유를 알지 못했다.

내가 돌아왔을 때, 벌써 엄마는 거실에서 햇볕이 잘 드는 소파 한편에 앉아 있었다. 엄마는 옆에 있던 쿠션을 툭툭 치면서 눈웃음을 지었다. 내가 엄마 곁에 다가서자 엄마는 앉으라며 내 손을 잡아당겼고, 내 머리가 엄마의 따뜻하고 포근한 무릎에 감싸일 때까지 부드럽게 내 어깨를 밀었다. 엄마의 옷 향기. 태양은 내 얼굴과 웅크린 몸을 온전히 내리쬐고 있었다.

"엄마?" 난 속삭였다.

"응, 움직이지 말거라."

"난 곧 떠날 거예요", 난 조용히 말했고 엄마는 내가 말하지 않은 것까지 들었을지도 모른다.

"알았다, 얘야."

"할 말이 그게 다예요?"

"처음부터 알고 있었단다."

"아." 난 약간 실망했다. 눈물을 글썽거리며 엄마가, 내게 가지 말라고 애원하길 원했다.

"너도 알겠지만, 할머니를 찾지는 못할 거다. 우리가 같은 방에 있을 때조차 난 네 할머니를 찾을 수 없었으니까", 엄마는 의미심장하게 말했다.

"찾으러 가는 게 아니에요. 그냥 떠나는 거예요, 아시겠어요?"

"잘 모르겠다만, 걱정할 거야", 엄마가 말했다. 부드럽게, 조심스럽게, 내 귀를 파면서.

"편지할게요", 나는 안심시키듯 말했다.

"남자친구도 함께 가니? 그 애가 같이 간다면 마음이 더 놓일 텐데." 엄마는 내가 말하기도 전에 내 대답을 알고 한숨부터 내쉬었다.

"아니요. 그는 이제 겨우 여기(역주: 자아 탐색을 필요로 하는 목적지)에 도착한걸요. 그는 그 자신만의 여정을 이어가야 해요. 엄마도 도착하기 전까지는 다른 곳으로 갈 수 없어요. 저는 마침내 도착했고 그래서 비로소 이제서야 떠날 수 있는 거예요."

"난 정말 네가 무슨 말을 하는지 모르겠구나. 난 삼십 년도 훨씬 전에 도착(역주: 캐나다로의 정착)했단다."

"아니요, 엄마. 엄마는 아직 도착하지 않았어요."

"네 말에 따르면", 엄마는 날카롭게 말했다. "너만의 주관적인 잣대를 사용하는구나."

"네, 엄마 말이 맞아요."

"그만 끄덕거리거라. 너와 더 실랑이 벌이고 싶지 않구나."

"죄송해요."

"아빠가 널 많이 그리워할 거다."

"아빤 제가 떠난 걸 알지도 못할 거예요!"

"아니야. 넌 아빠가 네게 신경 쓰고 있다는 걸 결코 모르더구나. 너도 알겠지만, 그게 네 성격의 단점이야."

"결점이 전혀 없는 일부 완벽한 사람들과는 다르죠", 난 투덜거렸다.

"그리고, 그건 또 다른 결점이고." 엄마가 덧붙였다.

"뭐라고요?"

"네 빈정거림. 늘 빈정거리기만 한다면 다른 것은 아무것도 보지 못하는 거야."

"교양 있는 엄마가 미숙한 어린 딸에게 전하는 지혜의 말씀."

"또, 그렇게 어린 것도 아니잖아."

"아야!" 난 아픈 척을 했다. 귀가 아니라 엄마의 말에 상처를 입은 것처럼 말이다.

"신경 쓰지 말고 가거라. 네 아버지와 난 여기에 그대로 있을 거다. 누가 아니, 할머니께서 언젠가 잠깐 들르실지도 모르고 난 그날을 위해 여기 있고 싶구나. 달랑 엽서 한 장이라니! 시간이 그렇게 많이 흘렀어도 네 할머니가 전하는 말씀이라고는 우편 엽서 한 장이더구나! 글쎄다, 저 마스터카드 청구서가 계속 오는 걸 보면 할머니는 잘 지내고 계신 것 같구나."

"아시잖아요, 우리는 할머니를 추적할 수 있었어요. 이 모든 청구서들로 우리는 할머니를 찾아낼 수 있었다고요. 왜 그러지 않으셨어요?" 난 나 나름대로 이유가 있었지만 엄마가 왜 그렇게 하지 않았는지 알 수 없었다.

"할머니가 떠난 것은 할머니가 행복해질 만큼 충분히 강인하기 때문이란다. 방향을 선택할 만큼 충분히 강한 거지. 할머니가 돌아오고 싶다면 돌아올 수 있거든. 그리고 난 할머니 덕분에 행복했단다. 어쨌든 지금 할머니는 잘 드시고 계시니까. *맛타쿠!* 하지만 넌 달랑 엽서 한 장만 보내지 말고 좀 더 자주 연락하려무나!"

"뭐라고 하셨어요?"

"네가 우리에게 편지를 좀 더 많이 써주길 바란다고 했단다."

"아니요, 그전에요. 엄마가 '*맛타쿠*'라고 하지 않으셨어요?"

"그런 말 한 적 없다!"

"아." 으으으음.

두 여자(역주: 나오에와 무라사키)가 다른 시간에 두 개의 다른 길로 두 개의 다른 여행을 한다. 그들은 마음속에 특정한 목적지를 가지고 여행하는 것은 아니지만 그들은 똑같은 장소를 향해 걸어간다. 그들이 만날지 아 닐지는 중요한 것이 아니다.

이것은 수학의 등식이 아니다.

내 짐작으로는 사람이 가벼운 등짐과 튼튼한 신발 한 켤레만으로 여행을 할 수 있던 때가 있었다. 한두 가지 이야기로, 한 그릇의 수프와 한 조각의 빵을 바꾸면서 말이다. 만일 누군가 그러한 방식으로 살 수 있다면 그 사람은 바로 할머니일 것이다. 어쩌면 할머니가 정확히 그런 방식으로 살고 계실지, 심지어 지금까지도 내가 말해야 할 것을 알려주고 계시는지도 모를 일이다. 지금이 그런 연습을 다시 시작해야 하는 시간일지도 모른다. 내게는 언제나 생계를 해결하기 위해 일할 수 있는 튼튼한 두 어깨가 있다. 하지만 세상에는 충만함을 주는 이야기를 갈망하는 수많은 사람들이 있다. 그들의 혀와 입술에 깊은 맛을 남겨줄 이야기. 그들의 손끝을 핥고 빨 만한. 내가 그런 이야기를 하게 해주면 좋겠다.

먹는 것은 다른 문화에 대한 표면적인 이해의 수단에 불과하다고 말하는 사람들이 있다. 이국적인 레스토랑에서 음식을 먹으며 감탄을 자아내는 것은 지불한 계산서의 값어치도 못 하는 것이라고 생각하는 사람들이 있다. 지금껏 그들은 음식의 의미를 제대로 배우지 못한 셈이다. 난 그것이 옳지 않다고 생각한다. 음식 자체보다 더 근본적인 것은 무엇일까? 음식은 사람을 성장하게 만든다. 음식 없이는 굶어 죽을 것이다. 그건 학자들도 마찬가지다. 하지만 그게 전부는 아니다. 친구야, 그게 전부는 아니야. 왜냐하면 음식은 출발점이기 때문에 그래. 성장이 시작되는 장소지. 당신(역주: 나오에)은 먹고 마시고, 큰 소리로 웃는다. 이마에 맺힌 땀방울을 닦아내며 물을 한 모금 마시기도 한다. 당신은 고통과 욕망의 말로 하나의 이야기, 아니 어쩌면 두 개의 이야기를 하고 있는지도 모른다. 당신의 동반자(역주: 덴구)는 듣고 또 듣다가 다른 이야기를 들려준다. 웨이터는 메인요리를 가지고 돌아와 자신의 이야기를 한다. 당신의 동반자는 세 가지 이야기를 더 들려주고 급기야 옆 테이블에 있던 사람들이 귀를 기울이기 시작한다. 모든 테이블을 한곳에 붙이자 식당 전체에 목소리가 울려 퍼진다. 당신은 점점 어지러워지고, 천장은 뒤집어지고, 당신이 앉았던 의자는 녹아서 사라진다.233) 당신은 바닥에 등을 대고 눕고, 세상은 기울어지고, 단어들은 공중에 떠서 들썩거린다. 당신은 취했고 그것은 정말이지 즐거운 것이다.

"괜찮으시면, 밴프에서 내려주세요. 멋진 곳이라고 들었는데, 구경하는 게 좋을 것 같아요."

"그럼 데이트하는 걸로 합시다." 내 카우보이 친구(역주: 덴구)는 그의 구겨진 모자챙 아래로 햇빛 때문에 찡그린 눈을 하고 씩 웃는다.

"아뇨", 난(역주: 무라사키) 상냥하게 말한다. "내 여정은 당신 것이 아니고 당신의 여정 또한 제 것이 아니니까요."

"하지만 어젯밤 일도 있고 하니, 우리가 시간을 좀 더 함께 보내면 어떨까 생각했소, 알지 않소?"

"아니요, 지난밤은 특별했죠. 그리고 그건 내가 꽤 오랫동안 필요로 했던 것이기도 했고요. 하지만 그렇다고 해서 내가 계속 머무를 수 있다는 뜻은 아니고, 당신은 원래 가고자 했던 당신만의 여정이 있었잖아요."

---

233) 나오에가 잔뜩 술에 취한 채 흥에 겨워 바닥에 앉아있는 상황을 말한다.

"내가 어떻게 당신을 다시 만날 수 있겠소? 적어도 이름이나 전화번호라도—"

"당신은 가는 길마다 나를 볼 거예요, 돌아가는 길모퉁이마다, 당신트럭을 스쳐 지나가는 세미 트레일러 안에서도 말이죠. 저는 동물원 음식 축제에서 지저분한 쟁반을 치우는 바로 그 여자일 겁니다. 저는 당신이 언젠가 일하게 될 사무실 건물의 시스템 분석가일 거예요. 난 당신이 문화회관으로 꽃꽂이를 배우러 갈 때 그곳에서 일하는 꽃꽂이 강사일 거예요. 당신은 맥스(역주: 편의점)에서 내 옆을 스쳐 가고, 올코(역주: 할인점)에서 나를 보고, 경마장에서 내 발을 밟을 거예요. 난 나무 잎새를 타고 바람을 따라 떠돌다가 당신 발아래에 있는 흙 속에 머무를 거예요. 숨을 쉴 때마다 당신은 날 당신 품에 안을 수도 있을 거예요."

아, 공기는 소나무와 수액으로 달콤하다. 하지만 춥다! 내 코털들은 꽁꽁 얼어서 끊어진다. 나를 내려줄 때 그는 몹시 슬퍼 보였다. 불행한 이별에 대해 아련함을 갖는 남자들이란! 모든 만남을 비극으로 만들 필요는 없는데. 그렇다고 해서 내가 프로코 피에브234)의 *로미오와 줄리엣* 모음곡을 싫어하는 것은 아니다. *나의 올드 댄, 나의 리틀 앤*235)을 읽고서 펑펑 울지 않는 것도 아니다. 그렇지만 항상 난 *무카시, 바나시*236)를 듣고 싶다. 텅 빈 가슴을 채우거나 사람들의 배를 따뜻하게 하는 데

---

234) 구소련의 작곡가
235) 원제 『붉은 양치가 자라는 그곳』
236) 옛날이야기

전래동화만큼 좋은 건 없을 테니까. 왜 좋은 전래동화는 사람들로 하여금 적어도 한 달을 버틸 수 있게 해주는 걸까, 만나 이야기나 새가 하늘에서 떨어지는 이야기[237]는 그렇지 않은데.

하지만 밴프는 정말 낯선 곳이다. 삐죽삐죽한 바위와 얼음으로 둘러싸여 있고 일본인들의 떠들썩한 목소리로 가득 차 있으니 말이다. 상점과 음식점의 간판들은 *가타카나*[238]로 쓰여 있다. 누가 생각이나 했을까, 이곳이 눈과 바람의 중심지이며 땅속에 잠들어 있는 한 마리의 매미 번데기도 없다는 것을, 난 분명히 말할 수 있다. 일본인들이 일본 각지에서 무리를 지어 그들에게 또 다른 의미의 고향인 이곳으로 단체 여행 오는 걸 보면 너무나도 우습다. 독일과 스위스풍의 겉모습을 입혀놓고서. 그건 우스꽝스러운 일이고 그들은 그들 자신이 어디에 있는지조차 잘 모른다. 난 내 고향을 내 손바닥 안에, 내 입속 빈 공간에 가지고 다닌다. 여기는 나 같은 여자가 있을 만한 곳이 아니다. 이야기에서 이야기로 여행을 해보자.

"엄마", 나는 물었다.

"응?"

"우리 집안의 성에 대해 말해줄 수 있어요?"

"알고 싶은 게 뭐니? 아빠한테 물어봐야 할 거다. 어쨌든 아빠가 더

---

237) 유대 민족이 광야 시절 하늘로부터 만나와 메추라기를 먹거리로 받지만, 이에 곧 불만을 가지게 된다는 구약성경 출애굽기 이야기

238) 일본 문자

많이 알고 계실 테니 말이야. 넌 아직 아빠와 나눌 이야기도 있지 않니?"

"네, 그런 것 같아요." 시작은 언제나 있기 마련이다. "아빠는 지금 어디에 계세요?"

"어디겠니? 농장에 있는 아빠 사무실이지."

메뚜기들이 내 발치에서 날아올라 멀어져 갔고, 내 정수리는 태양의 건조한 열기로 타들어 갔다. 난 내 검은 머리카락이 달걀 프라이를 할 수 있을 만큼 충분한 열기를 담아낼 수 있을지, 태양이 그만큼 충분히 뜨거운지 늘 궁금했다. 내가 여전히 살아있으니 그렇게 뜨겁지는 않았던 거다. 하지만 이러한 생각은 어릴 때 한동안 내 관심을 끌었다.

난 농장으로 가는 자갈길을 자박자박 걸었고, 퇴비창고를 지나치자 깜짝 놀란 비둘기들은 퇴비에서 나온 습기로 무거운 날갯짓을 하면서 허둥대며 날아갔다. 비둘기들은 퇴비창고의 천장에 둥지를 틀었는데, 매년 비둘기 똥이 쌓이면서 점점 더 무거워졌다. 내가 더 어렸을 때는 방학 때 가끔씩 엽총을 들고 나가 비둘기 사냥을 하곤 했다. 하지만 내 살생의 충동은 나이가 들어가면서 잦아들었다. 몇 번의 여름이 지나고 나서야 죽어가는 땅다람쥐들을 구경하는 것이 별로 재미가 없다고 생각했다. 아빠는 그 어떤 것도 살생하지 않았다. 심지어 이십 년에 걸쳐 쌓인 비둘기 똥이 천장을 무너뜨릴 위험에 처했을 때도 그랬다. 그리고 아무도 그걸 치우려고도 하지 않았다. 아빠는 다만 보강 벽을 설치하고 창고 한가운데에 강철기둥을 세웠을 뿐이다. 보수를 위한 충분한 돈이 있었던 건 아니다. 농장을 유지하고 일꾼들의 월급을 겨우 지급할 만큼의 돈이었다. 그리고 할머니의 신용카드 청구서를 지불할 수 있을 만큼의 여윳돈.

캔은 밖에서 지게차에 프로판 가스를 주입하며 구구대며 우는 비둘기를 쳐다보고 있었다.

"안녕, 여자애. 여긴 어쩐 일이야?"

"작별 인사 하러 가는 중이에요. 저 떠나요."

"어디로 가는 거야?"

"잘 모르겠어요. 도착하면 알게 되겠죠."

"넌 참 재미있는 애구나. 어렸을 때는 날 몹시도 싫어했는데, 안 그래?"

"네, 그랬던 것 같아요. 죄송했어요."

"아아, 네가 날 싫어하든 좋아하든 상관없어. 어렸을 때 이런저런 이야기를 나눈다는 건 힘든 법이거든. 이제는 우리가 대화할 수 있잖아?"

"그럼요, 고마워요. 정말 그러고 싶네요."

"오늘 밤에 캘거리로 돌아가니?"

"아니요, 여기서 자고 내일 아침에 떠나요."

"그럼 오늘 밤 이리로 와. 떠나기 전에 한잔해야지. 뒤돌아서 후회하지 않도록 말이야."

"고마워요, 캔. 그러면 정말 좋겠어요. 제게 뭔가 이야기를 해줄 수 있으세요?"

"암, 물론이지. 그럼 오늘 밤에 보자, 무라사키야. 아버지는 지금 사무실에 계셔."

나는 어리둥절해졌다. 너무나도 어리둥절해졌다. 나는 벽에 있는 작은 문(역주: 버섯을 재배하는 비닐하우스 출입문)으로 몸을 비집고 들어갔다. 문들 바닥이 땅에서 2피트는 족히 떨어져 있는 문이었다. 심지어 나처럼 작은 사람도 문 안으로 들어가기 위해 머리를 숙여야만 했다. 왜 이 문은 이토록 작았던 걸까? 왜 나는 단 한 번도 물어보지 않았을까? 그곳에 있는 농기구는 깨끗했고 병균이나 곰팡이, 진드기를 제거하는 포름알데히드가 뿌려져 있었다. 난 코와 입을 팔뚝으로 가리고 눈이 째지도록 찡그렸다. 눈물이 쏟아져 앞을 볼 수 없었고, 꽤 오랫동안 오지 않았던 탓에 이곳이 무척이나 생소하게 느껴졌다. 난 누군가와 부딪쳤고 "미안해요", 라고 말했다.

"뮤리엘이구나."

"네, 아빠?" 나는 옷소매 위로 뚫어지게 쳐다보며 말했다.

"만나서 반갑구나."

"고마워요."

"내 사무실로 들어가자. 사무실 안은 그렇게 나쁘지 않단다."

난 아빠를 따라 사무실로 들어갔다. 태어나서 난생처음 가보는 곳이었다. 이상하다, 왜 내가 예전에 이곳을 한 번도 와보지 않았을까? 그곳은 놀랍도록 깔끔했고 콘크리트 바닥의 습기가 사무실 안으로 스며들지 않도록 합판마루가 그 위에 덧깔려 있었다. 고출력 AM/FM 라디오에서 클래식 음악이 흘러나오고 있었지만, 난 그것을 알아차리지도 못했다. 그리고 사무실 벽면은 온갖 책들로 가득 찬 선반으로 가려져 있었다. 수백의, 수천의, 그리고 그것의 네 배나 되는 많은 책들이 사방에 탑처럼 우뚝 솟아 날 어지럽게 만들었다. 심지어 사무실 구석에는 맨 꼭대기에 있는 책들에 손이 닿을 수 있도록 발판 사다리까지 놓여 있었다. 난 의자에 털썩 주저앉았다. 아빠는 당황한 듯이 보였고 난 목덜미가 시뻘게지는 것을 느꼈다. 책들은 모두 일본어로 쓰여 있었다.

"도대체 왜! 아빠는 처음부터 알고 있었잖아요! 어떻게 그럴 수가 있어요! 내가 배우고 싶어 한다는 걸 알면서. 아빠는 처음부터 다 알고 있었으면서 내내 모른 척하셨어요!." 나도 모르게 난 일어서고 있었다. 두 주먹을 꼭 쥔 채로 말이다. 아빠는 내 손을 뚫어지게 쳐다보았고 난 나 자신의 폭력성을 느끼기 시작했다. 나는 두 주먹을 펴고 의자에 다시 주저앉았다.

"처음부터 줄곧, 지금까지 계속. 맙소사, 아빠는 나를 정말 싫어하는 것 같아요."

"너도 알겠지만, 그건 네 최악의 단점이야. 널 사랑하는 사람들을 가장 나쁘게 생각하는 거. 이유를 묻지도 않고서 말이다. 내가 너에게 그 어떤 일본어도 가르치지 않은 건 너와는 별개의 문제야. 그리고 말이야, 네가 스스로 일본어를 배우고자 했을 때 난 너무나도 네가 자랑스러웠단다. 아니다, 문제는 모두 나한테 있지."

"그럼, 왜 그러셨어요?" 나는 울고 싶었고 울 것 같아서 바보 같았다. "결국, 왜 저에게 일본어를 가르쳐주지 않으셨어요?"

"그럴 수 없었으니까."

"엄마 때문에요? 엄마가 그렇게 하지 말라고 하셨어요?" 난 단호하게 물었다.

"그거 봐, 또 그러잖니! 네가 왜 그토록 의심이 많게 된 건지 모르겠구나. 내 말은, 우리도 잘못이 없는 건 아니다만—"

"말씀해주세요."

"그건 내가 일본어를 잘 못 해서 그런 거야, 뮤리엘. 난 일본어를 전혀 할 줄 모른단다. 다만 읽고 이해할 수 있을 뿐이지."

"정말이에요?" 난 반신반의하며 물었다. "그게 정말 가능하기나 한 거예요?"

"그게 병인지 아닌지 나도 모르겠다만, 이게 내 현실이야. 우리가 캐나다로 이주했을 때, 네 엄마와 난 우리 아이가 다른 모든 사람들과 자연스럽게 어울리도록 놔두는 게 최선이라고 생각했단다. 물론, 우리가 아이의 머리 색깔이나 얼굴 모양을 바꿀 수는 없지만 눈에 튀지 않게는 할 수 있었으니까. 우리 아이를 주변 사람들처럼 캐나다인으로 만들 수 있었던 거야. 알다시피, 넌 우리에게 하나밖에 없는 외동딸이고 이런 상황이 우리를 더욱 신경 쓰도록 만들었단다. 우리는 네가 행복하기만을 바랐어. 우리는 결정했단다. 네 엄마와 난 일본을 잊어버리고 많은 현지인들과 더욱 자연스럽게 어울리기로 말이야. 그리고 그렇게 결정한 그 날 이후, 우린 둘 다 일본어를 한마디도 할 수 없었단다. 우리의 입에서 단 한마디의 말도 튀어나오지 않았지. 우린 그걸 생각조차도 할 수 없었으니까. 그리고 난 부끄러웠다. 상실감을 느꼈고, 그 상실감은 내 가슴에 사무쳤지. 가슴이 저미더라. 그래서 더 이상 말을 하지 않았던 거야. 내가 젊었을 때는 말이 많았고 그래서 네 엄마를 차지할 수 있었어. 그때 네 엄마는 내 수다와 농담에 아주 푹 빠져있었지. 하지만 그날 이후 난 할 말을, 내 고향의 언어를 잃어갔고, 그리고 나니 별로 말을 하고 싶은 마음이 생기지 않더구나. 난 내 모든 열정을 농장에 쏟아부었고, 조용히 어둠 속에서 버섯을 재배했어. 네 엄마는 지난 과거의 모든 일들을 잊었단다. 그녀는 강한 의지를 지녔지, 네 엄마 말이다. 해서 괜찮다고만 말하더구나. 사는 게 그런 거지 뭐. 그리곤 아무일도 없었다는 듯이 살아갔다. 우리는 그 이야기를 꺼내지 않아. 어떤 것들에 대해선 말하지 않는 법이잖아. 그리고 난 족히 10년은 내 절반을 잃어버린 기분이 들더구나. 난 캘거리와 레트브리지에 거주하는 다른 일본계 주민들과도 어울리지 않았다. 왜냐하면 그건 정말 참을 수 없는 고통이었거든. 비록 3세대나 4세대 일본계 캐나다인들이 나처럼 영어로만 말을 할 수 있었다고 해도 그건 똑같지 않아. 그들은 나처럼 반쪽 인간이 아니었으니까. 그러고 나서 한 번도 만나본 적이 없는, 레트브리지 출신의 어느 일본인 목사가 *더 뉴 캐네디언*이란 신문 한 부를 내게 보냈단다. 내 기억으로는 밴쿠버 외곽지역의 신문인데, 어쩌면 토론토일지도 몰라. 절반은 영어로, 나머지 반은 일본어로 쓰인 신문. 난 그걸 집어 들었고 나 자신을 주체할 수가 없었다. 거기에 적혀있는 글자들을 대충 읽어보았는데, 그랬더니 내가 읽을 수 있는 거야! 난 읽을 수 있었고 이해할 수도 있었어! 하지만 내가 그것을 큰 소리로 말하려고 하자 그 어떤 소리도 낼 수 없었단다. 그래도 난 아주 기뻤어. 정말 기뻤지. 네 엄마에게 전화해서 그 소식을 전했더니 네 엄마는 자기는 너무 늦었다고 말하더구나. 그리고 너도 너무 늦었다고 하더구나. 그녀는 모든 것이 안정되어 있는데 괜히 문제를 만들고 싶지 않다고. 그래서 난 강요하지 않았다. 게다가 네 엄마가 허락했다고 해도 난 너를 가르칠 수도 없었을 거야. 읽으려고 할 때 단어들은 내 머릿속에서만 맴돌 뿐이었고 내가 말 할 수 있는 건 거의 없었거든. 미안하구나, 뮤리엘. 그래서 난 네 할머니께서 지어주신 이름으로 널 부를 수가 없었고, 너에게 아무것도 가르칠 수가 없었던 거야. 나한테 책임이 있는 것 같구나. 내가 널 캘거리로 보내 특별수업을 받게 할 수도 있었을 텐데 말이다. 네 엄마는 강한 의지를 가진 사람이고, 뮤리엘, 난 네 엄마의 결정에 따랐다. 그리고 난, 네 엄마를 여전히 사랑한단다. 난 네가 날 용서할 수 있으면 좋겠구나."

아빠는 얼굴이 창백해진 채 의자에 주저앉았다. 난 한꺼번에 그렇게 많은 말들이 그의 입에서 나오는 것을 결코 들어본 적이 없었다. 난 아빠에게 커피 메이커에 있던 진한 커피를 한 잔 따라주었다. 아빠는 커피를 꿀꺽 삼키면서 휴지로 그의 입과 이마를 닦았다. 난 한숨을 쉬었다.

"저도 미안해요, 미안해요."

우리는 형광등이 우울하게 윙윙대는 소리를 들으며 앉아있었다.

"우리 이름은 어떻게 된 거예요? 우리 이름이 일본어 아닌가요?"

아빠는 웃었고 그것은 꾸밈없는 웃음소리였다.

"정말 재미있구나. 그 이름. 그건 어떤 변화가 생길 때 내가 유일하게 말할 수 있는 단어였단다. 네 엄마는 우리가 우리의 진짜 이름을 기억할 수 없다면 캐나다 이름을 택해야 한다고 적극 권했었지. 하지만 난 그것에 대해서만은 확고했다. 난 일본어 이름을 기억하지 못한다면 우리가 기억할 수 있는 단어 하나라도 간직하는 것이, 적어도 우리가 할 수 있는 일이라고 말했단다. 돈카츠! 하고많은 이름들 중에서 말이야!" 아빠는 너무 웃는 바람에 눈물이 뺨을 타고 흘러내렸다.

"우리 이름이 정말 '빵가루를 입혀 튀긴 돼지고기 커틀릿'인가요?"

"번역이란 그렇게 문자 그대로 해석하는 건 아니지만 실은 그런 의미란다. 그게 말이야, 돈카츠는 순수한 일본어가 아니야. 돼지고기를 뜻하는 '돈(Ton)'은 일본어지만 '카츠(Katsu)'는 커틀릿에서 차용된 말이고, 나도 그 말의 기원은 잘 모르겠다."

"정말 이상해요, 아빠."

"결국 그 우스갯소리는 우리를 두고 하는 말이란다. 내가 왜 '돈카츠'만을 기억하는지 모르겠다만 그게 우리의 이름이 된 거지. 원하면, 넌 언제든지 네 이름을 바꿔도 된다. 네가 꼭 그 이름을 따라야 할 필요는 없으니까."

"모르겠어요. 계속 사용할까 봐요. 내 초라한 과거에 대해 잊지 않도록 해주니까요."

"뭐, 좋을 대로 하려무나. 항상 그래왔잖아", 그렇게 말한 후, 아빠는 내 코끝을 잡아당겼다. 난 웃었다.

"사실은 그래서 아빠를 만나러 온 거예요. 저, 내일 떠나요. 아빠가 알았으면 해서요."

"그 소식을 들으니 기쁘구나!" 아빠는 윙크했다.

"정말이요?"

"물론이지, 세상에는 많은 것들이 있단다. 캘거리나 낸톤에서 남은 평생을 살기에는 너무나도 많은 것들이 있지. 네 엄마와 나, 우리는 일본을 떠나 낸톤에 정착했단다. 넌 다른 곳을 찾아보는 것이 좋을 듯싶구나. 그것이 무엇이든 혹은 그곳이 어디든지 간에 말이야. 외국으로 갈 거니?"

"아니요. 관광객이 되는 건 싫어요. 선교 같은 거창한 일도 싫어요. 제 청력의 범위를 살짝 벗어나는 곳에서 제가 겨우 들을 수 있는 소리가 있는데, 그것이 무엇인지 알고 싶어요. 내가 놓치고 있는 것. 최대한 가까이 가야 할 것 같아요."

"일본으로 가는 거니?"

"아뇨, 아니에요. 그것은 너무 문자 그대로 해석하신 거예요."

"그래, 우리가 걱정하지 않도록 어디에 가든 편지해야 한다."

"물론이죠, 아빠. 꼭 그렇게 할게요. 자주 편지할게요."

"조가 술 한잔하자고 널 초대하던데 맞는 거냐?"

"네."

"조가 괜찮다면 내가 합석해도 되겠니?"

"아빠, 그렇게 하면 정말 좋겠어요."

아빠는 사무실 문을 활짝 열었고 우리는 밖으로 나갔다. 포름알데히드 냄새가 사라졌건 증발해버렸건 그게 뭐가 됐든 간에, 더 이상 눈물이 나오지 않았다.

행복한 결말로 끝나는 이민자의 이야기

무카시, 무카시, 오무카시. . .

애초에 왜 고향 땅을 떠나는 걸까? 근심 걱정이 없고 풍족한 음식과 정치적 자유까지 보장되었음에도 불구하고, 사람들은 왜 굳이 떠나려고 하는 걸까? 그리고 새로운 나라의 처우 방식이 못마땅함에도 불구하고, 사람들은 왜 굳이 여기 머무르려고 하는 걸까?

"난 이곳에 있을 자격이 있어. 내게는 여기서 생활할 권리가 있거든. 저 이민자들이 어디에서 왔는지 도대체 누가 알겠어? 그래서 폭력배 문제가 생기는 거야. 그들은 올바른 경로를 거쳐 들어온 게 아니야. 내가 이곳에 올 때는 질문도 받고 인터뷰도 하면서 이민목적을 분명히 밝혀야만 했어. 난 이곳 현지인들에게 새 일자리를 제공했지만 단 한 번도 복지혜택을 받아 본 적이 없어. 난 일부 다른 이민자들과는 달라. 우리가 그들의 짐을 대신 지고 있는 거라고. 우리가 그들을 결코 들어오지 못하게 해야 했어."

"알잖아, 그 사람들을 결코 믿어서는 안 돼. 맙소사, 내가 노력해 보았는데 그들이 무슨 생각을 하는지 결코 알 수가 없더군. 그리고 그들은 다른 사람들과는 절대로 어울리지 않으면서 항상 그들과 같은 족속들끼리 뭉치더라고. 항상 외국어로 말하고 있잖아. 그리고 그들이 애써 영어를 말할 때도 왜 그렇게 억양이 강한 건지, 한 마디도 알아들을 수가 없다니까. 그들이 캐나다에서 살기를 원한다면 좀 더 많은 노력을 기울여야 할 거야. 그게 무리는 아니잖아, 안 그래?"

"미스터 베이스볼239) 본 적 있어? 어느 미국 야구선수가 미국에서 경기할 만큼 실력이 좋지 않아서 일본에 가서 선수 생활을 하는 이야기인데, 그가 처음에는 일본문화를 전혀 이해하지 못해서 그 팀의 골칫덩어리로 애를 먹이다가 결국 그 문화에 동화되어 간다는 내용이야. 정말 재미있어. 가서 꼭 봐!"

"중국인, 일본인, 더러운 양쪽 무릎240), 이것 좀 봐!"
(가슴높이에서 양 손가락으로 셔츠의 옷감을 꽉 잡아서 밖으로 잡아당기면 두 개의 천으로 된 피라미드241)를 만들 수 있지. 하하)

이것이 언제 끝날까? 언제 끝나? 언제끝나?언제끝나언제끝나언제끝나언제끝나언제끝나언제끝나언제끝나언제

---

239) 1990년대 코미디 영화
240) 캐나다에 거주하는 동양인들은 백인이 기피하는, 주로 무릎을 꿇고 일을 하는 막노동에 종사한다. 이러한 상황에서 그들의 무릎이 더럽다고 말하는 것은 동양인에 대한 백인의 인종적 선입견을 암시한다.
241) 피라미드 브래지어, 즉 백인 여성의 가슴이 동양 여성의 것보다 더 크다고 생각하는 백인의 성적인 편견을 뜻한다.

난 모르겠다.

행복한 결말로 끝나는 이민자의 이야기. 어떤 것도 불가능하진 않다. 물론 합당한 범위 내에서.

한 가지 사건이 언제 끝나고 또 다른 사건이 언제 시작하는지 궁금한
가?

이 둘을 분리할 수 있을까?

5부

"시이이이이인사 숙녀 여러분, 여러분께서 기다리시던 로데오 경기입니다. 가장 거칠고 억센 카우보이들이 2천 파운드에 달하는 사나운 근육질의 황소에 올라타는 시간입니다. 격렬한 캘거리 스탬피드[242]의 열광적인 환호를 전 세계 최고의 선수들에게 보내주시기 바랍니다."

"우우우우우와와와와와와!"

여성이 보안 검색대를 슬쩍 통과하기는 아주 쉽다. 만약 당신이 조용한 동양인이고, 카우보이 장비를 *후로시키에* 싸서 든 채로 막 태어났을 때처럼 알몸의 상태로 있다 해도, 사람들은 당신을 쳐다보지 않을 것이다.

---

242) 캘거리 스탬피드 축제는 매년 7월에 10일 동안 스탬피드 공원에서 열리는 로데오 축제이다. 이 중에서 최고의 하이라이트는 날뛰는 말(소) 위에 누가 가장 오래 버티는지를 겨루는 로데오 경기이며, 최대 상금이 200만 불에 달한다.

그것은 마치 외계 생명체가 당신을 선택하여 먼 행성에서 당신을 임신시켰다고 말하는 것과 같다. 만약 당신이 본 것을 말하면 당장 쫓겨날 것이다. 창 위로 철망이 덧대어진 호송차의 푹신한 쿠션에 태워진 채로 말이다.

앨버타주를 벗어나도 겨울은 더없이 즐겁지만, 맛없는 핫도그에 대한 기억을 살짝 더듬어 보는 것만으로도 당신을 로데오 경기 시간에 맞추어 캘거리로 다시 돌아오게 만든다는 사실이 이채롭다. 이유는 모르겠다. 몬트리올 국제 재즈 페스티벌과 상상을 초월하는 북극 오로라를 보기 위해 캘거리로 오는 건지도 나는 왜 1년에 한 번씩 이곳에 들려 로데오 경기를 보려는 걸까? 놀이기구를 타고 빙글빙글 돌고, 앨비스 프레슬리 흉내 내기를 구경하기 위해서? *맛타쿠!* 모든 것에 대한 답이 늘 있는 것은 아니다, 그건 확실해. 내 생각에는 누군가 1년에 한 번 로데오를 구경하러 가는 건 나쁘지 않다. 적극적으로 참가하는 것도 문제가 안 된다. 가장 좋은 자리는 발주대243) 바로 뒤이기 때문에, 거기서는 젊은 카우보이나 나이 든 카우보이나 모두 다 똑같이 흘리는 아드레날린 땀방울의 냄새를 맡을 수 있다. 말가죽의 기분 좋은 냄새와 녹색의 싱그러운 풀냄새. 말들의 시큼한 배설물과 핫도그, 그리고 커피.

나는 몇 대의 말 운반용 트레일러들 사이에 쪼그리고 앉아 *후로시키*에서 준비해온 장비들을 꺼낸다. 송아지 가죽 부츠, 박쥐 날개 모양의 챕244), 두 개의 카우벨245)이 달린 소몰이 밧줄. 내가 잡게 될 꼬인

---

243) 로데오 경기를 위해 소들이 출전 직전에 대기하는 장소
244) 앵클부츠를 착용할 때 사용하는 종아리 보호대

밧줄에 엄지손가락으로 글리세린과 송진을 묻힌다. 송진은 소나무만큼이나 강렬하고 강인한 향이 난다. 나는 청바지를 입고 셔츠 자락을 그 안으로 밀어 넣는다. 말에 박차를 가할 때 벗겨지지 않도록 내 부드러운 부츠를 단단히 매어 신는다. 청바지 주머니에서 보라색 가면을 꺼내 내 두 눈을 가린다. 하이 호 실버라는 이름의 말을 탔던 어느 무명의, 가면 쓴 다른 기수처럼 난 그의 이름[246])을 알지 못한다. 종아리 보호대를 차고, 손때 묻은 스텟슨(역주: 상표 이름) 카우보이모자로 마지막 치장을 하고, 마침내 왼손에 승마용 장갑을 낀다. 둘둘 말려 있는 소몰이 밧줄을 어깨에 둘러매고 발주대로 다시 걸어간다. 카우보이들과 카우걸들, 그들은 길을 비켜주고 난 그들의 웅성거림을 듣는다.

"퍼플 마스크야! 바로 그 퍼플 마스크! 퍼플 마스크가 여기 왔어!"

어떤 사람들은 고개를 끄덕이고, 다른 몇몇 사람들은 모자를 살짝 들어 인사하고, 또 다른 몇몇 사람들은 얼굴을 찡그리며 침을 뱉는다. 뭔가 다른 걸 하면 모든 이들이 다 좋아하지 않는다는 것을 알게 되었다. 아, 할머니라고 못할 건 없다.

"신사 숙녀 여러분! 방금 특별한 소식이 도착했습니다. 발주대 근처에서 퍼플 마스크가 등장했다고 합니다. 먼저 타지에서 오신, 퍼플 마스크에 대해 들어본 적이 없는 분들을 위해서 말씀드립니다, 퍼플 마스크

---

245) 소의 목에 다는 방울
246) 19세기 서부 개척 시대를 배경으로 한 북미 TV 프로그램에 실버라는 이름의 말을 탄 카우보이 보안관이 등장한다. 'Lone Ranger'라고 불리던 그는 본명을 감춘 채 가면을 쓰고 무법자들을 무찌르는데, 이러한 그를 비유한 것이다.

는 캘거리 스탬피드에 출전한 전설의 불라이더247)로서 황소 타기에 있어 신기원을 이룩한 선수입니다. 그가 누구인지, 그가 어디에서 왔는지, 아무도 모릅니다. 심지어 그는 프로 자격증도 없습니다. 하지만 세상에나, 그는 틀림없는 기수입니다! 어느 해, 혜성처럼 나타나서 그 후 매해 모습을 드러내고 있습니다. 딱 한 번만 탑니다. 한 번도 떨어진 적이 없습니다. 너무나도 믿기 힘듭니다. 퍼플 마스크는 캘거리에서 스탬피드 로데오 시대의 전설입니다. 여러분이 이 경기를 보신다면 돈을 지불한 만큼의 대가를 얻게 될 겁니다."

"내가 어느 소를 뽑았죠?" 난 마우스 가드248)를 입에 넣기 전에 물었다.

"당신은 레볼레이션을 뽑았어요." 어느 카우보이가 고개를 끄덕인다. "그 소는 오늘 좀 난폭해요."

나는 모자챙을 잡아당기며 내가 탈 황소를 향해 걸어갔다. 레볼레이션이라구? *맛타쿠!* 황소 이름치고는 정말 멋진 이름이야! 얼룩무늬의 호랑이 줄무늬가 있는 소. 양처럼 하얀 얼굴에 눈이 너무 사나워. 내가 한쪽 발주대로 올라서자 그는 뒷발굽을 내 발치에 대고 거칠게 내리친다. 내가 급히 서둘러 발을 빼는 바람에 발주대 문틀에 닿아 땡그랑 울린다. 난 밧줄을 소의 옆에 바짝 붙여 아래로 드리우고 반대편에 있는 남자가 그것을 소 아래쪽으로 끌어당겨 등 위로 올려준다. 난 발을 발

247) 로데오 경기에 출전하여 황소를 타는 사람
248) 외부 충격으로부터 턱뼈 및 치아를 보호하는 장치

주대 위에 올려놓고, 소의 몸통 위로 양다리를 벌리고 앉아 밧줄의 끝을 고리로 통과시켜 목줄을 팽팽하게 잡는다. 밧줄을 감아준 카우보이가 소 아래쪽으로 몸을 기울여 느슨한 밧줄을 당겨주고, 난 또다시 밧줄을 팽팽하게 잡아당긴다. 천천히 몸을 낮춘다. 손바닥이 하늘을 향하도록 밧줄을 잡아 고삐 잡은 손을 고정시키고, 손등을 밧줄로 감아 손바닥으로 다시 감아쥔다. 만약 내가 소에서 내동댕이쳐지면 당겨서 풀수 있도록 고삐 끈을 늦춰 잡고 거대한 황소에 올라탄다. 밧줄을 꽉 쥔주먹을 다른 손으로 툭툭 치면서, *이치, 니*249), 제대로 잡았는지 확인한다. 손 위로 내 무게를 실어 엉덩이가 소 등에 닿지 않게 한다. 허벅지 안쪽을 꽉 쪼여 내 몸을 똑바로 세운다. 성난 황소의 열기가 종아리보호대의 가죽끈을 통과해 내 무명 청바지로 스며든다. 내 양어깨는 고삐를 잡은 주먹의 한가운데 바로 위에 있다. 팔을 어깨높이로 힘차게뻗어 균형을 잡는다. 난 고개를 끄덕거린다.

문은 밖에서 당겨져 열리게 되어있지만, 황소는 더 빨리 나가려고문이 부서져라 들이받는다. 뿔이 쇠에 부딪히는 소리. 늘 그렇듯 돌진하기 위해 요동치는 그의 몸부림은 충격적이고, 난 황소의 머리 위로, 그의 굽은 뿔 위로 날아가지 않기 위해 밧줄을 반대편으로 밀어낸다. 황소는 하늘을 향해 요동치고, 배를 굽이쳐 비틀고, 난 다시 잡아당겨자세를 유지한다. 카우벨의 딸랑거리는 소리는 동물의 헐떡이는 거친숨소리와 쿵쾅대는 심장 소리 안에서 희미해져 간다. 황소의 짭짤한 땀과 군살 없는 등의 근육. 그는 강하게 뛰어올라 개복치250)처럼 내리꽂

---

249) 하나, 둘

는다. 난 밀고 당기면서 균형을 잡기 위해 내 강인한 팔을 앞으로 쭉 뻗는다.

"우아아아! 저 카우보이가 소를 타고 달리는 걸 보십시오! 바로 여기가 세계가 서부를 만나는 곳입니다! 이것이 세상에서 가장 위대한 쇼가 아니고 뭐겠습니까! 조금만 더 버텨, 친구, 힘을 내라고, 카우보이! 이건 네 일생일대의 로데오 경기야! 이이이이이햐!"

열광하는 관중들과 로데오 진행자의 소리를 들을 수가 없다. 그 소리는 모두 배경소리로 약하게 깔린다. 오로지 황소와 나, 동료는 아니지만 그렇다고 적도 아닌. 턱을 아래로 당기고 억센 손을 뻗은 채로, 그곳을 향해 손을 여전히 쭉 뻗은 채로, 마치 미노스[251]의 체조선수처럼, 발레리나처럼 내가 떠다닐 수 있는 곳, 안락하고 안전한 그곳. 황소와 내가 하나가 되어 움직일 수 있는 그곳을 향해. 이리저리 거칠게 움직이고 한쪽으로 휘청거리는 내 팔과 등, 아아아, 이 늙은 할머니는 아직 버틸 수 있다. 레볼레이션은 갑자기 몸을 비틀어 빠르게 회전하고 난 폭풍 속으로 소를 타고 들어간다. 우리가 회전하는 곳에서 깔때기 모양의 기류[252]가 형성되어 흙먼지와 함성소리와 함께 밖으로 뻗어간다. 바람이 계속 씽씽 불고, 빙글빙글 돌면서, 카우보이모자들은 현기증이 날 만큼

---

250) 복어류 어종

251) 그리스 크레타섬을 중심으로 나타난 고대문명

252) 회오리바람의 시발점

돌고 또 돌아 소용돌이친다. 솜사탕이 대기를 가득 채우고, 사람들은 몸을 숙여 날아다니는 옥수수를 피하기도 하고 음식에서 떨어지는 눅눅한 기름과 소금의 세례를 받아 뒤범벅이 되기도 한다. 우리는 빠르게 점점 더 빠르게 돌면서 바람과 먼지의 무한한 원천이 된다. 모래바람의 포효하는 울부짖음은 회오리바람으로 변한다. 우리가 휘휘 돌려 일으킨 바람은 카우보이모자들을 위니펙, 빅토리아, 몬트리올, 멀리는 샬롯타운까지 날려 보낸다. 날씨 패턴은 향후 5년 동안 영향을 받게 될 것이고 아무도 그 이유는 모를 것이다. 그것은 나를 웃게 하고, 난 여전히 황소를 타고 있고, 황소 또한 여전히 내 밑에 있다.

그리고 난 그것을 찾는다. 여전히 계속해서 그것을 찾는다. 황소와 내가 소리처럼 가볍게 순수해지는 평온한 빈 공간을. 별들은 액체가 되고 그 달콤한 즙을 입안에서 맛볼 수 있는 곳. 심장 안에서, 폐 안에서, 그리고 몸 안의 바로 그 혈액 속에서 동물의 활공을 느낄 수 있는 곳. 다리와 다리 사이에서 뿜어져 나오는 황소의 열기, 전속력을 다해 달린다. 비단실 같은 정교한 긴장과 기쁨. 이런 더없이 맑은 순수의 순간, 이 순간 당신의 목이 메여 눈물이 글썽거린다. 입술을 파르르 떨리게 한다.

"*고마워*", *난 말한다. 그것은 듣기 어려운 것이기 때문에. 그리고 여전히 알아듣기에는 더 어렵기에. 너는 고개를 가로저으며 웃는다. 내 머리카락, 내 얼굴을 세심하게 만진다.*

나는 수십 년간 잠자던 사람처럼 우리의 커다란 보라색 후톤에서 일어난다. 열린 문을 통과해 발을 내디딘다. 여전히 남아있는, 들려준 이야기와 들려주지 않은 이야기의 메아리로 가득한 방에서 멀어지면서.

당신도 알다시피 이 이야기는 당신이 각색할 수도 있다.

황남엽

숙명여자대학교 영어영문학 대학원 박사
현재 협성대학교 미주통상문화학과 교수

유경화

중앙대학교 영어영문학 대학원 석사
용인대학교, 선문대학교, 남서울대학교 등 외래교수 역임

버섯들의 합창

초판 1쇄 발행일 • 2020년 10월 23일
지은이 • Hiromi Goto / 옮긴이 • 황남엽, 유경화 / 발행인 • 이성모 / 발행처 • 도서출판 동인
주소 • 서울시 종로구 혜화로3길 5 118호 / 등록 • 제1−1599호
Tel • (02) 765−7145〜55 / Fax • (02) 765−7165
E−mail • dongin60@chol.com

ISBN 978−89−5506−832−0   정가 18,000원